紙鑑定士の事件ファイル
模型の家の殺人

歌田 年

宝島社
文庫

宝島社

紙鑑定士の事件ファイル　模型の家の殺人

1　風変りな依頼

外回りの多い商売をしている私にとって、夏の太陽というやつはこの上なく恨めしい存在だった。特に梅雨《つゆ》明け直後の七月半ばのこの時期、やつはすっかり慣らし運転をこなした新品のエンジンのように張り切っているのだ。

午前中いっぱいを使った神保町界隈《じんぼうちょうかいわい》での御用聞きがいつものように不発に終わると、いつものように落胆した私は水道橋《すいどうばし》駅から総武《そうぶ》線に乗り、新宿《しんじゅく》駅まで戻って来た。下水臭い地下街のいつもの立ち食い蕎麦《そば》屋でかけ蕎麦を搔《か》き込《こ》んでから、いつものように徒歩で西新宿へ向かった。

二年前までなら、新宿副都心一帯に点在する住友《すみとも》不動産ビルを順番に回る、無料のシャトルバスが利用できた。しかし今はその〝理由〟を失ってしまったので、路線バスに乗る金を節約するためには歩くしかないのだった。

夏用ジャケットを脱いで肩に掛け、膨れ上がった重たいカバンを左手に持ち直すと、束《つか》の間《ま》、太陽光線を避けるため西口から中央地下道へ入った。動く歩道を遠慮なく使ったが、都庁の手前で容赦なく地上に追い出される。耳をろうするような蟬《せみ》しぐれの中央公園を突っ切る頃には、全身が汗だくになっていた。しかしこれで一回分のバス代は節約できたのだった。

かつて温泉があったと言われる十二社《じゅうにそう》通りを甲州街道《こうしゅうかいどう》方面に歩き、消防署のある交差点を渡って裏道へ入るとすぐ、コンクリート打ちっ放しの瀟洒《しょうしゃ》なビルが見えてくる。その二階の西側の部屋が私の個人事務所だった。こぢんまりした場所ながら家賃は高く、今は毎日のように後悔している。

ドアを開けるなり、来月こそは返却しようと思っているレンタルの観葉植物を掻き分けて壁のスイッチを探し、電灯を点《つ》け、止めてあったエアコンを始動させた。電源は入れっ放しの方が経済的だとよく言われるが、貧乏性なので猛烈に抵抗がある。カバンとジャケットを応接用ソファの上に放り投げ、窓際のデスクに回り込むと、無理して買ったアーロンチェアに倒れ込んで大きく息を吐いた。

タバコをやらない私は、無意識のうちにデスクの上に置いた高級タバコそっくりの濃紺の箱を取り上げていた。表にはキラキラ光る文字で〈Ｋｉｒｉｆｕｄａ〉と印刷されている。中身はなんでもないトランプだ。蓋《ふた》を開けてカードを取り出し、両手の中でアーチを作りながら混ぜる〝リフル・シャッフル〟や、上から滝のように落とす〝カスケード〟など、手持ち無沙汰の時にはついついやってしまう。

やがてエアコンが効いてきて汗が引いた。サーバーからコーヒーを取ってこようと思い、立ち上がった時だった。入口のスチールドアにノックの音がした。

怪訝《けげん》に思った。今日の午後は何の約束も入れていない。いや、入れたくても入らなかったのだ。誰かが来る予定は無かったのだが、私は「どうぞ」とドアに向かって声をかけた。

小さな軋《きし》み音を立てて半身を覗《のぞ》かせたのは、若く可愛《かわい》らしい女性だった。私より十歳以上は下だ。二十代半ばくらいか。リバイバルなのだろう、一九五〇年代のような格好をしている。

明るく染めた髪はポニーテール、頬はペコちゃんのようにピンクで、唇は真っ赤だ。白地に赤の水玉が入ったブラウスに、だぼっと広がった赤いスカート。ピンクのポシェットをたすき掛けにしている。とても私の客には見えなかったが、人を見かけで判断してはいけない。

私は顔を見栄えのいい角度に向け、営業スマイルを浮かべて言った。「いらっしゃいませ」

「あの……こんにちは」と、女性がおどおどした様子で言った。鼻声で、おまけに絵に描いたような舌っ足らずだ。

「どうぞ中へ入ってください。冷気が逃げる」

女性が慌てて入ってドアを閉めた。

デスクを回り込むと女性に歩み寄った。「本日はどんなご用向きで?」

「あの……調べて欲しいことがあるんです」

「はいはい、なんなりと」と、私は揉《も》み手をした。

「実は……カレシのことなんですが」

「はい？」私は訊《き》き返《かえ》した。「何紙ですか」

「ウチのカレシが……その浮気というか何というか……」

「カレシ……つまり彼氏——恋人のことですか」

「あ、はい」

「ははあ」と、合点がいった。「何か勘違いしていますね」

女性の表情が強張《こわば》った。「え、勘違いって……」

「お客さん、どこかと間違えてここに入って来たでしょう」

「え……こちらは〈渡辺《わたなべ》探偵事務所〉じゃなかったですか。何でも解決してくれる神探偵さんがいるって聞きましたけど」

「ちょっと違いますね」と、私は言った。「うちは紙鑑定です」

「かみ……かんてい……」

「そうです、紙、その中でも洋紙の鑑定をやっています」

「ようし？」

「和紙に対して洋紙と言います。西洋式製法の紙ですね。もちろん板紙や特殊紙も扱います。また〝紙商《かみしょう》〟、つまり紙の販売代理業もやっています」

「それって、どういう……」と、興味を持ったのか女性が訊き返した。

名刺を渡そうとしたが、手にはトランプの束を持ったままで、うっかり〝ハートのA〟のカードを差し出していた。慌てて引っ込めてジャケットの内ポケットから名刺入れを取り出すと、間伐材活用ペーパーを使ったエコ名刺を一枚抜いて彼女に手渡した。

「渡部《わたべ》紙鑑定事務所、紙鑑定士、紙営業士、渡部圭《けい》……」と、彼女はどんぐり眼《まなこ》を見開いて私の名刺を読み上げた。

「はい。例えば持ち込まれた紙のサンプルを調べて、メーカー、銘柄、紙の密度である米坪《べいつぼ》を推定し、紙厚を測定します」私はいつもの営業トークを開始した。「たいていは書籍や紙製品そのものが持ち込まれることが多いですね。私が得意とするのはやはり本です。カバー、オビ、表紙、見返し、口絵、本文《ほんもん》、上製本なら芯ボールもですが、それらのパーツにどんな銘柄の紙が使われているかを鑑定します。場合によっては、ご予算に合わせて、それらに準ずる銘柄をいろいろご提案したりもできます」

私は左手の壁一面を占める棚を指し示した。そこには、王子《おうじ》製紙、日本《にっぽん》製紙、大王《だいおう》製紙、三菱《みつびし》製紙、北越《ほくえつ》コーポレーション、中越《ちゅうえつ》パルプ工業、丸住《まるすみ》製紙、五條《ごじょう》製紙その他の、いわゆる短冊見本帳が、種類、グレード、品質ごとにびっしりと並んでいる。

竹尾《たけお》の洒落《しゃれ》たファインペーパーのコーナーはひときわ種類が多く、特に場所を占有していた。また、実際に印刷に使用された書籍・雑誌の見本も、コンビニの売り場程度には充実していた。

「は、はあ……」女性は棚を眺めて口をポカンと開けている。

「それから、各大手紙代理店や製紙メーカーに太いコネクションがありますから、どこの版元でしょうと書籍や雑誌の使用紙明細を知りたいという場合は、こっそり訊き出すこともできます。もちろん刷り部数まで正確にわかります。判型とページ数がわかれば、納品数量から逆算して部数を弾《はじ》き出《だ》すことができるんですよ。版元が発表する公称部数は二倍、三倍とサバ読んでますから、まったく信用できません」

そこまで話してハタと思い出した。この客は間違えて入って来たのだった。私のそそっかしさは死ななきゃ治らない。この粗忽《そこつ》な性格のせいで、これまで何度しくじってきたことか。独立してここ西新宿に事務所を構えたことがその最たるものだった。

「すみません、喋《しゃべ》り過ぎた」

「よくわからないけど……なんか凄《すご》いんですね」と、女性は感心して言った。

「一応、鑑定士ですからね。——ところであなた、どこか余所《よそ》を探していたんでは？」

「そうなんですけど……暑くてマジ熱中症寸前で。それに足が痛くてもうあんまり歩けないんです」彼女は自分の足の踵《かかと》を見てから、中腰になってさすった。「午前中ずっと歩いていたもんで」

「それじゃあ私と同じですね」先程放り投げた物をどかして応接用ソファを勧めた。自分も向かい側に座る。「まあ座って」

「ありがとうございます。ウチ、新宿ってよくわからなくて。――ウチも名刺をあげますね」と、彼女が透明ケースから一枚抜いてよこした。「美容師やってます」

「どうも」と、私は受け取った。

上質紙の名刺には〝ヘアサロンミキ スタイリスト 米良《めら》杏璃《あんり》〟とあった。ハサミのイラストが添えられている。住所は埼玉県所沢《ところざわ》市だった。

「鑑定士って、他にもいろいろ鑑定できるんですか」

「いや、とにかく私は紙専門ですからね、いろいろということは――」

「もしかして、こんなのはわかりますか」と、米良杏璃は私の言葉を遮ると、表面にヒビの入ったスマホを取り出して素早く操作し、差し出した。否《いや》も応《おう》もない。どうせ暇だ。私は受け取って画面を覗いた。

「おお、これは……」

プラモデルの写真だった。

「男の人ならわかりますかね」

慌てて撮影したのか若干の手振れがある。画像に目を近付けた。正確にはジオラマというやつだろうか。四角い台の上が薄茶色の砂漠のようになっていて、戦車が二台置かれていた。一台は深緑と茶色の斑《まだら》模様、一台は灰色で、側面に白い塗料で猫のような絵が描かれている。その前で兵隊の人形が二体並んで立っていた。ちょうど記念撮影でもしているかのようだ。これも細かく色が塗られている。

「戦車のプラモデルですね」と、見たまま答えた。

「ウチの彼氏が作ったものです」

「なるほど、彼氏さんがね」

「これ、どう思いますか」

どうやら杏璃は、何の変哲も無いプラモデルから〝何か〟を感じ取ったらしい。女の勘というやつだろうか。私の場合、何の変哲も無い洋紙からいろいろ感じ取ることはできるのだが、これはちょっとわからない。

「……どうと言われましても」

「鑑定してもらってもいいですか。お金なら払います」

金と聞いて、自分の小鼻がピクリと動くのを感じた。要するにこの杏璃が知りたいことを言い当てればそれでいいわけだ。

杏璃がポシェットからタバコとライターを取り出した。

「申し訳ない、ここは禁煙なものでしてね」と、私はすかさず言った。

「あ、ごめんなさい」

私は立ち上がると、リースのサーバーからコーヒーを二つ注《つ》いだ。これも見るたび、そろそろ契約を解除するべきと思う。ミルクと砂糖の包みと共に杏璃に勧めた。

「あいにくホットなんですが」

「ありがとうございます」

「ふむ……」コーヒーを一口啜《すす》ってから画面を仔細《しさい》に見入った。

だが、それが戦車のジオラマであること以外はわからなかった。どの国の何という名前の戦車で、何型なのか。だいたい、私にはミリタリーの知識はまったく無いのだ。

「どうですか」

「……ジオラマですね」

「それはわかってます。他には」

「なかなかよくできているんじゃないかな」

「そうですか。他には」

私は困り果ててしまった。そしていつの間にかトランプをいじっていた。今度はひたすら〝ヒンズー・シャッフル〟を繰り返している。

結局、質問で返すことにした。「そもそも、この画像のことを知ってどうしようと言うんです」

「それなんですよね」杏璃は、よくぞ訊いてくれましたという顔をして話し始めた。「彼氏ってば、プラモデルの趣味なんか無いのに、先月急に買って来て作り始めたんです。もうね、慣れてないもんだから、あの部品が無い、この部品が無いってキーキー言いながら。見てるこっちまでイライラしてきたんです。やっとのことで二つ完成させたら、今度は色を塗るとか言って部屋中シンナー臭くなるし。もうね、台所の換気扇の下でスプレーなんか噴くんですよ。次はジオラマにするんだと言って黄色い粉は撒《ま》き散《ち》らすし。掃除をするこっちの身にもなれってんだよ！」

「まあまあ落ち着いて。――彼氏さんとは同棲《どうせい》しているんですか」

「はい、三年前から」

「なぜ急にプラモデルを作るようになったんです？」

「それなんです、ウチが知りたいのは。どうしてなんですかね。とにかく夢中で。ウチのことなんか眼中に無い感じ」杏璃は真っ赤な唇を尖《とが》らせた。

「どうしてかと言えば……」私は小銭欲しさに頭をフル回転させた。「例えば、ネットオークションに出すとか、賞金の出るコンテストに応募するとか」

「彼氏――ヒロっていうんですけど、そんなにお金に困っている感じじゃないです。ギャンブルとかしないし」

「因《ちな》みに、そのヒロさんはどんな仕事を？」

「塗装工です」

私は大きく頷《うなず》いた。「それならプラモデルの塗装はお手のものだ」

「ヒロが塗装工になったのは同棲してからです。最初は無職だったから、ウチが養ってた。でも今はちゃんとお給料をもらってるし」

「なるほど、お金には困ってない……では塗装工の仲間内でプラモデルが流行《はや》っているとか。またはカルチャーセンターか何かのサークル活動とか」

「やっぱりそう思いますよね」

「心当たりがあるんですか」

「というか、ヒロ、なんか最近よそよそしくなって。休みの日が合わなくなって、デートも全然だし。それもこれも塗装工になってからで」

何が〝というか〟なのかは分からないが、私は先を促した。「つまり？」

「塗装工って、やっぱり男ばっかりじゃないですか。だからその……ゲイに目覚めたんじゃないかって」

意表を突かれた。「それを心配しているんですか？」

「うん。そしたら、もうウチの出る幕は無いんだろうなって思って」

「ううむ」私は首を捻《ひね》った。「ちょっと考え過ぎでは」

「じゃあ、これ見てください」杏璃はポシェットに手を突っ込み、何かを取り出した。

それは男物の長ザイフだった。こちらに寄越《よこ》す。長いチェーンが付いていてジャラジャラと音を立てた。

受け取って訊いた。「これは」

「ヒロのサイフなんですけど、去年の誕生日にウチが大枚はたいてプレゼントした物です。なのに、このあいだ落としたとか言って自分で新しいのを買って来たんです。悲しかったけど、しょうがないと思った。でも、今朝ゴミ出しする時、ゴミ袋の底の方に突っ込んであるのを見つけたんです。こっそり捨てたつもりだろうけど、チェーンの音でわかるんだっつうの！」

「まあまあ落ち着いて」

「ありえなくないですか」

「前のサイフが見つかったけど、気まずくなってしまったとか？」

「そもそも落としてなんかいないんですよ。だいたいチェーンが付いてるのに落とすかっつうの！　——まあ最初はウチもそれに気が付かなかったけど……」

「ということは？」

「誰かに新しいのをプレゼントされたに決まってます。しかも来月いっぱい、地方の現場に泊まり込みで働きに行くって言ってるし、ますますゲイの関係が深くなってしまうんじゃないかと不安で」

「そういう男友達のことは本人に訊いてみたんですか」

「ありえない、ありえない！」

「他に確かめるすべは……」

「ウチも仕事があるから日中そんなに動けないし。――ヒロの今の現場はマンモス団地なんですけど、もし様子を見に行っても場所が広いし人も多いから探せないだろうし、万が一見つかったとしても、ウチが監視してたのバレたら大変だし……渡部さん、代わりに尾行とかしてもらってもいいですか」

「いや、だから私は探偵ではないので」と、すぐに答えた。こちらだって少ないとはいえ仕事がある。何度も所沢まで足を延ばすのは難しい。

「そうですか……」杏璃が俯《うつむ》いた。

　私はいい返事も浮かばずテーブルの上にヒロのサイフを置くと、トランプを取ってシャッフルを繰り返しながらひたすらブレた画像を凝視した。二台の戦車。二本の砲身。二人の兵隊、Ｉｎ Ｔｈｅ Ｎａｖｙ……ゲイじゃないかと聞かされたせいで、尚《なお》更《さら》深い意味を感じ取ってしまった。

「トランプ、上手ですね」と、杏璃はコーヒーを啜りながら言った。

「実は商売道具でね。これもサンプルなんです」

　それにしても、プラモデルの画像だけでこれ以上何がわかるというのだ。模型サークルや買った店を特定する？　オークションへの出品を調べるのは難しくはなさそうだが、無関係の可能性が高い。

「現物を見てみたらもっといろいろわかるかも知れない。持参できますか」

杏璃は首を振った。「このあいだヒロが箱に入れて荷造りしてたのを見たんです。そしたら今朝はもう家には無かった。誰かに渡したとか、どこかに送ったとかしたんだと思う」

「なるほど。そして送り先はわからず、ですか」

いよいよ手掛かりはこのブレた画像のみということになった。見る人が見れば何かわかるのかも知れない。私は先程から頭の中で心当たりを探していた。しかし、プラモデルの専門家というような人、あるいはそういう趣味の知り合いはいなかった。

ところがトランプのシャッフルを繰り返しているうちに、一つ思い出した。以前いた会社の得意先の出版社の刊行物に、月刊の模型専門誌があったのだ。同誌のお抱えの紙商は他社でフィックスされてはいたが、ある月の冊子付録の印刷用紙だけ単発仕事として受けたことがある。当該の出版社、〈メディアティーク〉社は当時まさにここ西新宿に社屋があった。その時の同社資材課の担当者を経由すれば、編集部に連絡がつくかも知れない。

そもそも、私がここに事務所を構えた理由の半分以上は〈メディアティーク〉だった。同社やその関連会社との取引きを見込んで独立したのだ。個人事務所として近場にいることでフットワークは抜群のはずだった。呼ばれれば十分以内にサンプルを用意して二階の会議室へ駆け付けることができた。付録やノベルティ用の紙など、単発物のおこぼれに与《あずか》ろうとしたのである。

だが〈メディアティーク〉はその後すぐ、あっさりと移転した。二年前だ。他社との合併のため、社屋が手狭になったのである。関連会社もすぐに追随したので、バカを見たのは私一人だった。だいたい出版不況が叫ばれている折、この商売を個人でやること自体に無理があったのだ。完全に粗忽な性格が災いした。

「いったいどうしたらいいんですかね」と、杏璃が私の回想を破るように再び訊いてきた。

「専門家に訊くことができるかも知れない。少し心当たりがあります」

仕事柄もともと間者《かんじゃ》のような立ち回りもしている。調査対象は多少違うが、やってもいいだろう。これも人助けだ。いや、金のためか。

「ほんとですか。さすが鑑定士さんですね！」

「ついてはその画像をこちらのスマホに送ってくれませんか。あとヒロさんの顔写真も。ＬＩＮＥ交換しましょう」

「オッケーです」

私たちは互いのスマホを操作してコネクトした。画面上で簡単な挨拶を交わして確認した後、すぐに二つの画像がトークルームに貼り付けられた。

彼氏のヒロはちょっとしたイケメンで、茶色い髪は長く、顎鬚《あごひげ》も伸ばしている。ダウンロードして端末保存した。

「では今日はこんなところで。何かわかったら連絡します」

「お代は？」杏璃がピンクのサイフを取り出して訊いた。

私は考えた。気が変わらないように手付金のようなものは受け取っておいた方がいいのかも知れない。

「では、今日のところは一万円お預かりします」

「わかりました。結果が出たら、最高一〇万円までなら出せますので」

一〇万円か。なかなかどうして、いい商売になりそうだ。

私はピンピンの一万円札を一枚受け取ると、交換にヒロのサイフを差し出した。

「あ、それ預かっててください。もう見たくもないし、もしかしたら何かの手掛かりになるかも」

「……まあそう言うのでしたら」私はサイフを置いた。

相変わらず足が痛いという杏璃に腕を貸し、事務所の外に出た。そのまま十二社通りのバス停まで送ることにした。

2 助《すけ》っ人《と》探し

事務所に戻ると、テーブルの上にポツンと残されたサイフを観察した。物はよさそうで、壊れているわけでもない。開いて中を見たが、もちろん空だった。ポイントカードやレシートの類《たぐい》も一切無い。

しかし、カード入れの奥に小さな明るい色の物があるのが見えた。デスクの抽斗《ひきだし》から切手用ピンセットを取ってきてカード入れの中を探ると、紙片が出てきた。二センチメートルほどで三角形をしている。

淡いピンクの特殊紙の切れ端だった。表面にフェルトの風合いが転写されていて、それが穏やかな波のようになっている。ということは、銘柄は〈マーメイド〉だろう。画材や書籍の装丁に使われるが、名刺に用いられることも多い。

しかもただの白紙ではなかった。ボールペンの手書き文字で〝R〟と書かれていた。それが何を意味しているのかはよく考えてもわからなかったが、いつか何かの手掛かりになるのではと思い、手帳のビニールポケットに入れた。

次いで、メディアアティーク社の生産管理部に電話を入れた。そこは自社の刊行物の印刷製本の制作進行、そして印刷用紙の手配などをまとめて請け負う部署だ。

いつものように電話番の若い女性が出たので、懇意にしてもらっている同部内資材課の木村《きむら》を呼び出してもらう。出版の世界において資材とは、印刷製本用紙のことだ。つまり資材課は間接的な紙の仕入係で、最近課長になったばかりの木村がサイフの紐《ひも》を握っている。

「アポ電かい？」電話口に出るなり木村がいつものようにカジュアルに訊いてきた。

「いえ、ちょっと別件なんですけどね。木村さん、まだ模型雑誌の担当をしていますか」

「ああ、ホビーね。うん、してるよ」

〝ホビー〟とは、玩具業界においては模型のことを指す。そして模型雑誌の誌名にホビーは付き物だ。同社の雑誌も『ホビーグラフ』といった。それも略して〝ホビー〟と呼ぶ。

「どなたかホビー編集部の方を紹介してくれませんか」

「えっ。直接の営業ってこと？」

「いえいえ、そんな滅相もない！　木村さんの頭越しにそんなことしませんよ。完全に別件です。――プラモデルのことでちょっと訊きたいことがありましてね」

「ああ、なんだ。趣味の話？」

「というか」私は説明をしようとしたが諦めた。「……まあ、そんなところです。あるジオラマの画像を見てもらって、所感を訊きたいんですが」

「ふーん、それならお安い御用だ。訊いてみるよ。またこちらから折り返せばいい？」

「よろしくお願いします」

「ところで最近、自然堂《じねんどう》のお嬢さん見ないねえ。昔よくあんたと一緒に来てたじゃない、あのスタイル抜群の可愛い子」

それを聞いて胸の奥にチリリとした疼《うず》きを覚えた。自然堂というのは正確には〈自然堂紙パルプ商会〉といい、私の元いた会社の名だ。〝お嬢さん〟というのは私と同期の営業ウーマンで名を真理子《まりこ》といい、会社創業家の一人娘だった。

「風の噂《うわさ》では異動になったらしいですよ」私はさらりと答えておいた。

「それは残念だなあ。――じゃあ、後ほど！」と言って、木村は電話を切った。

わずか五分後、木村からの電話が着信した。さすがは出世頭、社内のこととはいえ仕事が早い。先方はいつでも電話をもらってＯＫとのことだった。口頭で言われた担当者の名前・鈴木《すずき》と編集部直通番号をメモした。

すぐに電話を掛ける。やはり若い女性が出たので、鈴木を呼び出してもらった。

「お電話代わりました、鈴木です」若い男の声だった。

「私、渡部と申しますが、生産管理部の木村さんのご紹介でお電話しました。実はあるジオラマを見ていただきたいのですが」

「はい、聞いてます。〝持ち込み〟ということでよろしかったですか」

「それが、現物でなく画像なんですが」

「画像ですか……でしたらメールで読者コーナー宛てに送っていただければ大丈夫ですよ。採用については約束できませんが」

「いえ、読者コーナーというわけではないんです。見ていただいてちょっと所感を伺えればと」

「でも画像ですもんねえ」鈴木は面倒臭そうな声を出した。

「すみません。そこをなんとか」

「そうですか……あんまり時間が取れないですが、それでよければ。で、いつがいいですか」

「ありがとうございます！」すかさず礼を言って続けた。「早速ですが、本日これからというのは？」

「うわあ……今日ですか。ずいぶん急ですね」鈴木は〝まいったな〟という声を上げた。

私は虚空に向かって頭を下げた。「本当にすみません」

「えーと……では六時でいかがですか」

卓上の時計を見た。まだ四時間もある。普通の勤め人なら退社時間だが、仕方が無い。

私は答えた。「ええ、それでけっこうですよ」

「ではお待ちしてます」

来客もなく、ひたすらトランプをいじりながら無為に時間を過ごした。しまいにはトランプ占いまで始めてしまった。簡単な〝モンテカルロ〟、そしてポピュラーな〝ピラミッド〟を何度も繰り返した。トランプ占いとは要するに、並べられたカードと手持ちのカードをいかに効率よく片付けられたかというだけのことだ。

占った対象はいろいろだが、大半は仕事に関することだった。思いがけず、大仕事が舞い込む可能性が高いと出たのだが、信じてもいいものかどうか。あとは今回の飛び入り仕事だが、これは少しばかりややこしいことになりそうだった。

なんとか時間をやり過ごし、終業時間の午後五時を五分過ぎて戸締りをし、事務所を出た。歩いて新宿駅まで行き、再び総武線に乗って飯田橋《いいだばし》へ。この街も毎週末に御用聞き回りに来ている。新宿寄りの出口を出ていったん北へ。神楽坂《かぐらざか》を上ってすぐの不二家《ふじや》で千円分のペコちゃん焼《やき》を買い、領収証をもらった。

再び駅を通り越し、飲食店の立ち並ぶ早稲田《わせだ》通りを九段《くだん》方向へ一〇分ほど歩く。太陽はまだ西の空の低い位置にあり、顔の右半分が熱い。やがて四辻《よつつじ》の角に背の高いガラス張りのビルが現れた。その八階から上がメディアティーク社のフロアだ。玄関を入ってロビー中央のブースの受付嬢三人に会釈だけし、貸与されている入館証を首から下げると、エレベーターホールに佇む警備員に提示した。いつものように丁寧にお辞儀をされた。

エレベーターで最上階のいつもの接客フロアへ行く。六時丁度になるのを待ち、無人受付の内線電話で『ホビーグラフ』のある第四編集部を呼び出す。日中の電話にも出た若い女性の声がしたので、来意を告げる。

カラフルなベンチに座って、ラックに立てかけられた大量の刊行物見本の表紙を眺める。どの本がどこの紙商担当なのかだいたい頭に入っているが、見るといつも羨ましい気分になる。自分もいつか大口の定期刊行物の仕事に入ってみたいものだと思う。

しばらくしてエレベーターから、私の知らないキャラクターがプリントされた黒いTシャツに七分丈の綿パンというラフな服装の男が出てきた。小脇にタブレットを抱えている。をかけた三十歳前後の小太りな男だ。鼈甲フレームのメガネ

若い男は私に気が付いて言った。「ホビーの鈴木です」

「お電話した渡部です。わざわざすみません」

私たちは名刺を交換した。

「紙鑑定士さん、ですか」

「ええ、そうです。紙屋が本業です。以前、スポット（単発）でホビーさんの付録の小冊子用にコート紙を納品させていただいたことがあります」

「へえ、そうですか」印刷用紙には興味が無いのか、鈴木の反応は薄かった。

「これ、つまらない物ですが」と、私はペコちゃん焼の入った紙袋を差し出した。「みなさんでどうぞ」

「ご丁寧にどうも」鈴木は急に嬉《うれ》しそうな表情になり、私を促した。「こちらへどうぞ」

　正方形の白いテーブルのセットがいくつか並んだオープンスペースを突っ切り、フロアの奥へ向かった。

　ペコちゃん焼の袋をぶら提げた鈴木の後について行くと、そこには小部屋がずらりと並んでいた。私がめったに入らない領域だった。木村とはいつもはオープンスペースで会うからだ。

　鈴木が四つ目のドアを開けた。中に入ると、四畳半ほどの広さがあった。中央にこれも白い会議テーブルが二つ重ね合わされ、椅子が四脚置かれていた。壁にはホワイトボード、小さな台の上に内線電話。

　上座の椅子を勧められたので座った。カバンからペンと〝紙屋手帳《かみやてちょう》〟を出してテーブルの上に置く。紙屋手帳というのは〈日本洋紙板紙卸商業組合《にほんようしいたがみおろし》〉が毎年発行している手帳の通称で、紙業界で必要なあらゆるデータが掲載されており、業界関係者なら出版社の資材担当も含めて全員漏れなく携行している。

「早速ですが、この写真なんですがね」と、スマホを操作して画面を見せた。「実は私ではなく知り合いの作品でして……所感だけでも聞かせてもらえればと思うんですが」

鈴木が顔を近付ける。「うわ、思ったより粗い画像ですね」

「そうなんです。すみません」

「戦車のディオラマですか」鈴木は〝ジオラマ〟のことを〝ディオラマ〟と言った。

「タミヤのサンゴーですかね」

「あの、〝サンゴー〟っていうと……」

「ああ、35分の1スケールという意味です」

「なるほど」私は紙屋手帳にメモを取ってから続けた。「それで、出来の方はどうですか」

「うーん。まあ普通の仕上がりですよね。塗装は吹き付けですか」

「スプレーのようです」

「地面はシーナリーパウダーを使っているんですかね」

「はあ……たぶん」用語がわからず、適当に答えるしかなかった。メモだけは取っておく。

「フィギュアもタミヤかな」

「あのう、その二台の戦車は何という名前ですか」と、私は訊いた。

「名前？　うーん、僕はエーエフブイ担当じゃないからちょっと……」

「エーエフブイ？」

「アルファベットでＡＦＶです。〝アーマード・ファイティング・ビークル〟の略。まあ、戦車とか装甲車とかの総称です」そう鈴木は言いながら、〝こいつ何も知らないな〟という顔をしていた。

「なるほど。勉強になります」私はまたメモを取った。どうやらジャンルによって担当者が違うらしい。しかし訊き続けた。「このジオラマはどういう場面なんでしょうか」

「うーん。それも僕だとよくわからないですね。担当じゃないので」

「そうですか……」私はこの夜の訪問に徒労感を覚え始めていた。「今日はそのＡＦＶ担当の方は」

「出掛けてしまって直帰予定です。――そして週明け火曜日まで夏休みなんですよ」

アポ取りの時点で物が戦車だと言っておくべきだったか。そうすれば担当者の予定がわかっただろう。いずれにしろ今日は無理だったということらしいが。

画像をメールで送って所感を返信してもらうことも考えたが、そこまで厚かましいことはさすがにお願いできなかった。

話題を変えてみる。「ところで、模型コンテストなんていうのはたくさんあるんでしょうね」

「そうですね。本誌でもやってますけど、プラモメーカー、ホビーショップ、サークルとか、各単位でいつも何かしらのコンテストはやっているようです」

「模型サークルというのもたくさんあるんでしょうか」

「それはまあ、無数にあるでしょうね。学校の部活でやってるところもあるし、社会人でもサークル活動をしている人は多いです」

「無数ですか」私はメモを取り続けた。

「そういえば」鈴木は無意識的に不二家の袋に手を伸ばし、すぐに引っ込めた。「渡部さんは鑑定士さんでしたね。もしかしてこれも鑑定の対象ということなんですか？」

「実は成り行きでそういうことになってしまいまして……。しかしこういうのは専門ではないのでちょっと困っていたところでして。そういうわけで、その画像の作品についてわかることがあれば何でも知りたいというか……」

「では、他に詳しい人を紹介すればいいですかね」

確かにそうだ。私は即答した。「できれば！」

「謝礼は発生しますかね」

「えっ」

「いや、うちだったらいいんですけど、フリーのプロモデラーを紹介するとなると、多少はね……」

「プロモデラー……」

「模型を作る人のことを〝モデラー〟と言うんです。プロのモデラーだから〝プロモデラー〟。記事用に、新製品の作例を作ってレポートしたりするのが仕事です」

メモを取る。謝礼はどれくらいが適当なのだろうか。赤字になってしまうと目もあてられない。だが、行き詰まってしまった今はとにかく頼るしかなさそうだ。

「では、なんとかします」

「よかった。ちょっとうちから振る仕事が無くてかわいそうな新人君が一人いるんですけど、彼に頼んでみたらどうでしょう」と言って、鈴木はタブレットを操作して住所録を呼び出し、私に向けた。「こちらになりますが」

「ありがとうございます」私は画面を見て、野上《のがみ》なる人物の連絡先を書き取った。

「では、今晩中に先方に紹介メールを送っておきますので、明日以降にでもコンタクトを取ってみてください。電話嫌いな人なんで、くれぐれもメールでお願いしますね」

電話嫌いか。面倒な相手でなければいいがと思った。

私たちはブースを出た。不二家の袋を大事そうに抱える鈴木と一緒にエレベーターに乗った。彼とは八階で別れ、私は独り一階へ向かった。

ホビーの鈴木は約束を守ってくれた。ペコちゃん焼が大いに役に立ったらしい。その晩、日付けが変わった後に野上なる人物に依頼の件のメールを送ってみたら、深夜にも拘《かか》わらずすぐに返信が来た。

渡部圭様

御晩《おばん》で御座います。御依頼の件、拝見致しました。直々《じきじき》の御指名、大変光栄且つ有難いのですが、私より適任の方が居《お》られます。其《そ》の方は土生井昇《はぶいのぼる》先生と仰《おつしや》って、予《かね》てより模型専門雑誌等で大変な御活躍を致して来られた超ヴェテランモデラーの方で在られます。高度な製作技術をお持ちで、専門知識も豊富、私の心の師匠でも在られます。然《しか》し乍《なが》ら、諸般の事情で土生井先生は模型雑誌から俗に云《い》う「干された」状態に相成って仕舞われました。今現在は完全に表舞台から退いて居られます。正しく「伝説のモデラー」で在られます。一応、表に御名前の出無い様な仕事を成さって居られる様では御座いますが、収入の面では私と同等か失礼乍ら其《そ》れ以下と推察され、非常に厳しい状況では無いかと想像されます。就きましては、一弟子(一方的に名乗って居りますが）の分際で誠に不遜《ふそん》では御座いますが、土生井先生に此《こ》の御仕事を御回し願えませんでしょうか？　不肖野上の紹介を受けた旨を御伝え頂ければ、比較的御話が通り易いのでは無いかと愚考致します。御連絡は、御家の御電話番号しか存じ上げて居無いのですが、どうぞ其方《そちら》に御連絡下さいませ。番号は×××－××××－××××に成ります。何卒宜《なにとぞよろ》しくお願い申し上げます。

野上拝

鈴木が新人君と呼んだわりには妙に漢字の多い堅いメールだったが、戦車が好きというような人間は皆そういうものなのだろうか。繋《つな》ぎの連絡をしてくれるということはなく、自分でアポを取れということらしい。私は野上にできるだけ丁寧なお礼のメールを返しておいた。

更にネットで〝土生井昇〟を検索してみる。果たして「伝説のモデラー」らしく、関連案件はほぼヒットしなかった。

出てくるものは基本はアマゾンのサイトで、土生井が執筆者の一人として名を連ねているプラモデルのハウトゥ本『初心者プラモ工作ガイド』の一巻から三巻までがヒットした。

あとは一件だけ、ツイッターで土生井の名前を出しているものがあった。野上とは別人のようだ。雑誌の誌面を撮影した画像が二枚添付されている。屋台のプラモデルのようで、コメントには次のように書かれていた。

『ハブさんこと土生井昇さんが旧河合《かわい》商会の風物詩シリーズの1／25屋台を超絶ディテールアップした作例は革新的だったなあ。昨今のミニチュア小物や食品、ノン・ミリタリー系ジオラマの流行を先取りしていたと思うね』

この一件だけでも伝説的な人物であることは伝わってきた。果たして私の依頼など引き受けてくれるのだろうか。少し緊張してきた。

3　伝説のモデラー

　その週の土曜日、休日なので私は三鷹《みたか》の自宅から土生井の番号に電話を掛けた。少し待たされた後、やっと相手が電話口に出た。

「はい……」低くて覇気の無い声が聞こえた。

「土生井さんのお宅ですか」

「はい……」同じだった。

「土生井さん、ですよね」

「ああ、はい……」

「初めまして。私、渡部と申します。プロモデラーの野上さんからのご紹介でお電話させていただきました。今、お電話大丈夫ですか」私は一気に言った。

「野上……ああ、彼ですか」やっと言葉らしい言葉が返ってきた。

「土生井さんは〝伝説のモデラー〟だとお聞きしたのですが」

「え、ぼくなんか……〝終わった人〟ですよ」

　どこか具合の悪そうな土生井とそれでもなんとかやり取りした結果、早速本日の午後、自宅を訪問する約束を取り付けることができた。住所は高尾《たかお》だった。あの高尾山《たかおさん》の高尾だ。

手早く昼食を終えた私は、黒のポロシャツに皺《しわ》っぽい麻のジャケットを羽織って家を出た。いつもの分厚い営業カバンではなくセカンドバッグを持ったので、足の運びは軽快だった。私の自宅は三鷹駅に近く、JRを使えば早いのだが、遠い京王《けいおう》つつじヶ丘《おか》駅まで歩き、京王線に乗った。もちろん運賃の節約のためである。

途中で特急に乗り換えると、もう昼過ぎだというのに車内は観光に出向く老若男女でごった返していた。色とりどりのリュックサックを背負った登山スタイルが目立つ。やがて高尾駅に着いたが、降りる客は少なかった。たぶん皆は終点の高尾山口駅まで行くのだ。

私は駅ビル一階の和菓子店で千円の菓子折りを買い、領収証をもらった。そのまま隣接するJR駅を突っ切って北へ歩くと甲州街道《こうしゅうかいどう》に出た。西新宿の私の事務所のすぐ脇を通る道が、遥《はる》かこの地まで続いていることの不思議さを思った。周囲はすっかり山に囲まれていて、降りしきる蟬の声には厚みがあった。

さらに北へ続く路地に入ると水の綺麗《きれい》な小さな川を渡った。もう目前に山が迫る。空気が明らかに涼しく感じられた。

新旧の住宅が入り混じる街並みをまた少し歩く。爽やかな風が吹き抜け、どこから か微《かす》かな風鈴の音色が聞こえてきた。こんな所で隠居生活をするのも悪くないかもと思った。地蔵堂のある角を左手に入ると、すぐそこが土生井の家だった。

その外観を見て私は息を呑《の》んだ。ゴミ屋敷と言うと少し違うかも知れないが、トタン屋根平屋の古い家の周りには、無数のガラクタが山積みになっている。古い自転車、タイヤ、オーディオ機器、椅子、健康器具、戸棚、ベッド、冷蔵庫、扇風機……。一応、整然と積み上げられてはいるようだが、とにかく物の数が尋常ではない。家屋の右側に簡単な屋根の付いた小さな駐車スペースがあり、傷みの目立つ白い軽自動車が駐《と》まっていた。

ボタンだけの玄関ブザーを押した。しばらくするとドアが開き、丸メガネを掛けた五十代くらいの男が青白い顔を覗かせた。土生井本人だろう。薄《う》っすら無精髭《ひげ》が伸びている。天然パーマで痩せ形。すっかり色褪《いろあ》せた黒のTシャツにシミの付いたグレーのスウェットパンツ姿だ。身体《からだ》からは汗と脂、そして微かにアルコールの匂いが漂ってきた。来客の予定があるにも拘わらず飲酒をしていたのだろうか。

「どうも、いらっしゃい。こんな田舎《いなか》まで来てもらってすいませんね」と、土生井は快活に言った。先程の電話の印象とはずいぶん違っていた。

「お電話した渡部です」と言って、私は古い靴だらけの狭い三和土《たたき》に足を踏み入れた。

「土生井です。――表、凄かったでしょう。でも拾ってきたわけじゃないんです。単に物が捨てられない性分でね。長年使った物には情が移ってしまうし……それにぼくらモデラーにとってはどんなガラクタでも立派な材料になるんです」

私は曖昧に笑い、名刺を差し出す。

「ごめんなさい。ぼくはあいにく切らしていて」土生井が頭を掻くとフケがパラパラと舞い落ちた。

玄関には、たった今噴霧されたと思《おぼ》しき消臭剤の香りが漂う。下駄箱《げたばこ》の上を見るとその容器が置かれていた。そこには新聞紙が五〇センチメートルほどの高さに積み上げられており、隣に段ボール箱が三つ。

奥へ向かって廊下がまっすぐ伸びており、ここも至る所に段ボール箱が積まれている。右手に引き戸が付いた部屋が二つ並んでいた。左手はすぐ目の前がトイレらしく、その向こうには台所が見えた。さらにその隣はガラス戸があり、風呂場と思われた。突き当たりは暗くてよく見えなかった。

「むさ苦しい所ですが、どうぞ」

「失礼します」

靴を脱いで上がると、今度は消臭剤の香りに混じってタバコと蚊取り線香の匂い、そしてかすかなアンモニア臭が嗅《か》ぎ取れた。

「紙鑑定士さんなんですか」土生井が名刺を見て言った。

「はい、本業はそうです。販売もしています」私はいつものように業務内容を説明しようとして、思いとどまった。今日は営業をしに来たのではない。

土生井が戸の開いた手前の部屋に招き入れた。部屋に入るや、シンナーその他の化学薬品的な臭いがそれまでのいろいろな匂いを掻き消した。床板が腐っているのか、歩くと足元がブカブカする。

室内も物が覆い尽くしていた。壁という壁にスチール棚が聳《そび》え立っていた。半分はプラモデルの箱がびっしり押し込められている。車、飛行機、戦車、船、そしてロボットの類。私にはわからないがレアなアイテムもあるのだろう。

あとの半分は書籍や雑誌で、こちらも見るからに古そうな物が並んでいた。しかしプラモデルも本も棚には収まり切らず、床にも大量に積み上げられている。

「凄い数のプラモデルですね」私は溜息《ためいき》をついた。

「ええ、〝積みプラ〟って言われてます。一生掛かっても作り切れないですね」と言って、土生井がキシシと笑った。

私は土生井の前歯が一本無いのに気が付いた。思わず注視してしまう。

視線を察知したのか土生井が言った。「この商売、どうしても歯にくるんですよ。いつの間にかシンナーを吸い込んでてね。いやな職業病ですね」

私は頷いて言った。「そう言えば、ペンキ屋さんにもそういうことがあると聞いたことがあります」

「でもタバコ吸う時に便利でね。口開けなくていいから。なので治してないんですよ。――まあ金が無いというのもあるけど」と言って、土生井はまたキシシと一本が欠けた前歯を剝《む》き出して笑った。

私も笑いそうになったので視線を逸《そ》らした。その他の部分もダンボール箱が山積みになっていた。右手の棚の前にはパイプベッド。脚の下には補強のためか板が敷かれている。

左手には押入れ。その前に座卓があり、上には工具や材料、作りかけの人形ともロボットともつかぬ物などが乱雑に置かれていた。その周囲には低い棚があり、ここにも工具や材料が積まれていた。

また、ティッシュペーパーの箱を半分にしたようなそれがいくつも並んでいた。薄緑色のパッケージに〈キムワイプ〉とある。確か日本製紙クレシアが出している紙ぶきんだ。かなり性能がいいと聞いている。どうやら土生井の愛用品になっているらしい。

部屋の反対側は網戸になっており、縁側の外の緑が透けて見えていた。そこからはひんやりした風が流れ込んでくる。

「いい風が入りますね」

「ええ、冷房要らずですわ」

座椅子の後ろには茶ダンスくらいの大きさのガラスのショーケースがあり、中にはプラモデルの完成品やフィギュアがぎっしりと並べられていた。

「ここにあるのは、土生井さんが作られた物ですか」

「え、ああ、そうですよ。ずいぶん昔の物ですがね。あとはほとんど箱に仕舞ったままでね」

私は改めて覗き込んだ。ワックスをかけたばかりのようなピカピカのクラシックカーがあった。隣には『スター・ウォーズ』の宇宙船。映画に出てくるまんまの使い込まれたような塗装だ。下の段のジェット戦闘機のエンジン部分の焼けた感じも凄かった。そして戦車もあった。まるで戦場にいるようで、キャタピラには泥の汚れまで付いている。

見覚えのあるおでんの屋台も飾ってあった。昨夜ネット検索した時にツイッターにあった作品だ。こんなに早く現物を目にできるとは思わなかった。骨組みはいかにも木でできたような彩色で、木目が細かい。ケシ粒ほど小さいのに食べたくなるようなリアルな具材、シズル感のある出汁《だし》。本当に酒が入っていそうな透明な酒瓶……私は少々感動していた。

「この屋台、雑誌に載ったものですよね。ツイッターで紹介されていました」

「え、三十年も前の作例が？　――そのツ、ツイッターってのは何ですか」

どうやら土生井はネット事情にはかなり不案内のようだ。

「ツイッター、知りませんか。ＳＮＳの一種なんですが——と言ってもそれもわかりませんよね」

「ええ……ぼく世捨て人みたいなもんでね」土生井は頭を掻いた。

「ネットは見ないですか？」

「たまに見ますけどね、調べ物で。パソコンは持ってないんでケイタイですけど」

私は自分のスマホでツイッターの当該部分を見せようかと思ったが、念のため土生井に訊いてみた。「土生井さんはどんなケイタイを使ってますか？」

「ちょっと待って」と言って、土生井は立ち上がって座卓の方へ行った。戻って来ると、その手に握られていたのは最新型のアイフォンだった。

「ああ、スマホは持っているんですね」私は少し安心した。

「最近、仕事関係の人にどうしてもと勧められて換えたんですよ。これがうちで一番のハイテク機器かなあ」

「ちょっと見せてもらえますか」と言って、アイフォンを受け取った。

ホーム画面を見ると、アイコンは初期設定の物しか並んでいなかった。ツイッターもＬＩＮＥも入っていない。

「まだ買ったばかりで使いこなせてないんですよね。——で、さっきのツイッターですが、それは何をするものなんですか」

「まあ、個人で世界に発信できるメディアですかね。作品も発表できますよ」

「ほんとですか、それ、それ……」

食い付きを見せる土生井に私は言った。「では、アプリを入れてみますか」

「それ、金かかりますか」

「いえ、無料です」ＡＰＰストアからアイフォン用ツイッター・アプリを見つけ出し、土生井に認証してもらった。

そして〝@hav1969〟でアカウントを取得。表示は本名でいいとのことだった。土生井に二、三の質問をしてプロフィール欄を作成した。五十代、プロモデラー。アイコンも自分の顔写真でいいというのでその場で撮った。

私は借りたスマホで、また〝土生井昇〟で検索をかけてみた。たった今作ったアカウントと、ハウトゥ本と、例のおでん屋台のツイートがヒットした。

「これです」アイフォンを返して画面を見せた。

「ほんとだ。ぼくのが載った本ですね。どこのどなたか知らないけれど、ありがたいこってす」

「今後は自分でできますよ。せっかくですから、まずは一言どうぞ」

「何か書くんですか。どんなことを？」

「例えば『ツイッター始めました』とか」

「じゃ、そうします」と、土生井はそのとおりにツイートした。

「あとはおすすめされたアカウントをフォローするとか、お知り合いを検索してフォローするとかしてみてください」

「〝フォロー〟というのか。ありがとう。すいませんね、初対面の人にいきなりいろいろしてもらって」

「いえいえ」

土生井がスマホをいじっている。「へえー、ツイッターって面白いもんですねえ。口コミの情報がとにかく早い。――お、今はこんなに便利な工具が出ているのか。全然知らなかった。――え、プライザーのフィギュア、100分の1スケールだけが市場から一斉に姿を消したって？　おかしなこともあるもんですねえ……」

私は自分の身をどこに置こうかと再び室内を見渡した。だが部屋の中央にはプラモデルのカラフルな中身が畳の上にずらりと並べられている。枝にパーツが付いた状態で、確か〝ランナー〟と言ったはずだ。

「あ、すいません、散らかってて」土生井はランナーをひとまとめにして端へよけ、そこに小さな丸いちゃぶ台の脚を出して置いた。

シミだらけの座布団を勧められ、私はその上に正座をした。「今、何か製作中なんですか？」

「ガンプラをね」

〝ガンプラ〟とは誰もが知る有名なアニメに出てくるロボットのプラモデルの通称だ。私も子供の頃にはよく作ったものだ。言われてみると見たことのあるようなパーツがちらほらある。横に置かれた大きな段ボール箱にはガンプラのメーカーである〝BANDAI〟の赤いロゴが印刷されていた。

「これはお仕事ですか？」

「うん。自分の作品を発表できなくなってからは、主にこういったメーカーからの仕事を受けてるんですよ。まあ江戸時代の傘張り浪人みたいなもんですわ」キシシと土生井は自虐的に笑った。

「それはメーカーの依頼で？」

土生井は頷いた。「プラモを組み立てて完成品を作る仕事です。例えば商品カタログや広告の撮影用だったり、見本市の展示の時なんかに仕事が来ます。某大手家電量販店のようなチェーン店が新しく開店する時などにも大量の発注があります。メーカーは小売店へのサービスとして店頭展示用の完成品を提供するらしいんですね」

「どのくらいの発注数なんですか」

「普通は一度に三十から四十点、多いと百や二百は来ることもありますね。まあ成形色が設定どおりですから、基本は〝素組み〟で大丈夫です」

「スグミ?」

「うん、素のまま組むことですね、塗装をせずに。単色成形のスケール物の場合は、〝改造などをしたりせずに完成させて塗装まで行った物〟のことを指したりする人もいますがね。まあそれを〝ストレート組み〟などと言って区別する人もいます」

「その素組みだとしてもその数は……」私はたまげて言った。「たとえプラモデル好きでも大変ですね」

「まあそうですね。でもそういうのが無いと食っていけないですから」と言って、土生井は両手を合わせて拝むポーズをした。

私は座卓に載っているカラフルな得体の知れない人形を指差した。「あれも依頼作品なんですか」

「ああ、あれは趣味でのんびり作ってるやつです。ジャンクパーツ、つまり要らなくなったパーツを寄せ集めて一つの形にでっちあげているんです。これも言わば廃品利用ですね、金がかかりません。――この作品はまあ『ヴィーナスの誕生』をイメージしてるんですけどね……」

美術書の印刷用紙を扱ったことがあり、もらった見本書に載っていたのですぐにわかった。確かに輪郭がボッティチェリの描いたヴィーナスだ。巨大な貝殻の上に全裸の女性が立っている。それが、様々なプラモデルのパーツによってパズルのように組み上げられているのだ。

「まあ単なる息抜きですね」

唖然《あぜん》とした。プラモデルの仕事の合間にプラモデルで息抜きとは。

思い出したように私は持参した紙袋を差し出した。「これ、つまらない物ですが」

「ご丁寧にすいません。いったん仏壇にあげてきますね」土生井が受け取って立ち上がると、部屋を出て行った。

私は再び無遠慮に部屋の中を眺めた。よく見ると鴨居《かもい》には静物を描いた油彩画がキャンバスのまま何枚も差し込まれていた。その中に一つだけ写真パネルが混じっていた。B5判くらいか。色白の美人を撮ったモノクロ写真だった。昔の女優だろうか。

「あーっ！　またやったのか」隣の部屋から土生井の怒鳴《どな》り声が聞こえてきた。

「わたしがやったんじゃないよ！」今度は女性の怒鳴り声がした。年老いた女性だ。

「他に誰がやるんだよ」

「知らないよ！」

「知らないわきゃないだろ」

何かがバタンと倒れる音。私は浮足立ち、耳をすませた。

「死んじまえ！」そう言ったのは老女だ。

「何を言う。誰が世話してると思ってるんだ」

「頼んだ覚えはないよ！」

そしてバタバタと廊下を走ってくる音。

「すいません。ちょっと母親が粗相しちゃって」土生井が襖《ふすま》の間から一瞬顔を覗かせ、また戻って行った。

それからまた一〇分ほどガサゴソする物音が続き、やがて怒声は収まった。

「え、これいいの？ お金は？」と、急に老女の嬉しそうな声。先程とはトーンが全然違った。

「お金は払っておいたよ」

「これ、すごくおいしい！ ありがとね！」

どうやら騒ぎは収まったようだ。

4　ジオラマ解析

土生井が盆を持って戻って来た。揃《そろ》っていない湯呑《ゆのみ》と急須が載っていた。片方の湯呑に茶が注がれ、私の前に置かれた。

「お騒がせしました」と、土生井は言った。

「お母さんですか」

「ええ、一〇年ほど前から認知症でね。だんだんひどくなって……」と言って、土生井は歯の欠損部分に挿したタバコに火を点けた。

「大変ですね」

「親一人子一人でね、仕方がないですよ。――お茶どうぞ」

「いただきます」私は湯呑を口に運んだ。「――実は私も母子家庭なんですよ。離れて住んでいますが、うちもいずれ覚悟しないと」

「こういうのは心の準備が大事ですね」

「覚えておきます」

「いただいたお菓子、喜んでましたよ」

「それはよかった」

「――紙の鑑定士さんというと、例えばこの本なんかも何の紙かわかりますか」と、土生井は傍らに積まれた雑誌の山から一冊引き抜いてよこした。

私は手に付いた水分をズボンで拭《ぬぐ》ってから受け取った。Ａ４判のムックだった。書名は『初心者プラモ工作ガイド』とある。アマゾンのサイトに出てきた本だった。開いて中を見た。プラモデルの組立て方のハウトゥ本で、一〇〇ページのオールカラー。解説用の図版が満載だった。印刷の状態はいい。本の構成は、カバー、オビ、表紙、本文だ。

私はカバーの端を人差し指と中指と親指で弾きながら、言葉を切りつつ話し始めた。

「カバーとオビは同じ紙で〝Ａ２コート〟という上位グレードです。銘柄は、グロスだから王子製紙の〈ＯＫトップコート＋〉か、日本製紙の〈オーロラコート〉。他に二、三の候補はありますが、たぶんこの二つのどちらかです。ベテランでもほとんど見分けるのは難しいですが、私は黄色味が強いので〈オーロラコート〉だと思いますね」

「〝Ａ２コート〟って何ですか。Ａ２判？」

「いえ、判型とは関係ありません。印刷の状態をよくするためにあらかじめ表面に塗料を塗ってある紙、つまり〝塗工紙〟をアルファベットの〝Ａ〟で表現します。グレード順に数字で表され、Ａ０は〝スーパーアート紙〟、Ａ１は〝アート紙〟、Ａ２は〝コート紙〟ですね。その下にＡ３〝軽量コート紙〟があります。こう言うとＡ２は中から下のように思われるかもしれませんが、塗工紙自体のグレードが高いので雑誌やムックに使うならかなり高級な部類でしょう」

土生井が紫煙を吐き出した。「なるほど、〝塗工〟というのは模型で言うところの〝サーフェイサー〟みたいなものか。ぼくも材料オタクだから、こういうのは聞いていて楽しいです」

私はカバーをめくった。「表紙は板紙ですから王子の〈OKエルカード＋〉か、日本製紙の〈F－1カード〉、北越コーポレーションの〈ハイラッキー〉といったところです。カバーも日本製紙だからここは〈F－1カード〉でしょう」

「F1カード？　レーシングカーのカードみたいですね」

さらに本文の端を指先で何度も弾き、パチンと音を立てた。「肝心の本文ですが、A2コートのダルですね。銘柄は王子の〈OK嵩《かさ》王サテンZ〉か、日本《にっぽん》の〈アルティマシルク〉ですね。やはり流れから言って後者でしょう」

「〝ダル〟って何ですか」

「グロスとマットの中間にあたります。地はマットなんですが、印刷面だけグロスになります。文字は読みやすく、図版は綺麗に出ます。だから解説本によく使われますね」

「なるほど」土生井は受け取って本文に目を近付けていた。「確かにそうだ」

私はセカンドバッグから紙屋の七つ道具の一つ、〈ピーコック〉の紙厚測定器《ペーパーゲージ》を取り出した。「これで厚みを測ればスペック表と照らし合わせて坪量《つぼりょう》がわかります。つまり紙の密度的なものなんですが――」

「あ、ごめんなさい。それには及びません。充分にわかりました。それで――」土生井が使い古された空缶の口でタバコを消して、揉み手をしながら訊いた。「今日は何かお仕事をいただけるとか」

「ええ、本題が遅くなりました。実はそれほどたいした仕事ではないんですが……」私はスマホを取り出して画像を見せた。「このジオラマに関して所感を聞かせてもらえたらと思いまして」

「ほうほう」土生井はスマホを受け取ると、丸メガネを額にずり上げて覗き込んだ。

「なかなか見づらい画像ですねえ」

「すみません。これしか無くて。こういうのAFVって言うんですか。土生井さんお得意だそうで」

「いや、全然得意というわけじゃないんですけれども――戦車が二台か。手前は〝ヒトマル式〟で、後ろは〝メルカバ〟だな。どちらもタミヤ製ですね。塗装も一応している」

「ヒトマル式とメルカバ？　どこの国の戦車ですか」

「ヒトマル式は自衛隊の戦車ですよ。二〇一〇年に制式採用されたから一〇式と書いてヒトマル式と読むんです。メルカバはＩＤＦ、すなわちイスラエル国防軍の戦車ですね」

私は紙屋手帳にメモを取った。「なんで自衛隊とイスラエルの戦車が並んでいるんですかね。――合同演習とか？」

「それはないですね。昔、自衛隊はゴラン高原に行ってたことがありますけど、ＰＫＯ派遣だから戦車は持って行っていないはず。単にこの作者が好きだったからかな。一〇式は日本の主力戦車だから愛着のある人は多いし、メルカバも元々モデラーの間で人気が高いんです。戦争大国イスラエルの国策で潤沢な予算を使って開発されていますから、独自の進化を遂げていて、車体には年々ハンパない最新装備が追加されていくのがシビレるんですよ」土生井は楽しそうに語った。かなり年下の私に対して丁寧語をやめようとしない。

私は引き続き質問をした。「塗装についてはどうですか」

「初心者なりに頑張ってる感じですかね。けして上手ではないですが、一応一〇式の二色迷彩も再現されているし、メルカバもちゃんと〝シナイグレー〟で塗っている」

竹刀グレーがどんな色かはスルーしてさらに訊く。「ジオラマについてはどうですか」

「ディ、オラマ、ベースは――」と、土生井もホビーの鈴木同様に〝ジオラマ〟のことを〝ディオラマ〟と言った。「砂漠のイメージですかね。まあゴラン高原だと言えなくもない。粘土的な物を盛り付けて多少の起伏はつけてありますね。あとはシーナリーパウダーの黄土色をそのまま貼り付けてある。しかしだいぶムラがあるな。こういう粉類は〝水溶き木ボン〟をスポイトで垂らして固着させるのが普通ですが、その手法は知らないようですな」

「みずとき……？」

「水で溶いた木工用ボンドです。水のように含ませると乾いた時に固定されるんです」

「そんなテクニックが……」私はメモを取り続けた。

「フィギュアはそれぞれのキット付属の物ですね。自衛隊員の迷彩はそれなりで。どちらも元々腕を軽く上げているポーズだから、うまいこと握手しているように見えますね」

「なんで握手しているんでしょう」

「はて。――そもそもこの作品には何か曰《いわ》くがあるんですか？」

「実はそうでして」私はさらに詳細な分析が期待できると踏み、細かく話すことにした。「――ある女性の彼氏が作ったものなんだそうですが、誰か他の人にプレゼントしたらしいんです」

「プレゼント……彼女以外の人にですか」

「はい。たぶん男性にあげたんではないかと彼女は言っています。つまり、彼氏はゲイで、男性と浮気しているんではないかと疑っているんです。私も戦車を男のナニに喩《たと》えたんじゃないかとちょっと思いました」

「……なるほど、面白い仮説だ」

「彼女は、彼がゲイだという確信が持てたら別れるつもりらしいんですが」

「じゃあ、ゲイでなかったら？」

「それは……また別の問題が発生するでしょうね」

「ふむふむ」と少しの間考えてから、土生井は手を伸ばして物陰から大きなペットボトルを引っ張り出した。それは一・八リットル入りの焼酎だった。「ぼく、これでちょっと馬力あげていいですか」

馬力、つまり呑めば頭が回転するということか。私が考え事をする時についトランプをいじってしまうのと似たようなものだろうか。仕方なく「どうぞ」と飲酒を承諾した。

土生井は焼酎を湯呑に注ぎ、半分ほど口に放り込んで、胃の腑《ふ》に沁《し》み渡るのを待つようにしてから言った。「これを人にプレゼントしたとして、その相手が男だとの仮説のようですが、ちょっと偏った見方じゃないですかね。ぼくは普通に女性のような気がするんですよね」

「プラモデルや戦車好きの女性？」

「いわゆる〝女性モデラー〟は存在します。中には戦車好きもいるでしょう。私の知り合いにも陸自の〝総火演（富士総合火力演習）〟見物が欠かせないという女性がいます。しかしその場合、このレベルの作品をプレゼントされて喜ぶとは思えない。現実にはありえない一〇式とメルカバが一緒にいるという設定に納得できないはずです」

自分で自分の仮説を潰《つぶ》し始めた土生井を不思議に思い、私は訊いた。「それならばどういう女性ですか」

「今パッと思い付いたのは、戦車が好きかどうかは別にして、縁のある女姓ということです。そこでぼくはメルカバに着目しました。知っての通り、メルカバ装備の国イスラエルは徴兵制ですから、国教というか民族宗教であるユダヤ教徒なら全員が兵役に就くことになっています。もちろん女性も。つまり、国防軍の女性兵士か兵役経験者で、戦車に乗っていたか、それに近い任務だった女性が浮気の相手ということもありえます」

「ああ、そうか！」私は膝を打った。

「フィギュアが男性同士だったからそう思い込んだのかも知れないですが、単にキットの付属品を使っただけでしょう。イスラエル軍の女性兵士フィギュアなら、プラマックスといった別のメーカーから出ていますけど、わざわざ探して買うまでには至らなかったというわけですかね。そもそもそこまで気が回るようなら、タミヤの古いメルカバではなく、例えば――香港のモンモデル製とかのマーク4を探してくるはずですからね」土生井は立て板に水のごとく話した。

しかし私は言い返した。「ちょっと待ってください。さっきから女性前提で話が進んでいますが、何か根拠でもあるんですか」

「うん。これなんですがね」と、土生井は画像の一部を指差した。

私は覗き込んだ。指の先にあるのは、メルカバ戦車の側面の絵だった。

「猫のマーク、ですか」

「たぶん〝カラカル〟ですよ、ネコ科動物の」

「それは初めて聞きましたが……何か意味が？」

「ぼくの記憶が確かなら、〈カラカル大隊〉の部隊章を表しているんじゃないかな。ちょっとネットで調べてみてくれませんか」

私はスマホを持ち直し、半信半疑で検索してみた。「あ、出て来ました……イスラエル国防軍の南部軍に属する歩兵大隊、とありますね。ええと――所属兵士の約七割が女性、だって？」

「そうそう、女性が多い部隊として知られています。部隊章も出てきませんか」

私はさらに検索を続けた。やがてそれらしきマークが現れた。楯の形をした輪郭の中、黄色い山をバックに剣のような物が天に向かって突き立てられている。その手前に羽を広げた動物。その顔が耳の長い猫のようになっている。これが部隊名の由来であるカラカルなのか。確かにメルカバ戦車に描かれていた猫のようなマークとよく似ている。

私はスマホを土生井に見せた。「これですか」

「そう、これこれ。その部隊章を省略してメルカバに描いたんだと思います。つまり、相手がカラカル大隊に所属していた女性で、彼女からそうリクエストしたんじゃないかな」

私は舌を巻くしかなかった。たった一枚の、しかも不鮮明な画像からここまで推理できてしまうとは。

「あっ」しかし私は我に返ったように言った。「ということは、相手はイスラエル人女性ということになりますね」

「はい、イスラエル人が日本にいればの話ですがね」

「ちょっと突飛過ぎませんか」土生井が単に知識を披瀝《ひれき》したかっただけではないかと思い、私は突っ込んだ。

「まあ、可能性の一つです」土生井は事も無げに言って焼酎を呷《あお》った。

私が身をよじると、ジャケットの中でジャラジャラと音がした。ヒロのサイフのチェーンだ。念のためポケットに入れて持ってきていたのだ。

取り出して土生井に渡す。「依頼人が確信を持った決め手は、自分がプレゼントしたこのサイフが捨てられていたからでした」

「プレゼントをね。どれどれ拝見。——単に壊れたか、気に入らなかっただけかも知れないですよ」

「調べましたが、どこも壊れてはいないみたいです」

「おや」土生井が突然声を上げ、そして訊いた。「なぜこのサイフが捨てられたか理由を聞いてますか」

「それがどうも、新しいサイフを浮気相手からプレゼントされたので、これは要らなくなったらしいんですが、それが何か」私は期待しつつ答えた。

「ふむ。どこも壊れていないサイフを持っているのに、新たにプレゼントするのは変だと思いませんか」

「それもそうですね……何か理由があったのかな」

「その理由というやつがわかった気がします。どうやらぼくの妄想がだいたい当たっていたようです」

「と、言いますと?」

「これで浮気相手が本当にイスラエル人だという確率が高くなりました」

「どういうことですか」私は急《せ》かすように訊いた。

土生井がサイフの留め具の所の銀色に鈍く光る飾りを指差した「これが何だかわかりますか」

私は気にも留めなかったが、よく見ると人間の頭蓋骨の形になっていた。特に珍しい物ではなかった。

「ドクロのようですが、海賊のマークですか」

「〝トーテンコップ〟ですよ」

「トーテン……コップ？」

「ドイツ語です。まあ、そのまんまドクロの紋章のことですがね。――ドイツでは古くから、軍隊の紋章にドクロの意匠が使われていたんです。それこそ海賊旗ですよ。顎の無い頭蓋骨の後ろにバッテン型の骨が置かれているやつですね」

「へえ、そうなんですか」

土生井はドイツの歴史にも詳しいのだろうか。

「しかしこのサイフのドクロはちょっと違う。正面ではなくてちょっと左の方を向いていますね。そして顎もある」

私は改めてドクロを仔細に眺めた。なるほど、よくある海賊旗とは少し違うようだ。

より写実的で、禍々《まがまが》しいものを感じた。

「確かに違います」

「これは二次大戦後期の〈ナチス親衛隊〉の帽章なんですよ」

　思わずはっとした。「ということは……！」

「そう。そうと知らずにとんがったファッションのつもりでトーテンコップをあしらってあるんでしょうけど、相手がイスラエル人――つまりユダヤ人なら、こんなサイフは絶対に許せなかったんじゃないですかね。だから買い換えてくれた」

「なるほど納得です。――それにしても、土生井さんはイスラエルだけでなくドイツにも詳しいんですね」私は感嘆して言った。

「いや、これもプラモのお陰ですよ。ぼくくらいの年代のモデラーなら皆、ドイツ軍の兵器は通過儀礼みたいなもんでね。メッサー、フォッケ、パンター、ティーガー、レオパルト、ケッテンクラート、スダコフツ……」

　まるで「第九」の『歓喜の歌』でも聴いている気分になった。それにしても、土生井の直感どおりイスラエル女性である可能性が高くなってきた。

　そこでもう一つ思い出した。先日サイフの中を調べた時に特殊紙の切れ端が出て来たことを。紙屋手帳を出して、ビニールポケットからピンクの紙片を取り出す。

「サイフにこんな物が残っていました」と、土生井に見せる。

「〝R〟と書かれているね。誰かのサインかな」

それで閃《ひらめ》いた。以前いた会社の飲み会で、二次会か三次会で先輩社員に連れて行ってもらった六本木の外国人パブに、イスラエル人の女性がいたことがある。アメリカの映画関係者にユダヤ系が多いという話題で盛り上がったのを覚えている。

水商売の女性の名刺では、印刷が間に合わなかったり、臨時雇いだった場合、名前を手書きすることがある。〝R〟はその痕跡ではないのか。そしてアルファベットで書かれているということは、外国人であることを裏付けていないだろうか。

私はすかさず言った。「イスラエル人が日本にいる可能性はありますよ」

「本当ですか」

「〝外パブ〟です」

「うん？　それは外国人が給仕するパブのことですか」

「ホステスは給仕はしませんがね」

「へえ、勉強になります」と、土生井は言った。

「考えるに、こういうことになるんじゃないですか――彼氏は外パブで知り合ったイスラエル人女性の気を惹《ひ》こうと考えた。イスラエル人女性が戦車兵かそれに近い任務だったことを知り、ご機嫌取りでイスラエル戦車のプラモデルを作った。さらに日本の一〇式を作って並べ、二人の絆《きずな》を表現したと」

「うん……その線ですかね。しかし〝絆〟って言葉、いいですね」土生井は湯呑を口に運んだ。

「いやあ」と、私も昭和の作法で頭を掻いた。依頼人にどう回答するかを頭の中でざっと組み立て、知りたいことはもう無いと思った。

「それでは早速、外パブを探してみます。お陰さまで助かりました」

「えっ、こんなもんでいいんですか」

「ええ、充分です」私は内ポケットから皺の付いた封筒を取り出して差し出した。「これ、少ないですが」

　土生井は両手で恭しく受け取るとすぐさま中身を確認した。「うへぇ、一万円！　こんなにもらっていいんですか」

　その驚きように、逆に私も驚いた。「あ……もちろん」

「いつも時給二百円の仕事をしているからもうビッツラですよ。わずか十分かそこらで一万円とはね。時給に換算すると――」

「まあいいじゃないですか。どうぞお納めください。――それでは私はこれで」

「えっと、領収書は……」

　一瞬考えてから言った。「お願いします。宛名は私の名刺の通りで」

土生井は座卓から領収証の冊子を取ってくると、私の名刺を参照しながら慣れた手つきでさらさらと書き込んだ。

「品名は〝相談料〟でいいですか」

「ええ、それでけっこうです」

〈有限会社土生井〉と書かれた税込一万円の領収証の写しを受け取った。

「ろくにお構いもしませんで」

私は立ち上がった。「いえいえ。では失礼します」

土生井に玄関まで見送られて私は帰途についた。このゴミ屋敷に来ることはもうないだろうと思いながら。

帰りの電車の中でスマホを取り出した。依頼人の杏璃にLINEで、彼氏が現在通っている現場とその期間、作業時間、休日を尋ねた。一五分ほどして〝既読〟となり、さらに五分後に返信が書き込まれた。
〔おつかれさまです(^_^)/ 現場は東長崎《ひがしながさき》、期間は5月から2カ月ちょっと通ってます。仕事は朝8時半からだいたい夕方5時までで、休工日は日曜日と隔週土曜日です。よろしくお願いしますm(_ _)m〕
私は礼を言い、また連絡する旨を書き込んだ。

所沢から東長崎に通うのなら西武池袋線《せいぶいけぶくろ》だろう。最寄《もよ》りの繁華街なら当然、一つか二つ隣駅の池袋ということになる。杏璃の彼氏が外国人パブに通うとしたら、そこに店があるに違いない。

引き続きスマホで、池袋の外国人パブを検索した。検索ワードをいろいろに変え、十数軒ほどが引っ掛かった。すべての店名と住所をメモした。業務用の紙屋手帳に飲食店の名を書き連ねている紙屋は珍しくはない。

次にネット掲示板での外国人パブに関するページを開き、イスラエル人ホステスについての書込みを検索した。さすがにイスラエル人は珍しいと見えて数は少なく、該当する書込みは錦糸町《きんしちょう》と池袋の二軒の店についてだけだった。であれば、自動的に池袋が最有力候補だ。店の名は〈ワイルドニューヨーク〉だった。もちろん先程のメモの中にもあった。

5 池袋

瞬く間に七月最終の金曜日が来た。暑いさなか毎日せっせと事務所に通ったものの、本業でこの週にやった大きな仕事と言えば、〈カドクラ出版〉が年末に発行予定の『MS年鑑』という単行本のコンペに単価表を提出したことくらいだ。

A4判のこの本はほぼ毎年刊行されている人気アニメシリーズの設定資料集で、予定部数は一〇万部と最近の刊行物の中ではけっこうな大部数だ。

カバー、オビ、表紙もさることながら、本文は実に五六〇ページもあり、印刷用紙は相当な分量になる。美麗な画像を満載するということで、印刷状態の良い〝A2コート〟と呼ばれる塗工紙を使うことになっている。これはグレードが高いためかなり高価だ。したがって本文だけでも非常に大口の発注となる。重量にして二〇〇トン以上。紙商にとっては喉から手が出るほど欲しい仕事だ。

二〇〇トン以上の発注なら、版元は大手を振って価格を取りに来る。つまり経費を節約するため、単価を下げるよう要求してくる。そこで、各紙商がそれぞれ連携している製紙メーカーと相談し、この場限りの特別単価を決めて持ち寄る。公然と行われる値引き競争だ。

私の事務所は新参かつ弱小だから、他の紙商と取引メーカーがカブっている時、取引が長くて太い所と比べると優先順位が頗《すこぶ》る低い。従って、なかなかいい値段になりにくいのだ。これでは競争に勝てるわけがない。だが、参加することに意義があるというオリンピック精神で、毎回単価表を提出するのである。結果発表は盆明けだというので、あとはダメ元でひたすら待つしかない。

この週やったもう一つの仕事と言えば、先日、米良杏璃から請け負った調査の準備だった。とはいえまだ大したことはしていない。明日の土曜日は杏璃の彼氏であるヒロの仕事の休工日だった。隔週の二連休にあたる。となれば、今晩は羽を伸ばすに違いない。私はＬＩＮＥで杏璃に今夜のヒロの動向を訊いておいた。案の定、仕事仲間と飲みに行くため帰宅は深夜だと言われているらしい。

相変わらず杏璃はヒロと仕事仲間との男色関係を疑ってヤキモキしているようだったが、私は土生井の推理により、池袋の〈ワイルドニューヨーク〉で外国人女性に会うのだと確信していた。もちろん、見極めるまでは報告はできない。

私は今晩調査する旨だけを杏璃に伝えた。「いよいよ尾行ですか」と訊かれたが、否定した。東長崎の公団住宅は杏璃が言ったとおり広大で、ヒロの姿を探し出すのは困難だ。池袋の店に先回りするのが得策だった。

ヒロは五時で仕事を終えて、身繕《みづくろ》いをして出掛けるはずだ。だが、店が開くのは七時だから、先に腹ごしらえをするなり、どこかの呑み屋に寄ることも予想された。あるいはイスラエル人女性との同伴出勤ということもあるだろうか。

私は残業を六時までこなし、デスクの上のトランプだけを摑《つか》むと事務所を出た。徒歩で新宿駅へ向かい、いつもの立ち食い蕎麦屋でいつものかけ蕎麦を掻き込んでから、山手線の外回りに乗り込んだ。

池袋駅北口から外に出たのは七時一〇分前だった。私は〈ワイルドニューヨーク〉へ向かった。七時二分前には店のあるビルに着いた。看板を見ると、地下一階にあるらしい。階段を降りて行くとドアが三つほどあり、その一つに〝GENTLEMEN'S CLUB WILD NEWYORK〟と金文字で書かれた黒いプレートが貼り付けられている。いったん地上に戻り、斜向《はすむ》かいのコンビニの前に立って、店の出入口を見張った。

一五分ほど経《た》ったが、客は一人も入って行かなかった。私は早くも疲れを感じていた。退屈に負けて一回スマホを出してしまったが、相手を見過ごしてはならないと思い直してすぐにしまった。

さらに一五分をなんとか耐えたが、もう限界だった。私はプロの探偵ではない。張込みなど所詮《しょせん》無理だ。

私は〈ワイルドニューヨーク〉に入ることにした。階段を降り、店のドアを開ける。クリスタルが連なったような暖簾《のれん》を掻き分けて中に入る。薄暗い店内にはミラーボールの七色の反射光が回転し、ダンスミュージックが大音量で掛かっていた。

「イラッシャイマセー」と、外国人女性数人の威勢のいい声が響いた。

ラッパーのケンドリック・ラマーのような童顔の小柄な黒人男性が、革製のカルトンを持って寄って来た。

私は訊いた。「いくら？」

「九十分飲ミ放題。四千円イタダキマース」

私はカルトンに皺だらけの五千円札を載せた。経費は依頼人に請求すればいいはずだ。「領収証をくれないか」

「ハイ」

すぐに無記名の領収証と皺だらけの千円札の釣りを受け取る。そのまま奥へと案内された。

数人のホステスが鈴なりになっているバーカウンターの脇を通り抜けてさらに奥へ。壁際にぐるりと黒レザーのソファ。黒い小さな四角のテーブルがいくつか置かれ、その反対側に丸椅子。部屋の中央が広く空いていて、天井と床に一つずつ直径一〇センチメートルほどの金属製の蓋が嵌《はま》っている。ポールダンスのポールを立てていた名残《なごり》りだろう。

客は他にはいなかった。まだ時間が早いのだ。

「オ飲ミ物ハ何ニシマスカ」と、ラマー似の店員が小さなメニューを差し出して言った。

「ジントニック」

「女ノ子ハ誰ガイイデスカ。ルーマニア、ドミニカ、フィリピン、タイワン……」

私はカウンターの方を見た。ホステス全員がこちらに顔を向けてウインクし、しきりにアピールしていた。なるほど、白人が一人、黒人が一人、アジア人が二人いる。

「イスラエル人はいないのか」と、私は訊いた。

ラマーは「おや」という顔をして言った。「イルダケド、今日ハマダネ」

やはり在籍していた。まだ来ていないということは、ヒロと同伴だろうか。

「じゃあ……ルーマニア」と、私はリクエストしたが、特に理由は無かった。

「ヘイ、ディアナ！」

ラマーに呼ばれ、金髪のひょろりとした女性がやって来た。ネグリジェのようなピンクのドレスを着ている。顔は特に美しくもなく醜くもなしといったところだ。向かい側ではなく左隣に座った。

「コンバワ、ディアナデース」と、わりと慣れた日本語で握手を求めてきた。

私はラマーからジントニックを受け取って言った。「ああ、こんばんは。ケイだ」

「ケイサン？　ハンサムネ」

「そう？」まんざらでもなかった。

「私、ドリンク、イイデスカ？」すかさずディアナは言った。おだてて金を使わせる作戦だったか。

「いくら？」

「レイディース・ドリンクハ千五百円、ワインハ三千円、シャンペンハ一万円デース」

「じゃ、一番安いレディース」

ディアナが不服そうに口を尖らせて紙片に何かを書き込んだ。それを掲げて振ると、ラマーが飛んで来て取り上げ、私にカルトンを突き出した。

私は先程の千円札と五百円玉をそれに載せた。「領収証」

やがてディアナの前に試験管のような細いグラスが置かれた。中身はいくらも入っていない。私は領収証を受け取った。

「乾杯」

「ルーマニア人、乾杯ノコト〝ノロック〟言イマス」

「ノロック？　じゃあノロック！」

「ノロック！」

私たちはグラスをカチンと合わせた。

すかさず言う。「名刺――ネームカードくれる?」

「ハイ」ディアナは化粧ポーチの中から名刺を取り出した。

受け取って見た。用紙は淡いピンクの〈マーメイド〉だ。たぶん間違いない。やはり手書き文字で〝DIANA〟と書かれている。

「ルーマニアには本当にドラキュラいるの?」と、私は訊いた。

「ダー?」

「ダー」

「ルーマニア語デ、イエスノ事」

「じゃあ、ノーは何て言うの?」

「ヌ」

「ふーん。それで、ドラキュラは太陽に当たると灰――アッシュになるの?」

「ダー」

「ふーん。やっぱり家のドアにニンニク――ガーリックをぶら下げてるの?」

「ウーン……」

「主人に招待されないと家に入れないの?」

「何デスカ?」

話題が尽きた。

私はこういう時のために持ち歩いているトランプの箱を取り出した。

「キーリーフーダー？」と、ディアナは表面に印刷された〝Ｋｉｒｉｆｕｄａ〟の文字を読みながらライターを構えた。

「タバコじゃないよ。吸わないいんだ」私は箱から中身を取り出した。

「オー、プレイングカード！」

「キリフダ・ミーンズ・トランプ」と、私は拙《つたな》い英語で言った。〝トランプ〟とは元々〝切り札〟という意味なのだ。

私がよくいじっているこのトランプは、五條製紙という高級板紙や特殊加工紙を得意とするメーカーのサンプルとして作られた非売品で、営業のプレゼン以外にも個人的にずいぶん前から愛用している。

使用紙は同社オリジナルの〈キリフダグロスブルーセンター〉という銘柄で、こうしたトランプやトレーディングカード専用に使われる特殊板紙だ。

基本的に板紙は三層から成り立っているが、この銘柄の場合、中層の紙を青く着色してあり、光にかざしても裏が透けないのがセールスポイントだった。トランプの性質上、重要な加工なのだ。サンプルカードの中には、営業用パフォーマンスとして、破って中層を見せるためのダミーが二枚追加されているのだが、もちろん今ここでやるつもりはない。

「カードマジックは好き?」と、私は訊いた。

「ダーダー」ディアナが嬉しそうに言う。

私はトランプ手品をやろうとしていた。飲み会の余興やこういう場の話題に困った時のために覚えた、私の唯一の芸だった。まず、小手調べとして両手に持って扇状に開いて見せた。〝ファン〟だ。次に空中でスプリングのように手から手へパラパラと移動させて見せた。〝カスケード〟だ。あとは普通に〝リフル・シャッフル〟をする。これだけでもだいぶ受けた。

「ケイサン、プロフェッショナル・マジシャン、デスカ」ディアナは目を丸くして言った。

「ヌ」私は覚えたての否定語を使った。

そして本番。七のカードを四枚使って、相手が選んだカードを当てるという初歩的な手品を見せる。これも大受けした。次に、カードを積んでいき、相手が適当に止めた時の束からカードを順番に置いて四つの塊を作り、上に出てきたカードが全てスペードになるというマジックを見せた。これにはディアナは手を叩《たた》いて大喜びだった。

その時、入口からガヤガヤと人が入ってきた。男女のペアだ。男の方は、夏だというのに真新しい革のジャケットを着ており、顔は杏璃から受け取った画像にそっくりだった。間違いなくヒロだ。そして青いドレスを着た白人女性は、ハリウッド女優のように美しかった。たぶん店のナンバーワンだろう。

女性を顎で示し、ディアナに訊く。「彼女、どこの国の人？」

「ラケル？　イスラエル人デス。ホント、綺麗ネ」ディアナはまた口を尖らせて言った。

やはりそうだった。イスラエル人女性はラケルというのか。するとイニシャルは〝R〟だろう。これで確定だ。土生井の直感が見事的中していたわけだ。

カップルが左手の奥の席に座った。ディアナの左後方だ。ヒロがサイフを取り出してラケルに見せていた。「あんたのプレゼントを使っているぞ」というアピールだろうか。以前のと同様、チェーンの付いた長ザイフだ。やはり形が気に入らなかったわけではないのだ。ラケルが嬉しそうにそのサイフを撫《な》でていた。

私は証拠写真を撮ることにした。スマホカメラの準備をする。

「モウ一杯、イイデスカ？」と、ディアナが酒をねだる。

「いいよ。その代りあんたの写真を撮ってもいいかい」

「ウーン、チョットダケネ」と、ディアナがポーズを取る。

私はディアナ越しに後ろのカップルにフォーカスを合わせた。暗いが自動で調節されて、ヒロとラケルの仲睦《なかむつ》まじい姿がそれなりにクリアに写った。ミッション・コンプリートだ。

「見セテ」

私は慌てて言った。「ミステイク。ちょっと待って」

急いでディアナを撮り直し、画像を見せてやった。

「ムルツメスク！　一緒ニ撮ッテ」と、ディアナは私にピッタリと身体を寄せてきた。ツーショットを撮れということらしい。ちょうどディアナのドリンクを運んできたラマーに頼んで、私たちを撮ってもらった。

「写真クダサイ」

ヒロの場合と違って、私には特に不都合は無かった。互いにＬＩＮＥ交換をし、二枚の画像を送ってやった。

「ムルツメスク！」と、ディアナはもう一度不思議な単語を言った。

「ムルツ……メスク？」

「アリガトウノ事」

「そうか。じゃ、ムルツメスク！」と言って、私は立ち上がった。

6　調査報告

外へ出ると日はとっぷりと暮れていたが、アスファルトにはまだ日中の熱気が漂っている。私は調査結果をいち早く杏璃に伝えたいと思った。足早に駅の方まで歩き、店から充分に距離を取った辺りで線路脇のフェンスに凭《もた》れた。

スマホを取り出し、LINEのトークルームを開いて杏璃にメッセージを送る。

〔調査完了しました。ヒロさんはゲイではないと思います〕〔しかし、池袋の外国人パブのホステスとは仲がいいようです。証拠の画像を送ります〕

メッセージを送信した後に、先程撮った画像を添付した。返信を待っていると、道路の向こうからキャバクラの呼び込みが近付いて来たので、手を振って追い払った。

「ちぇっ、ちっ」と声がした。五分ほどするとメッセージが既読となり、返信が来た。

〔マジですか？〕〔ショック〜（T_T）〕〔ありがとうございましたm（_ _）m〕〔ゲイじゃなかったのはわかりましたが、やっぱりショックです〕

メッセージの連発に、私はマヌケなメッセージを一つ返すことしかできなかった。

〔大丈夫ですか？〕

しばらくの間《ま》。やがて杏璃から返信が来た。

〔これって浮気ですかね〕
私は少し考えてから書き込んだ。
〔同伴出勤でしたが、正直どこまでの仲かは判断できませんでした〕〔個人的な経験から言うと、同伴出勤程度ではそんなに深い仲とは思えません〕
〔そうですか（@_@）〕〔渡部さんはどうやってお店を知ったんですか？〕
〔話せば長くなるんですが……〕
〔じゃあ、今度お金を渡しに行った時に聞かせてください〕〔来週の火曜日になります。午前10時頃でいいですか？〕
〔了解しました〕

週が明け、八月に入って最初の火曜日。ニッパチとはよく言ったもので、私は完全な開店休業状態のまま、無駄にエアコンの効いた事務所にいた。することが無いので、結局トランプをいじっていた。

一〇時過ぎ、杏璃がやってきた。服装は前回の時の単純な色違いといった風だったが、私はその顔を一目見るなり仰天した。鼻にすっぽりと白いギプスが被《かぶ》さっていたのだ。

「これはまた……」ソファを勧めながら私は訊いた。「いったいどうしたんです？」

「ヒロに殴られました」さらにひどくなった鼻声で杏璃は言った。「鼻の骨が折れてます」

「そんな……」

「ヒロにあの画像を見せて詰め寄ったら、逆ギレされました」

「そうだったんですか……それはお気の毒に」私はサーバーからコーヒーを注いで杏璃の前に置いた。

「どうしてわかったんだと、逆に問い詰められたんです。でもウチ、どうやったかは知らないし……」

「こちらもまだ説明してませんからね」

「知っててもたぶん殴られたけど……」

　私は紙屋手帳を取り出すと、ページを繰りながら土生井と私の推理を可能な限り詳細に伝えた。二台の戦車のこと。イスラエルの徴兵制のこと。どうやって池袋の店を見つけ出したか。もっとも、私と同様模型の詳細に関する部分は、杏璃には理解できないようだったが。

　コーヒーを飲みながら聴いていた杏璃は最後に言った。「ふーん……そうだったんですね」

「あなたがその……こんなにすぐにたった独りで突撃するとは思わなかった。立会人か何か頼むとよかったんですが、それを進言しなかったのは申し訳ない」私は謝った。

そこまで私に責任があるわけではないが、配慮しなかったことには後悔があった。

「マジその通りなんですが、やっぱり秘密を知った以上はウチも即言わずにいられなかったんで」

「それで、その後どうしました？」

「出てってもらいましたよ。だってウチの家だもん」

「別れたんですね」

「うん。――それで、お礼のお金なんですけど」

「はい」

「一〇万円とか言っちゃったんですけど、鼻の治療費がけっこうかかっちゃって」

「はい」

「二万円でいいでしょうか」

がくっと落ちた。二万か。経費も請求できそうにないので痛いのは確かだが、彼女の方は心身ともにもっと痛いだろう。そもそも、こちらはこれが本業というわけではない。

私は鷹揚《おうよう》に言った。「いいですよ」

「すいません」と、杏璃がピンクのサイフから万札を二枚引き抜いてテーブルに置いた。

「領収証を出しますか」

「大丈夫です」

私はヒロのサイフを差し出した「あと、これをお返しします」

「あ、それはいいです。よかったら報酬代わりにあげます」

「そうですか……それはどうも」私は遠慮なく受け取った。ちょうど自分のサイフが傷んできていたのだ。

「あと、もう一つ代わりと言っちゃなんですけど」と、杏璃は意味深な笑みを浮かべた。「お客さんを一人紹介したいんです」

「お客さん？　紙の鑑定ですか」

「ていうか、ウチのお店の常連さんなんだけど、今回のことを話したら興味を持ったみたいで。やっぱり彼女もプラモデルのことで相談したいことがあるんですって」

またプラモデルか。それは私の専門ではないというのにだ。ますます妙なことになってきた。

「どうだろうか……」

「たぶんウチよりお金持ってると思う。それに凄い美人さんよ」

形はどうあれ、やはり臨時収入は有難い。それに〝美人さん〟という部分に少し心が動いたのも否めなかった。

「しかし難しい案件だと困りますがね」

「話だけでも聞いてあげて。——はい、これ預かってきました」と、杏璃は一枚の名刺を差し出した。

私は受け取って見た。高級板紙のそれには〝田中《たなか》商事 秘書課 曲野晴子〟とある。

「まがりの……はるこ？」

「まがのさんよ」

自信は無いが、いざとなればまた土生井のゴミ屋敷を訪ねればよいだろう。

「そこまで言うのなら……」

「じゃあ、先方に連絡しておきますね。明日明後日《あさって》でもいいですか」

明日も明後日もたぶん暇なので、私は「いいですよ」と答えた。

曲りなりにも一件落着したその晩、私は土生井を紹介してくれた野上に礼のメールを送っておいた。土生井の温厚な人柄や広範な知識、鋭い洞察力について称賛し、最後に軽口のつもりで「どういう経緯で業界から干されてしまったのか不思議。とても勿体《もったい》ない」といった主旨の一文を書き添えておいた。するとまた深夜に返信があった。

渡部圭様

前略　問題が解決致したとの御丁寧な御報告、誠に有難う御座いました。私と致しましても、土生井先生を御紹介した甲斐《かい》が有ったと云う物で御座います。渡部様の仰る通り、土生井先生が表舞台で御活躍出来無いのは、弟子として末席を穢《けが》させて頂いて居る私と致しましても痛恨の極みで御座います。土生井先生が此の様な状況に相成った経緯と致しましては、残念乍ら詳細を御伝えする事は憚《はばか》られるのですが、極めて概要のみを御伝え致しますと、土生井先生が業界屈指の或《あ》る大手企業の製品偽装に関する重大な指摘を専門誌誌上にて成された処《ところ》、当該企業の逆鱗《げきりん》に触れて仕舞ったとの事で御座いました。土生井先生には記事の撤回と謝罪が求められましたが、先生が一切を拒否した為、当該企業は掲載誌からの広告撤退及び全協力態勢を解除する旨を宣言して来たとの事で御座います。其処で当該雑誌は措置を逃《のが》れる為、土生井先生への作例製作及び執筆依頼の停止を決定致しました。当該企業は返す刀で其の他全ての専門誌・業界誌に土生井先生に対する作例製作及び執筆依頼の停止、業界団体に協力態勢及び催事への出入禁止を要請致しました。此の様な経緯を以ちまして、現在の土生井先生の不遇且つ悲惨な状況が有るので御座います。以上、長文乱文に相成りました事、深く御詫《おわ》び申し上げます。一弟子の分際で誠に不遜の極みでは御座いますが、今後とも土生井昇先生を御引き立ての程、何卒宜しくお願い申し上げます。　野上拝

7 第二の依頼

一日空けて木曜日。夕方になっても一向に気温が下がる様子はなかった。事務所に曲野晴子がやってきたのは約束の六時を二分過ぎた時だ。訪問マナーとしては完璧だった。

杏璃の言ったとおり晴子は美しかった。〝清楚《せいそ》〟を絵に描いて〝A0スーパーアート紙〟で高精度印刷したようなものだった。私もできる限り見栄えのいい笑顔を作って出迎えた。

歳は私より四、五歳下だろうか。背は高めでほっそりしており、染めていない黒髪は胸元まであった。輪郭は純和風な瓜実顔《うりざね》なのに西洋的なはっきりした目鼻立ちをしていた。正直なところ、この女性の相談事なら何でも解決してあげたいと思った。

着ているのは白のワンピース。腰に巻かれた細い革ベルトと踵の低いパンプスは同じベージュ色をしていた。同系色という意味では、左手に提げた四〇センチメートル四方のダンボール箱もそうだった。どうやら今回は画像ではなく、現物の持ち込みらしい。

私が応接セットへ案内すると晴子は礼を言い、テーブルの上にダンボール箱を置いた。

「渡部です。本業は紙鑑定士なんです」と、私はやや緊張しながら名刺を差し出して言った。

「曲野です。お噂はかねがね」と、晴子は指の長い手で名刺を受け取った。指輪などは何も着けていなかった。

「噂といってもたいしたことはしていません」私は真実を正直に語った。

私はソファに座ったが、晴子は立ったままＰＰ紐を解《ほど》き始めた。私はその様子を見上げる格好になった。

「早速ですみません」

「どうぞどうぞ」

紐が外れると、晴子はダンボールの両側を押さえて持ち上げた。すると、スポッと音がして全体が上に抜け、下からまた箱が現れた。まるでマトリョーシカのようだと思った。

中箱の側面の両端に切り込みが入っており、晴子がそれを手前に倒すと、内部にジオラマが収まっているのが見えた。底の部分に手を差し込み、ジオラマを外へ引き出した。

晴子は箱を床に置き、ジオラマをテーブルの中央にずらし、ぐるりと回して正面を私に向けた。「こちらになります」

家のジオラマだった。昭和の時代を思わせるモダンな平屋で、壁が白い漆喰《しっくい》風だったが、いかにも古ぼけた感じに仕上げてあった。玄関には表札まであるものの、小さ過ぎたのか無記名だった。玄関横の丸い窓が特徴的だった。

家の前には昔ながらの木製の塀があり、門の前には白いレトロな乗用車がなぜか隙《すき》間《ま》なくピッタリと横づけされ、ドアが開放されていた。庭には下草が生え、一本の小ぶりな木が立っていた。模型門外漢の私が見ても、実によく出来ていると思った。

「素晴らしいジオラマですね」

「ええ、わたしもそう思います」

「どういった謂《いわ》れの品なんですか」

「同居している妹の部屋にあった物です。――妹はエレナといって、英語の英に令和の令、奈良の奈と書きます。十九歳で大学一年です。その妹は――」晴子はそこで小さく咳払《せきばら》いをし、続けた。「実は三カ月前から行方不明なのです」

〝行方不明〟だと？　聞き捨てならないワードが飛び出した。これは問題が少々重過ぎやしないか。

普段の仕事でも、出版社の資材担当者がこの世の終わりのような顔をして問題を持ち込んで来ることがたまにある。例えば絶対に発売延期できない出版物で、重大な表記ミスその他の印刷事故で刷り直しが発生し、急遽《きゅうきょ》用紙が必要になった場合だ。そんな時は慌てず騒がず、全国のA在庫・B在庫から同銘柄の紙を少しずつ掻き集めて納品する。そんなことなら得意だった。

しかし今回は畑が違い過ぎた。

私は少したじろいだものの、営業スマイルならぬ〝営業同情顔〟を作って言った。

「それはご心配ですね。当然もう警察には届けを？」

「はい。捜索願いは出しましたし、いろいろな情報や手掛かりも提出しました。でも一向に行方《ゆくえ》がわからないんです。だから自分でも何かしなければと思っていて……」

「……つまりこのジオラマも手掛かりの一つということですね。警察にも見せましたか？」

「はい。でも、写真を何枚か撮られただけで返されました。その後、特に何も言って来ません」

確かにこれは、不審なものとは思われないだろう。警察を責める気は起きない。私は立ち上がってコーヒーサーバーの所へ行き、二人分のコーヒーを運んできた。

「ホットですが」

「ありがとうございます」

私はコーヒーを一口啜ってから言った。「探偵社などにも相談してみましたか？」

「ええ。したんですが……うっかり詐欺まがいの所に行ってしまい、お金だけ取られて無駄に終わりました」晴子はさらりと言ったが、かなり辛《つら》い思いをしたはずだ。

「それは泣きっ面に蜂《はち》ですね。ご同情申し上げます。――それで藁《わら》にも縋《すが》る思いでうちへ？」私はリラックスさせるつもりで言った。

「はい……いえ、そんな」晴子はどうやら〝藁〟の部分をいったん認めてから慌てて否定して続けた。「杏璃さんに聞きましたが、渡部さんはジオラマから手掛かりを見つけるのがお得意だとか。でしたらこの作品から何かわかるのではないかと思いまして……」

土生井に見せればたぶん何かはわかるだろう。前回と違って現物を見ることができるから、得られる情報量は段違いだ。しかし問題はそこから先だった。常に人捜しが成功するとは限らない。

私は釘《くぎ》を刺しておくことにした。「杏璃さんの一件はたまたまうまくいったわけでして、今回もそうなる保証はありませんよ」

「小さなことでも何でもいいんです。手掛かりが一つでも増えれば。……何とか、何とかお願いできないでしょうか。お礼は充分にいたします」

もちろん、私に端《はな》から断るつもりは無かった。「そうですか……そこまで仰るんでしたら」

「あ、ありがとうございます！」晴子は深々と頭を下げた。

「コーヒーをどうぞ。おかしな物は入っていませんから」

「いただきます」晴子はようやくカップを口にした。

「で、妹さんのジオラマなんですが――」

「言い忘れました。これは妹が作った物ではありません、たぶん。――どうやら妹もこういう物を作る講座を受けていたらしくて、未完成の小さな作品を持ち帰って来たことがあるのですが、こんなに立派な物は作れないと思います。これはたぶん他人の作品です」

「あるいは急に上達したとか？」

「それはないでしょう。戴《いただ》き物だという証拠があります。これを見てください」と、晴子はジオラマの底板を少し持ち上げた。

私は姿勢を低くして覗き込んだ。黒の手書き文字で〝S　t　o　E〟とあった。まるで記念の指輪だ。どうやら今回もまたプレゼントの話らしい。

「この頭文字は？」

「〝E〟は妹の英令奈《えれな》のことでしょう。〝S〟はまったくわかりません」

「妹さんの恋人でしょうか」

一瞬、間があった。「そうかも知れませんが、わかりません」

「この〝S〟が妹さんの失踪に関係があると思っているんですね」

「ええ、可能性の一つとして」

「なぜ贈られたんでしょうね。この建物の謂れは？」

「まったくわかりません」

「少しも見覚えがない？」

晴子は少し考えてから言った。「ええ、まったく。わたしたちがこういう家に住んでいたこともありませんし、親戚や知り合いの家でもありません」

「完全に縁の無いモチーフなんですね」

「少なくともわたしの知る限りでは」

「例えば今現在、この二人が住んでいる家ということは？」私はいっぱしの探偵気取りで質問を続けていた。

「どうでしょう……あまり考えたくはありませんが」

「いや失敬」と、私は首を振った。「作ってプレゼントするくらいだから、実際に住むことは無理な可能性の方が高いですね……」

「そうですね、そんな気がします」

「単に憧れの家ということか……」

私たちは黙ってしまい、静かにコーヒーを啜った。

撮影した。晴子が中腰になって興味深そうに覗き込んだ。顔が近くて落ち着かない。結果は無数の家の写真が出て来て、まるでお手上げだった。

「ちょっと失礼」私はスマホを出してジオラマの全体像を撮影した。晴子が中腰になって興味深そうに覗き込んだ。

私は頭を掻きながら晴子に言った。「もう少し詳しく妹さん、いや、あなたがた姉妹について聞かせてください」

「はい、わかりました。――話せば長くなりますが」

「どうぞ。今日はもうお客は来ませんので」

晴子は話し始めた。「妹は――わたしとは父親が違います。わたしの実の父はわたしが十三の時に交通事故で亡くなりました。母はすぐに若い男性――義父です――と再婚をして、妹が生まれました。だからわたしと妹は十四歳差です」

私は素早く計算した。晴子は現在三十三歳ということになる。

晴子はそこで思いつめたようになり、なかなか続きを話そうとしなかったので、私も少し自分のことを話すことにした。「兄弟姉妹がいる人はうらやましい。私は一人っ子でしてね。――実は私も十代の頃に親父を病気で亡くしまして。とても無口な人で、小さい頃からあまり構ってもらった記憶は無いですが、とにかくバリバリと仕事のできるかっこいい親父だったという印象が残っています」

「──そうでしたか。わたしも父が大好きでした」晴子がまた話し始めた。「──わたしは熊本の生まれです。高校を卒業すると奨学金で東京の短大に入りました。同時に独り暮らしを始めて、生活費はアルバイトでなんとか賄いました。ひどい貧乏暮らしでしたが、とにかく家の世話になりたくなかったんです。短大を出たらすぐに今の会社に就職しました。以来十三年勤めています。その間の異動で社内の部署の大半を経験しました。その結果、各業務に精通しているということで、三年前から現在の秘書課に所属しています」晴子はいったんコーヒーで唇を湿らせると続けた。「妹の方は高校を中退してしまって、わたしを頼ってこちらに出て来ました。二年前、十七の時でした。その頃、母の末期《まつき》癌《がん》が発覚しました。でも義父は母の看病を嫌がって離婚を迫り、母は承諾してしまいました。わたしたち姉妹はいったん帰郷し、親類の助けを借りて母を入院させましたが、それから間もなく母は亡くなりました。お葬式は家族葬にしてごく少人数で済ませました」

「それはなかなか大変でしたね……」と、私は労《ねぎら》った。

「いえ。──妹はその後、なんとか〝高認（高等学校卒業程度認定試験）〟をパスして、大学を受けて合格し、この春から女子大生になりました。妹は少しメンタルヘルスに問題があって、時折病院通いをしていました。自分で探してきた集団セラピーにも時々参加していました。大学に通い始めて安定しているとと思っていたんですが、五月頃から少し調子が悪くなってきて心配していたところ、ある日とうとう帰宅せず、そのままになってしまいました……」

「──妹さんはメンタルヘルスに問題ありと仰いましたが、具体的にはどういう？」

「鬱と、時々パニック障害に」

「パニック障害……」

「急に不安に襲われて、動悸《どうき》が激しくなり、心拍数と血圧が上昇して、全身の震えが出ます。叫び声を上げることもあります」

「そんなことが。──聞けば聞くほどなかなかへビーですね」私は口の中が渇き、冷めたコーヒーを啜った。「さっきも言いましたが、私のようなアマチュアにはいささか難題ですけれども、少しでも助けになれればとは思っています」

「よろしくお願いします」晴子はペコリと頭を下げた。

「では、詳しく調べたいと思いますので、現物を少々お預かりしてもよろしいですか」

「ええ、もちろん」

私は自分でジオラマを箱に戻そうとしたが、うまくできなかったので、晴子にしまい方を説明してもらった。

「それと、ちょっとした連絡の時のため、ＬＩＮＥ交換してもらってもいいですか。電話と違っていつでも報告ができる」

杏璃の時と同じように、私たちはスマホを操作した。

「わかりました」

〔こんにちは、渡部です〕

〔こんにちは、曲野です〕

「けっこうです」

「あ、そうしたら妹の写真もお送りしますね」と言って、晴子はトークルームに画像をアップロードした。

花柄のカーテンをバックに、ピンクのセーターを着た少女がパンダのぬいぐるみを抱いて微笑んでいた。髪はショートカット。まだあどけなさの残る顔は目鼻立ちがくっきりして可愛らしく、どこか晴子の面影もあった。

「それでは、作品をお預かりします。何かわかったら逐一お知らせしますので」

「よろしくお願いします。それと、前金をお渡しするんだとか聞きまして……」と、晴子はバッグからファンシーペーパーの洒落た封筒を出してよこした。「とりあえずこのくらいでよろしいでしょうか」

「これはこれは」と、私は受け取り、その場で中身を検《あらた》めた。

驚いたことに封筒には万札が五枚入っていた。これはそれなりに頑張らねばと覚悟を決めるしかなかった。

晴子は今日何度目かの「よろしくお願いします」を言い、またペコリと頭を下げた。
私は杏璃の時と同様、晴子をバス停まで送った。

8　白い家の謎《なぞ》

翌金曜日の午前中、早速土生井に電話を掛けた。電話口からは例によって生気の無い声が聞こえてきたが、今回は名乗ったとたんに声のトーンが若干だが上がるのがわかった。私が仕事を持って行くことを予想したのだろう。

「先日はありがとうございました。お陰さまで問題が解決しましたよ」と、私は礼を言った。

「そうでしたか。それはよかった」

電話でも会話が成り立つことがわかった。また見てもらいたい作品がある旨と、早速明日に持参したい旨を伝えた。快諾してもらえたので、私はひとまずホッとした。

土曜日は朝から猛暑、いや酷暑だった。八月最初の週末ということで、高尾へ向かう電車の中は大混雑で、私は容赦なくぶつかってくる乗客からダンボール箱を守るのに必死だった。他人の模型作品を電車で運ぶことがこんなに神経を使うとは思わなかった。高尾駅で箱と共に昇降口から吐き出された時は心底安堵《あんど》した。

再度の訪問ということもあり、土生井のゴミ屋敷へは難なく着いた。この辺りに来ると常に風の通りがよく、過ごしやすいのが助かる。

「やあ、どうも」と、完全に体調もよくなったように見える土生井に出迎えられ、居間兼作業場に入った。相変わらずガンプラのランナーが所狭しと広げられている。例のメーカーから依頼されたという展示用完成品の製作が続いているのだろう。

「お忙しそうですね」

「やってもやっても終わらないです。あと五十体ほどあるんでね」

「そんなにですか。手伝ってあげたいくらいですよ」

「バイト代を出す余裕が無いです」

「冗談ですよ。そんなに器用じゃない」

私は前回と同じように駅ビルで買った菓子折りを差し出した。「その後、お母さんの方はいかがですか」

「相変わらずですよ」

その時、隣室から「おーい、おーい」と老女が呼ぶ声がした。

「言ってるそばから……。ちょっと失礼」土生井が菓子折りを持って出て行った。

老女の声が続く。私は耳をそばだてた。

「誰かにおサイフを盗られたのよ！」

「え、本当に？」

「本当だよ！　私のお金が全部無くなっちゃった！」

「それは大変だ。それじゃ、今から取り返しに行ってくるよ」

「あんたが取って来てくれるの？」

「うん、すぐ取って来るよ。だから安心してお菓子でも食べなよ。ほら」

「え、これいいの？　お金は？」

「お金は払っておいたよ」

「ありがとね……これ、すごくおいしい！」

土生井が居間に戻ってきた。「お騒がせしました。お袋、あなたのお菓子を喜んで食べてましたよ」

「それはよかったです」

私はすぐに荷ほどきをし、ジオラマをちゃぶ台の上に置いた。

「またディオラマなんですねえ」土生井は作品をまじまじと眺めながら言った。「ぼくはディオラマ専門というわけではないんですけどねえ」

「すみません。――それで、これの出来栄えはどうですか？」

「ふむ、なかなかの物じゃないかな。かなり手慣れてます」

「プロ級ですか？」

「うん、プロかも知れないですね」

「そうですか。この作品から何か読み取れることはありますか」

「うーむ……昭和中期頃に建てられた木造家屋かな。まあうちのボロ家も昭和の後半なんですけど、それよりずっと上流の物みたい。漆喰の壁が洒落ているなあ。メディウムの〈ホワイトオペークフレーク〉を丁寧に塗り込んでいる。スケールにすると24分の1から28分の1程度。Nゲージ、HOゲージといった鉄道模型のストラクチャーは真っ先に除外できますね。これほど個性的なキットは記憶にない」

私は紙屋手帳を開いた。「NゲージとかHOゲージというのはどのくらいですか」

「Nはだいたい150分の1、HOは87分の1ですね。かなり小さい。家屋のキットなら、河合商会――今は倒産して金型は他社が引き継いだらしいんですが――その〈風物詩シリーズ〉や〈箱庭シリーズ〉が有名ですが、どれもこの作品のように個性的ではなく、もっとありふれた建物だったし、造作もずっと大雑把ですよ。つまりこれは市販のキットを組んだ物ではなく〝フルスクラッチ〟ということですねえ」

「フル……スクラッチ？　すみません、専門用語はよくわからないので、詳しく教えてください」

「正確には〝フルスクラッチビルド〟と言いますが、材料から削り出してゼロから完全自作した模型のことです。これは板材かプラ板を切り出して〝箱組み〟してますね。――うーん、やっぱりヒノキ材かなあ」

「ハコグミ、ですか」

「箱状に組んでいるから中はがらんどうなんです」

「それでここまで軽いんですね」私はメモを続けた。

「うん、重く作る必要はないですからね」

運び手である私としてはこれ以上重くなくてよかったと思った。土生井は、これは市販品ではなくオリジナルの作品だと断定した。

土生井はちゃぶ台の上でジオラマをくるくると回しながら全体を眺め、おもむろに持ち上げて裏のサインを確認していた。さすがに目ざとい。

「どうです?」

土生井は少し考えてから言った。「これもプレゼント作品のようですね。――〝S〟という人物が〝E〟という人物に贈ったのか」

「実はそうなんです」と、私は言ったが、曲野姉妹のプライベートを明かすわけにはいかず、〝E〟が英令奈であることも伏せておいた。

「〝S〟が作者らしい。今ちょっと、著名なディオラマ作家の名前を一通り思い浮かべてみたんですが、この作風だとひとまず該当者はいないようですね。それに、これはまあ、ディオラマというよりは〝ミニチュアハウス〟の範疇《はんちゅう》かな」

「どう違うんですか」私は不思議に思って訊いた。

「ディオラマというのは〝情景模型〟のことを指します。つまり何かの〝シーン〟を表現したもの。だから、フィギュアなどを配置して物語性を持たせたりするんですよ。でもこの作品にはフィギュアが見当たらないし、家が主題になってます。ベースに対して家の占める割合が明らかに大きいですよね」

「確かに家が主役に見えます。ということは、この〝S〟という人はミニチュアハウス専門の作者なんでしょうか」

「なのかなあ。そっちはもっと詳しくないんでね……」

「この車に関してはどうですか」

「ふむ、〈スバル360〉か。これも昔の車ですねえ。キットは旧エルエスの〈オーナーズクラブ〉のシリーズだな。今は確かマイクロエースが金型を買い取って販売しているはず。スケールは32分の1。しかし道路でも車庫でもなく、門扉にピッタリ横付けになってるのが妙ですね」

「そうなんですよ」私も同意した。

「それに家に対して縮尺が小さい。先に家を作り、後から無理やり組み合わせた感じがありますね」

「そうですか。——で、この家なんですが、実はモチーフとなった建物を見つけ出そうと思っています。とりあえず画像検索だけしてみたんですが、候補がやたら出てきてもう何が何やら」

「〝画像検索〟って何ですか」

「画像をネットにアップロードして、同じような画像を探し出してくれるのが画像検索ということになります」

「へえ、便利そうですね。それはスマホでできます？」

「もちろんできますよ。例によってアプリが必要ですが、入れますか？　無料ですよ」

「あ。じゃあ、お願いします」

私はアイフォンを受け取り、グーグルのアプリを選んでから土生井に承認してもらった。次いで画像検索の仕方を教えた。土生井は私が持参したジオラマを撮影し、検索をかけた。画面に並ぶ画像を順繰りに見ていった。

「へえ、こうやるのか。なるほど勉強になります」

「無数に出てきます。うんざりしますね」

土生井がずっと画面をスワイプし続けている。埒《らち》が明かない。

「いったん中断しましょう」と、私は言った。

「もう見終りました。この中には無いですね」

「え、あの数を？　本当ですか」私は訝《いぶか》った。たぶん操作法がわからず次ページに移行していないのだ。「ちょっと貸してください」

「ほい」

再びアイフォンを受け取って見た。確かに最終ページになっていた。スワイプして戻す。大量の画像が送られた形跡があった。本当に確認できたのかどうかはわからないが、もしかしたら土生井は恐るべき集中力の持ち主なのかも知れない。

私はひとまずアイフォンを返した。「ジオラマの解析に戻りましょうか」

「そうですね。——地面はモデリングペースト、つまり石の粉と糊《のり》を混ぜ合せた材料で盛り付けてあります。いったん塗装してから各種のシーナリーパウダー、つまりおが屑《くず》に着色した物や、砥《と》の粉などを振りかけて固定してます。——こんな話でよかったのかな？」

「ええ、その調子でけっこうです。——道路の方は表面がザラザラしていて、いかにもアスファルトらしくてリアルですね」

土生井は指先で触ってから続けた。「水ペーパー、つまり耐水性サンドペーパーを流用していますね。たまに使われる手法です。あんまり好みじゃないけど」

「しかしこの家はずいぶん古い感じですね。一歩間違うと廃墟《はいきょ》というか」

「ああ。〝ウェザリング〟、つまり汚し表現がかなり効いてますね。——廃墟か……言われてみればこの作風はどこかで見た覚えが……」

「見た覚えが？」

「うーん」土生井は少し考えてから諦めた。「……いや、ごめんなさい。今はちょっと思い出せない」

「それは残念。しかしこの家はどこかに実在するんでしょうか」

「さっきの画像検索では見つからなかったです」

「まあ、あれがすべてではないですけどね。たまたま撮影されたことがないだけかも知れない。もちろん、架空の家という可能性はあるでしょうが」

土生井はうーんと唸《うな》って、雑誌の山の陰にあった焼酎のペットボトルをまたもや引っ張り出すと、自分の湯呑みになみなみと注いだ。「ちょっといいですか。馬力を上げますんで」

「どうぞ」と、私は承諾した。

土生井は焼酎を呷ってからジオラマを目の高さに掲げると「おや」と声を上げ、再び座卓の方へ行き、小型のドライバーを持って来た。それを屋根のすぐ下に差し込んだ。ネジを外している。家の前後二カ所を外すと、帽子を取るように屋根を剝ぎ取った。

私は覗き込んで「あっ」と声を上げた。家の中にはしっかり〝間取り〟ができていたのだ。２ＤＫだった。

「やはりね」と、土生井は言った。「ミニチュアハウスの世界では、内部が作られているのは珍しいことではないですよ」

　部屋の中には小さなフィギュアまで立っていた。これまた兵隊人形で、色は薄茶色一色だ。つまり彩色はされていない。玄関に近い部屋に二体、奥の部屋に一体の計三体だった。嫌な感じがした。

「小さいフィギュアがありますね。……これは誰かが監禁されているという意味じゃないですか」

「急に物騒なことを言いますね。――よく見てみましょう」

　言われて私は内部に目を近付けた。妙なことに、奥の部屋のフィギュアの腹には赤い油性ペンでアルファベットの〝T〟と書かれていた。周囲は白いプラスチック製の板で四角い囲いが何重にも取り巻かれていた。

　一方、手前の部屋の二体のフィギュアは背中合わせに立っていた。こちらも腹にそれぞれ〝E〟〝K〟と書いてある。手には小さなライフル銃が接着されていた。それぞれ、廊下の方と縁側の方を狙っている形だ。さらに周囲の床には、これも爪の先ほどの大きさのピストルが無数に置かれていた。フィギュアを中心にきれいな放射状になっている。これも無彩色のグレーのままで、一つ一つしっかりと床に接着されていた。

「これはいったい……」私はスマホを取り出して撮影を始めた。

土生井も撮影をしながら言った。「タミヤの〈MMシリーズ〉のフィギュアですね。〈アメリカ現用陸軍歩兵セット〉から持ってきてるな。スケールはもちろん35分の1。未塗装のままですね」

「なぜ兵隊が？ それに家とサイズが合っていませんね。ちょっと小さい」

「単に有り物を利用したというところじゃないですか。車含め、大きさをそろえることにはこだわってないようだな」

「アルファベットが書かれていますね」

「たぶん誰かに見立てているんでしょう」

「〝E〟というのはジオラマの底のサインと同じ人のことでしょうね。やはりこの家にいるということか。しかしあとの〝K〟と〝T〟は誰だろう……」私は平静を装って言いながら、この家の中に英令奈の人形があることに少なからず衝撃を受けていた。

「わかんないですね……」土生井は焼酎を呷った。

「銃火器がたくさんありますね」と、私は言った。兵隊人形とはいえ英令奈たちを表しているのだ。そんな物があるのが不思議だった。

「これは〝小火器セット〟ですよ。トンプソン、M2カービン、シュマイザー、MG42……二次大戦のアメリカ軍やドイツ軍の三種類のミックスになってます」

「火炎放射器やバズーカ砲まであるますね。部屋の中に銃火器がいっぱいあるって、どういうことですか」

「いや重火器じゃなくて小火器です」

「銃火器じゃない？」私は訊き返した。会話が嚙《か》み合わない。

「あ、もしかして銃と火器で〝銃火器〟って言ってます？」

「何かおかしいですか」

「銃火器という言葉は本来誤用なんですよ」

そこで土生井の講釈が始まった。なんでも、銃は火器の中に含まれているので、いちいち並べて言わなくてもいいのだとか。銃だけを言いたければ〝銃器〟と言えばいいという。

そもそも銃火器とは〝重い〟と書く〝重火器〟の覚え違いであり、こちらは個人で携行するのが難しい大砲の類のことを呼ぶらしい。聞きながら、正直なところ私は解析の先を早く教えて欲しいと思っていた。

「いや、初めて知りました。で、その銃器がなぜ家の中に？」

「うーん……〝プレイセット〟として遊んだ名残りかな」

「プレイセット？」

「うん。つまり〝リカちゃんハウス〟ですよ。家のセットの中で人形遊びができるオモチャのことで」

「そんな呑気《のんき》なことなんですかね。監禁されているかも知れないんですよ」

「また監禁って、さっきから何のことですか？」土生井は不審げに言った。

「あ、いや……忘れてください」急いで打ち消した。晴子たちのプライバシーは伏せておきたかったし、予断を与えたくなかったのだ。

「あ、そう。——しかし何かしらの戦闘は想定しているような。とりあえずこっちの部屋の二人は銃器で身を守ろうとしているし」

「では、隣の部屋の人は壁で囲って身を守っているんですかね」

「武器が無いからそういうことになるのかな」

「隣は武器が有り余っているのに、こちらには無いとは不思議です」

「うーん……武器を入手することができなかったという設定ですかね」

「そんな設定が？　そもそも彼らは何から身を守ろうとしているんだろうか。敵が見当たりません」

「わからないですねえ。——とにかくこの家に曰くがあるのは確かでしょう。あるいは家の周辺か」と言って、土生井はジオラマに立っている木から葉っぱをいきなりちぎり取ってしまった。それも二、三枚だ。

「あっ」と私はまた声を上げてしまった。「人の作品ですよ」

「目立たない所から拝借したから大丈夫」

「そういうもんですか」

土生井が不意に立ち上がった。足元がフラついている。また座卓の方へ行き、戻って来ると手にはルーペと小さなビニール袋を持っていた。

ルーペで仔細に葉を見ると言った。「やっぱりね」

「何かわかったんですか」

「ディオラマの樹木の作り方にはいろいろあるし、その葉を作る場合も様々なやり方や材料があります。プラパーツ、エッチングパーツ、レーザーカッターによる紙製品、造花、ドライフラワー……それから、近くで実物の枯れ葉を拾って来て利用することもあります。この作品の場合がそれですね」

「実物を使ってもいいんですね」

「模型の材料に制限はありません。落ちている葉なら問題もないでしょう。葉脈の細い所をうまく利用して、ミニチュアサイズに切り取って、一枚一枚を枝に接着している。かなりリアルだし、これなら材料費もかからないんですよ」

私は感心し、言った。「しかし根気の要る作業ですね」

「模型はとにかく一に根気、二に根気、三四が無くて五里霧中と……」土生井は酔ったように言った。

「で、その葉っぱがどうしました?」土生井が意味も無く他人の作品をいじるはずがないと思い、私は訊いた。

「えーと……たいていは作者とゆかりのある土地の落ち葉が使われるから、この葉が何の樹木の物か特定できれば、あるいは地域がわかるかも知れない」

「なるほど！」と私は膝を叩いたが、すぐに冷静になった。「それも根気の要る作業になりますよね」

「もちろん。さあ、今度はあんたの出番だ。鑑定をお願いします」と、土生井はビニールポケットに入れた葉を私によこし、また湯呑を口に運んだ。

私は受け取ったものの、途方に暮れてしまった。こちらは警察でもなければ鑑識でもない。

「このジオラマで他に調べる所はありませんか」

「ああ、もう何も出そうにないですね。持ち主に返却してください。その際にこのカラクリの内容について訊いてみてください。たぶん、何か知ってることがあるでしょ」

「ええ、そのつもりでした。経過は報告します。——そこでですが、簡単にやりとりできるようにＬＩＮＥ交換しときましょう」

「ライン？　何ですかそれ。メールではダメなのかな」

やはり知らないようだ。

「ＬＩＮＥの方が会話調でやりとりできるので、手っ取り早いんです」

「へえ、そういうもんですか」

「またちょっと拝借」私は土生井からアイフォンを受け取った。

ストアからＬＩＮＥアプリをダウンロード。次いで土生井と友達登録し合った。私が先に挨拶を書き込む。

〔こんにちは、渡部です〕

「ほほう、来た来た。で、ぼくが返せばいいんですか？」土生井はフリック入力ではなくタッピング入力で打ち込んだ。

〔こんにちは土生井です〕

〔こちらも来ました。画像も送れますので〕

「便利なもんですな。いろいろありがとう、あなたはぼくの〝電脳先生〟ですね。これからは先生と呼ばせてもらいますよ」

誰もがやっていることをしたまでなのに〝電脳先生〟と名付けられてしまった。私としてはむしろ〝紙先生〟と呼んでもらった方が正確なのだが。

本日の分の〝相談料〟一万円を土生井に手渡すと、領収証を受け取った。

「先日、時給換算してみたんですが、凄いことになってますよ。申し訳ないからアフターサービスも付けますね。わからないことがあったらいつでもこのＬＩＮＥで訊いてください」

「それは助かります。成功報酬が出たあかつきにはちゃんと分配しますので」私はそう言ってジオラマを手早く梱包《こんぽう》すると、ゴミ屋敷を辞去した。

翌日曜日。私は朝から自宅の万年床に転がったまま壊れかけの扇風機の風を浴び、土生井の宿題についてずっと考えていた。落ち葉の解析なんて、誰に頼めばいいのだ。私は上半身を起こし、いつの間にかトランプをいじっていた。何度もリフル・シャッフルやカスケードを繰り返す。

そのうちヤケを起こしてカードを手裏剣のように投げ始めた。的は薄く開けた引き戸の向こうの洗濯カゴだった。そこに入ればよかった。しかし戸の隙間を狙うものの、なかなかうまくは通らない。七割以上は戸に当たって跳ね返った。

無為なことをやっているなと自覚しつつも、手の上のカードが無くなるまで止まらなかった。拾いに行こうとして立ち上がった瞬間、一つだけかすかなツテがあることに気が付いた。やはりトランプは私を閃かせる。

それは元いた会社〈自然堂紙パルプ商会〉の同期で、企画部に行った村井《むらい》のことだった。村井は東京農大で樹木やパルプについて学んでいたと聞いたことがある。だから会社では専門知識を買われて企画部に配属になったのだ。今日は休日だが、彼もまた独身なのでケイタイに掛ければ捕まるかもしれない。

私はスマホの番号を呼び出した。少し待たされたものの、果たして村井は電話に出た。

「おおチャラ男か、ずいぶん久しぶりだな。元気なのか？」

「その呼び方、いい加減勘弁してくれないか」私はピシャリと言った。

「おお元気そうだ」

「いや、休日に申し訳ない。今、大丈夫かい」

「ああ、大丈夫だ。家でゴロ寝さ。そっちの景気はどうだい」

「それが全然だよ。正直、失敗だったかも知れない……」私の本音だった。

「そうじゃないかと思ってた。会社ではてっきり虎視《こし》眈々《たんたん》と逆玉狙ってるのかと思ってたら、十年以上勤めたのにいきなり辞めるんだもんな。無茶苦茶だと思ったよ。――で、復職したいのか。だが俺には何の権限も無いぜ。そういうことは俺じゃなくて――」そこでなぜか村井は声を落とした。「真理子さんに頼むんだな」

また真理子か。その名を聞く度、私の胸の奥に疼痛《とうつう》が走る。この村井も何かというと真理子の名を出して私をからかう。しかも必要以上に含みを持たせて。それも仕方のないことだった。私のせいなのだから。

「そうじゃないんだ。仕事とは全然関係の無い話でね。――確かお前、東京農大出身だったよな。〝大根踊り〟の」

「大根踊りは余計だが、まあその通りだ。それがどうかしたか」

「農大の知り合いで、植物学者になった人はいないか」

「そりゃあ、いるさ。愚問だぜ」

「そしたら一番優秀な学者を紹介してくれないか。ちょっと調べて欲しいサンプルがあるんだ」

「そんなことか。じゃあ母校の准教になった親友を紹介してやる。去年の同窓会で名刺交換したのがあるはずだ」タンスの中でも掻き回すようなゴソゴソした音が聞こえてきた。「あったあった。口頭でいいか」

私は枕元に置いた紙屋手帳を開いた。村井が口にした住所と電話番号を書き留める。

「悪いんだが、あらかじめ先方に概略を伝えておいてくれないか？　足を運ぶ時間が無いので、直接サンプルを送るからと」

「なんだよ、相変わらず人使いが荒いな」

「申し訳ない。お礼として結婚式の余興にトランプ・マジックをやろう」

「当分予定はないぜ。まず相手がいない」

「じゃあトランプで結婚運を占ってやろう」

「はいはい」

「見くびるなよ。おれの占いはけっこう当たるんだぜ」

「じゃあそのうちな」

私はもう一度礼を言って電話を切った。

立ち上がって古いライティングデスクから白い封筒と便箋を取り出した。文面はごくシンプルなものにし、自分の連絡先を記入しておいた。次いで封筒の表に村井から聞いた准教授の宛名を書き、上端にマーカーで赤線を引いた。速達の印だ。ジオラマの葉を入れたビニールポケットをクッションペーパーのサンプルでサンドし、封筒に入れて封をしかけてから思い直し、念のためにと名刺を一枚同封した。

スマホで速達料金を調べ、近くのコンビニまで走った。切手を買ってその場で貼ると、外の郵便ポストに投函《とうかん》した。

なんとか解析できるようにと赤い箱に向かって柏手《かしわで》を打った。縞々《しましま》のビニールの庇《ひさし》の下で、アイスキャンディーを舐《な》めていた親子連れが不思議そうに私を見上げた。

晴子にＬＩＮＥで、土生井とのやりとりで分かったことと、ジオラマを返却する旨を伝えた。屋根が外れることはまだ伏せておいた。一五分後、晴子から週明け月曜日の退社後六時半に私の事務所に立ち寄るとの返事があった。

9　河津桜《かわづざくら》

月曜日、未だ暑気の冷めやらぬ午後六時三二分、晴子は再びやってきた。相変わらず時間は完璧だった。紺色の織物風の生地のワンピースを着ていた。

私たちは応接セットに座った。テーブルの上には既にジオラマが置いてある。屋根のネジも外した。

「早速ですが、見ていただきたい物があります。ちょっとびっくりするかも知れません」そう言って、私はジオラマの屋根を持ち上げた。

「あっ」と晴子は小さく声を上げ、両手で口許《くちもと》を押さえた。

「秘密の仕掛けがありました。この通り、内部が作られていたんです。ごく簡易的ですけどね」

「……まったく思ってもいませんでした」

「ミニチュアハウスの世界では珍しくはないらしいです。これを見て何か感じることはありませんか。フィギュア、つまり兵隊人形にイニシャルが書いてありますね。〝E〟というのは妹の英令奈さんでは？」

「……ええ、たぶん」

「ということは、この家にいる――強い言い方をすれば監禁されている――とは考えられませんか。他の二人、〝K〟と〝T〟に心当たりはありませんか」

「……これは英令奈が書いたようです。大文字の〝T〟が〝+〟に似てしまうのがクセでした。――たぶん〝K〟は母さんで、〝T〟は父さん、つまり義父だと思います」

私は唖然とした。ここにいるのは晴子を除く家族全員だということか。つまり家族で監禁されている状況を作っていることになるのか。

だが母親は亡くなっているはずだし、義父は離婚している。実際にはありえない状況だ。そして英令奈と母が銃を構え、義父が板で囲われている。これにはどういう説明がつくのだろう。

私は訊いた。「人形たちがこういう配置になっている理由がわかりますか」

「たぶん……わかると思います」晴子はあっさりと答えた。

「差《さ》し支《つか》えなければ話してもらえませんか?」私は立ち上がると、サーバーから二人分のコーヒーを取って来た。

「全部……お話しします」晴子は思い詰めた表情で言った。「これも話せば長くなるのですが」

「どうぞ。例によってこの後は何も約束は入れていませんから」

「……この家の間取りは、義父が来てから住み始めた熊本の団地の間取りとまったく同じです。……義父は、わたしが十六になった頃——」晴子は右手の拳で口許を押さえて苦しそうな表情をした。「……性的虐待を始めました。母は義父のＤＶが怖くてわたしを守ってくれませんでした……義父は非道な人間でした。独善的で威張り散らし、暴力的で、好色で……」

「それはまた……」私は続ける言葉が思いつかなかった。

「わたしが高校卒業後にこちらに出て来たのは、義父から逃れるためです。その時は本当に助かったと思った。社会人になると、実家とはますます疎遠になりました」晴子はコーヒーに手を伸ばしたが、結局飲まずにカップを置いた。「——ところが三年前、妹からメールでＳＯＳを受けました。恐《おそ》ろしいことに義父は……十六になった実の娘にまで手を出したのです。……あ、あの男は本当の悪魔です！ ——だからわたしは妹の家出をこっそり手助けし、同居を始めました。もちろん実家には元々住所を教えていません」

さらに想像を超えた展開に、私は怒りとも憐憫《れんびん》ともつかない感情に襲われた。「何というか……許せない話だ……」

「——母が癌になったことは妹から聞きました。とても心配でしたが、それよりも自分たちの身を守ることに必死でした。母が義父と離婚したことを信頼できる親戚からの連絡で知り、協力を得て母を入院させることができました。母が息を引き取ったのはそれから間もなくのことです。母は最期にわたしたちに『ずっと、ごめんなさいね』と謝っていました。——でも、わたしたちは結局、母に赦《ゆる》しの言葉を言うことはできませんでした……」

晴子が語り終えた時、顔の色がひどく青白くなっていた。冷房のせいだけではないだろう。晴子はすっかり冷めてしまったコーヒーをやっと口に運んだ。

「そうでしたか……大変でしたね」

「でも、区切りがついたと思いました」

「——妹さんの精神状態が不安定だったのは、そういう理由があったからなんですね」

「ええ……心療内科に通って、だいぶ改善してきたと思っていたんですが……」

「お話を聞いた後だと、このミニチュアハウスの中の状況がなんとなくわかってきた気がします」

「……家の中で暴れてばかりいる義父でしたから、その動きを封じるために壁で囲い込まれているんだと思います。そして母と妹は、義父から身を守るために武器をたくさん用意しているんです」

「確かにそう見えますね」

「……それとこの玄関の車ですが、たぶん、何かあればすぐに逃げられるようにということではないでしょうか」

「車は確かに不自然だと思っていました。これも言われてみればそう見えてきます」

「……つまりこの作品は、妹の願望を具現化したものだと思います。実際の母は戦ってはくれませんでしたが、ここでは戦ってくれようとしています」

「あなた方のお家の関係はよくわかりました。ご同情申し上げます」私はこの悲惨な姉妹の真実の物語を知り、改めて力になりたいと思った。

「ありがとうございます」

「しかし──考えたくはないですが、そうなると妹さんの失踪は、その義父の仕業ということになりませんか」

「わたしも最初は完全にそう思ったんですが、どうもそうじゃないらしいんです。──というのも、妹がいなくなった一カ月後に、どうやら義父が妹を捜しに、西新井《にしあらい》のわたしのアパートを訪ねてきた形跡があるのです。郵便受けに『英令奈を返せ！』という殴り書きの手紙が放り込まれていました」

私は顔をしかめた。「とうとう見つかってしまったんですか。おぞましい。それもわざわざ九州から……」

「ええ……だからわたしはすぐに荷物をまとめて今の所沢へ引っ越しました」

「今の場所は大丈夫なんですね」

「はい、引越しはとても慎重にやりましたから、今のところは……」

西新井のアパートを突き止められたということは、どこにいても時間の問題のような気もしたが、今は言わずにおいた。「それはよかった」

「でも、いつ妹が帰ってくるかわからないので、元のアパートの契約も継続しています」

「無理もないですが、不経済ですよね……」

「仕方ないです」

私は話を戻した。「このジオラマは〝S〟という人間が妹さんに贈った物でした。〝S〟が内部も作った、少なくとも手伝ったとすると、妹さんの家庭事情を知っているし、同情的だということになりませんか。行動を共にしているならばそれなりに安全では？」

「そうかも知れません」

「ならば、直《ただ》ちに酷《ひど》いことにはならないのではないですか」

「そうならいいんですが……でもやっぱり心配で」

当然だった。素人《しろうと》考えの押し付けはよくない。

「そうですよね。家の模型の方は引き続き気を緩めず調査をします」

「よろしくお願いします」晴子は深々と頭を下げた。

「今のお話はいろいろ参考になりました。そしてジオラマの方も解析が済んでいますので、もうお返しできます。すぐに梱包しますので、少々お待ちください」

「あの……それ持って帰るのが何だか怖いんです。こちらでしばらく預かってもらえませんでしょうか」

私は梱包を進めながら言った。「曲野さんがよければ構いません。場所も空いていますし」

「すみません」

「いいえ。ではバス停までお送りします」

私たちは事務所を出た。外はいくぶん熱気が収まったように感じられた。晴子は来た時と同じようにバッグ一つだったが、それ以上に身軽になったような表情をしていた。

肉親が行方不明になって気が気ではない美女を無為に待たせるのは心苦しかったが、後はとにかく、元同僚の村井から紹介された農大准教授の解析結果を待つしかなかった。

その週やった主な仕事といえば、私が手配した時代小説文庫の印刷用紙の抄造《しょうぞう》時に不良な薬品——填料《てんりょう》か——が混入していたとかで、それを検品するために印刷所に出向いたことくらいか。印刷所の関係者や製紙メーカーの関係者はもとより、臨時パートのおばちゃんから版元の生産管理部員にも出てもらって、総出で文庫本のページをめくり、不良部分――といってもちょっとしたシミにしか見えないが――の目立つページが二〇パーセント以上の本を弾く作業だった。この作業は三日間続いた。これは地味に体力と神経を消耗するのだった。自分の手の及ばない所にも責任を持たなければならないのが商人の辛いところだ。

　週末、八月十二日の金曜日。世間様は盆休みに突入したが、私のような個人の紙商はまだ休まない。こういう時に臨時の仕事が発生する確率が高いからだ。

　例えば書籍の予期せぬ重版や事故による刷り直しが発生し、通常ルートで印刷用紙を調達できない場合、私が隙間にスパッと入り込んで在庫を手配し、おこぼれに与るという寸法だ。大抵の場合は三千部、五千部という世界だ、小さな紙屋でも充分に対応できる。

　出勤してしばらくすると、待ちあぐねていた農大准教授からの回答メールがやっとスマホに届いた。

　それによると、くだんの葉は桜の葉だということだった。一瞬、それでは都内だけでも無数にあるではないかと気が遠くなりかけたが、文面を追っていくと希少種の〝河津桜〟だと書かれていた。

　花に縁の無い私もテレビで知ったのだが、河津桜は静岡の河津《かわづ》町《ちょう》由来の早咲きの赤みがかった桜だ。それが移植されて東京にもあるらしい。准教授によれば、場所は多くはなく、なんとか探し出せるのではないかという。

私は可能な限り丁寧な文面で礼のメールを打った。文末には十一月の農大の〝収穫祭〟に行って大根を買わせてもらう旨も付け加えておいた。

ＰＣの前に座り、都内の河津桜の名所を検索し、花見の記事から根気よく一つ一つ抽出していった。

木場《きば》公園の大横川《おおよこがわ》沿い、亀戸《かめいど》の旧中川《きゅうなかがわ》沿い、代々木《よよぎ》公園、品川《しながわ》区の林試《りんし》の森《もり》公園、南千住《みなみせんじゅ》の汐入《しおいり》公園、本郷《ほんごう》の清和《せいわ》公園、世田谷《せたがや》の桜神宮《さくらじんぐう》、田町《たまち》の東工大附属高、アクアシティお台場《だいば》の植込み、それからお台場海浜《かいひん》公園の四本、新宿御苑《ぎょえん》の三本、スカイツリー近くの東武橋《とうぶばし》の二本、あとは錦糸《きんし》公園、代官山《だいかんやま》の西郷山《さいごうやま》公園、目黒《めぐろ》の菅刈《すげかり》公園、赤坂《あかさか》のＴＢＳ近く、芝《しば》公園、小石川《こいしかわ》の播磨《はりま》坂《ざか》にそれぞれ一本ずつ植わっていた。近郊まで足を延ばせば井《い》の頭《かしら》公園、立川《たちかわ》の昭和記念《しょうわきねん》公園といったところだ。

べらぼうに多くはないが、決して少なくもなかった。それにしても画像ではあるが、真夏に時ならぬ花見を堪能してしまった。ここまでで午前中の時間を全て使ってしまったが、飛び入りの仕事は一切無かった。それはよかったのかどうなのか。

ここでもう少し手掛かりが欲しいと思い、間もなく昼休みに入るであろう晴子にＬＩＮＥを送った。まず、ジオラマにあった木の葉を解析してもらったところ、それが河津桜の実物の葉だったことを伝えた。うまくいけば、そこからジオラマに関係する土地が割り出せるかも知れないと付け加えておいた。材料を調達したのは製作者の〝S〟だと考えるのが普通だが、もしかして英令奈の希望で河津桜が使われた可能性は無いだろうかと尋ねた。すると、すぐに晴子から返信が来た。
〔その可能性はあると思います！〕
〔本当ですか！〕
当たりだった。
〔以前住んでいた熊本の団地の敷地内に1本だけ植えられていて、英令奈はそのピンク色の花が好きでした。10年ほど前にスロープの増設の際に撤去された時はひどく残念がっていました〕〔東京で河津桜を見て実家を思い出し、ジオラマになった家と組み合わさったのかもしれません〕
英令奈と河津桜が繋がった！　そしてたぶんあの家にも。先に晴子に問い合わせればよかったのだ。樹木が特定できた時点で先走ってしまい、頭が回らなかった。やはり私は素人探偵だ。
勢い込んでさらに訊く。
〔やはり英令奈さんは東京でも河津桜を見たんですね〕
〔はい。いつだったか、たまに通る道に沿って植えられているのを見つけたと言って

喜んでいたのを覚えています〕
ますます核心に迫って来た。
〔たまに通る道とは、どこですか？〕
しばらく間が空いた。思い出しているのか。
〔ごめんなさい。家事の最中の会話だったので、聞き流してしまって覚えていません〕
私は脱力した。
〔残念です〕
〔肝心な所がぼけていてすみません〕
とはいえ極めて有益な情報には違いない。河津桜のスポットを調べるモチベーションが高まるというものだ。
〔いえいえ、お気になさらずに〕〔道に沿って植えられているということは、並木と考えていいですか？〕
〔そうだと思います〕
〔わかりました〕
晴子は、何か思い出したらまた知らせると言った。私は礼を返し、LINEを閉じた。
コンビニ飯で簡単な昼食を終えた私は、午後の作業に突入した。グーグルマップを開き、次々に名称を打ち込んで、ストリートビューで現場を確認していくのだ。当然ながら開花時期でない画像も多く、特定しづらい場所もあった。二時間ほどかけて一通り見たものの、特にこれといった決め手は無かった。それぞれのスポットの周囲をストリートビューでなんとなく見て回ったが、くだんの家が簡単に見つかるはずもなく。私はまたも途方に暮れてしまった。

そこで不意に土生井の顔が頭に浮かんだ。逆に今まで忘れていたのが不思議だった。それだけ私の根気が続き、作業に集中していたということか。我ながら感心したが、ここからはやはり土生井を頼ろう。例のアフターサービスというやつだ。彼なら何か閃くのではないか。そう言えば、晴子の話を報告しておくのを忘れていた。

ＬＩＮＥを開き、ジオラマの家の内部に配置された兵隊人形の意味を匿名のまま土生井に伝えた。また、あの葉が〝Ｅ〟の好きな河津桜であることを報告。さらに都内の河津桜スポットを列挙しておいた。最後に〔ここからどう割り出したらいいですか？〕と締めくくった。

間もなく〝既読〟の表示が現れ、五分ほどして返信が届いた。いつもの丁寧語は省略気味だった。

〔電脳先生お疲れさま〕〔公園や寺社だと道に沿って植わっている、という感じではない〕〔埋立地にはそもそも古い家屋は無いはず〕〔高校敷地内には学生か関係者しか

入れない〕
いちいちごもっともだと思った。私が返信を打ち込もうとしていると、再びメッセージが現れた。
〔したがって川沿いの並木と、市街地で周囲に樹木があまり無さそうな場所を優先的に探すといいです〕
しばらく待ったが続きは無かった。私は返信した。
〔了解です〕
〔しかし全部行って見て回るんですか?〕〔大変ですねー〕
〔いえ、そんなことはしません。ストリートビューで見れますから〕
〔?〕〔何ですかそれは〕
土生井はストリートビューも利用したことが無いらしい。やり方を教える。
〔グーグルマップはわかりますね〕
〔はい、たまに見ます〕
〔マップ上で見たい場所をタッチしながら待つと小窓が現れます。それをまたタッチすると、その場所の風景を全方位見ることができます〕
〔へえ。やってみます〕
しばらくの間。

〔すごい！〕〔実際にその場所に行った気分になれますね！〕〔便利なものを教えてくれて、ありがとうございます！〕

土生井は大層喜んでいるようだ。挨拶を交わし、私はLINEを閉じた。

アドバイスに従ってスポットの取捨選択を始めた。すると、残ったのは旧中川沿い、大横川沿い、スカイツリー近く、播磨坂、TBS近くの五カ所となった。劇的に絞り込まれたと言えるだろう。

晴子によれば、英令奈はもともと河津桜が好きで、「たまに通る道に沿って植えられている」のを見つけた。たぶんノスタルジーもあったのだろう、その落ち葉を拾い、ぜひともジオラマに使って欲しいと思った。その〝たまに通る道〟とはどこだ。

その時、LINEが着信した。また晴子だった。長文だ。

〔あれからずっと英令奈が河津桜を見つけたという場所を思い出そうとしていたのですが、どうしても思い出せません。それで、せめて英令奈の行動範囲をお知らせしておいた方がいいかと思いまして。大学は神保町の共立《きょうりつ》女子大に通っていました。人混みが嫌いなので繁華街にはほとんど近付きません。新宿や渋谷は怖くて行けないと言っていました。これは警察にも話しました〕

これも有益な情報だった。むしろなぜ私は先ほど訊かなかったのだろう。素人にもほどがある。PCをネットに繫ぎ、晴子たちが住んでいたアパートから神保町までの通学路を確認してみた。主なルートは二つ。一つは西新井大師西駅から日暮里《にっぽり》・舎人《とねり》ライナーと千代田線を乗り継いで一直線に南下するルート。もう一つは大師前駅から東武線と直通運転の半蔵門線で墨田・江東区をこれも真っ直ぐ南下、深川あたりで西へ直角に曲がって中央区を横断するルート。所要時間も料金もほぼ同じだった。

晴子にルートの確認をすると、すぐに返信があった。

〔東武線が基本で、ごくたまに別の路線を使っていたようです〕

〔私はモニターのマップを見ながら、英令奈の行動範囲を縦長の長方形としてイメージした。そこで思わず三つ折りリーフレットの縦横比を連想してしまったのは仕事柄のせいだろう。これでさらに絞り込めるかも知れない。

〔助かります。ありがとうございます〕

〔よかったです。どうかどうかよろしくお願いします〕

LINEを閉じた。晴子としても、三カ月待った末に出てきた新しい手掛かりに期待しているのだろう。私は晴子からの情報を頭の中で反芻《はんすう》しながら、河津桜のスポットを絞り込んだリストに目を移す。

小石川の播磨坂は、千代田線の根津《ねづ》駅もしくは千駄木《せんだぎ》駅で降りて、いずれも徒歩で三〇~四〇分。バスだとしても所要時間はほぼ同じ。結構な距離だ。桜並木の規模が大きいわりに河津桜そのものは一本しか無いらしい。つまり〝河津桜の並木〟ではない。外してもいいだろう。

ＴＢＳも同様にたった一本で、しかも赤坂はさらに遠い。これも除外。

スカイツリーはちょうど最寄りが東武線の押上《おしあげ》駅だ。途中下車した場合、すぐに行ける。スカイツリーのすぐ南側にある運河、北十間川《きたじっけん》にかかる東武橋のたもとにも二本の河津桜がある。河津桜舐《な》めでスカイツリーが撮影できる人気のスポットらしいが、並木とは言えない。これも忘れることにする。

となると、大横川沿いと旧中川沿いの二者が残る。マップで見ると、いずれもちゃんとした並木のようだ。条件に合致する。

前者も半蔵門線の清澄白河《きよすみしらかわ》駅で降りれば歩いてもわけは無い。江東区の南西に木場公園があり、その東側を南北に走る運河が大横川だった。ストリートビューに切り替えて見ると、葛西橋《かさいばし》通り以南の川沿いの散歩道に沿って、河津桜が植えられているのがわかった。ちょうど開花の時期に撮影されたためピンクの花が目立っている。それは木場公園ふれあい広場口の辺りまで続いていた。英令奈はこの散歩道を通った可能性がある。

私はジオラマの画像を表示したスマホを傍らに置き、グーグルマップの航空写真モードと３Ｄモードを利用して、河津桜並木を中心とした半径一キロメートルを目安にジオラマの白い家を探した。河津桜と家がセットであるという保証は無いが、土生井の勘と晴子の言葉を信じてみる。

とはいえ、マッチ箱のような家が無数に立ち並ぶ下町の景色には眩暈《めまい》を覚えるようだった。似た屋根を見かける度、ストリートビューに切り換えて仔細を確かめるのも骨が折れた。小一時間ほどが過ぎ、視神経の限界を感じた頃に半径一キロメートルのノルマはなんとか達成したが、似てはいても絶対にこれだというような家は見つからなかった。

コーヒーを飲み、少し目を休ませてから、次の候補である旧中川沿いの捜索に移る。こちらも東武線を乗り継ぎ、亀戸水神《かめいどすいじん》駅で降りて徒歩で行ける場所で、江東区の東端に位置する。旧中川は荒川から流れ込んでくるくねくねとした自然の川のようだ。荒川が大蛇だとしたら、こちらはミミズのように見える。道筋としては、駅から蔵前橋《くらまえばし》通りまで行き、江東新橋《こうとうしんばし》から東側の河畔に降りて遊歩道を南下、総武線の鉄橋を過ぎた辺りから堤防の上に河津桜の並木が現れる。ストリートビューで確認すると、こちらもやはり開花時期を狙って撮影されたようで、わずか数十メートルほどだが可憐な景色だった。

航空写真に切り換え、並木を中心に周囲を精査する。とはいえ、川幅があるので東側が主な行動範囲と考えていいだろう。住宅地と川を行ったり来たりしながら3Dモードを駆使して屋根の色と形を確認していく。それにしてもこの機能は面白い。街がそれこそジオラマのようだ。そのうち土生井にも教えてあげよう。

目を再び河畔方向に戻した時だ。セメント工場と住宅地を結ぶ小道に、見覚えのある形の屋根を発見した。ストリートビューに切り替える。

もしかして……これか？

スマホの画像と照らし合わせる。黒い屋根、古ぼけた白い壁。特徴的な玄関の丸窓。あった！

紛れもなくあのジオラマの白い家だ。ついに見つけた！

庭には雑草が生い茂り、雨戸は外れて落ちている。人が住んでいる気配は薄い。しかしそこが英令奈と〝S〟にとって重要な家なのは確かなのだろう。

私は興奮を抑えながら、画像を回転させて周囲をぐるりと確認した。真新しい戸建てやマンションが立ち並んでいる。再開発が進んでいるようだ。その一帯でこの家は特別に古かった。地名で言うと江戸川《えどがわ》区平井《ひらい》ということだった。

とにかく現地へ出向いてこの目で確かめたい。明日は土曜日だ。いよいよ盆休みだ。大手を振って休業できる。丸一日を調査に充てることができる。

土生井にLINEで報告を入れておく。江戸川区で例の家を特定した旨と、明日実地調査をする旨だ。

盆休み前の連絡ごとや資料の整理が終わり、終業時間直前になると土生井から返信が来た。

〔何があるかわからない。先生気を付けてください〕

私は礼を返して事務所の戸締りを始めた。

10　消えた白い家

英令奈は神保町の大学に通学するため東武線を利用し、たまに何らかの用事で亀戸水神駅まで寄り道し、旧中川沿いに通っていたようだ。私の場合は総武線で亀戸駅まで行くことにした。

亀戸駅を出ると、北へ少し歩いてから蔵前橋通りに入った。中央分離帯のある大通りだ。亀戸は下町のイメージが強かったが、再開発が進んだようで新しい建物が目立つ。

四方を取り囲むコンクリートが、真夏の昼下がりの陽を容赦なく反射する。私は皺だらけの麻ジャケットを、頭巾のように頭にかけて陽光を遮りながら東へ歩いた。熱を孕《はら》んだ空気で息が詰まりそうだ。二〇分ほどすると橋のグリーンのアーチが見えてきた。そこそこ大きなその橋を渡りながら川の上流に目をやると、陽炎《かげろう》の中にトウモロコシの芯のようなスカイツリーが聳えていた。

橋を渡り切ると歩道の欄干に切れ目があった。階段だ。そこから堤防へ降りる。やっと土の地面と緑に触れることができて一息つけた。

流れが無く、長い池のような水面を右に見て南へ歩いていく。車の騒音がすっかり消えた。水面がキラキラ光っている。川の上を渡る風がわずかながら涼気を運んできた。心なしか通行人も増えた気がした。溶けそうなアスファルトの歩道を避けて、この道を歩きたくなるのは人情だろう。老人も数人、釣り糸を垂れていた。

総武線の鉄橋をくぐると、小ぶりな木がポツポツと並んでいた。それが河津桜の並木だった。季節ではないので、ネットの画像のような鮮やかな光景ではない。足元を見ると、古い桜の葉がちらほらと落ちている。私は立ち止まって一枚を拾い上げた。なるほどこれがそうだったかとしみじみ眺めた。堤防から河川敷の遊歩道へ降りると、こんな都会でも蟬の声が聞こえてきた。さらに前進する。

途中で〝ようこそ江戸川区へ〟という高さ数メートルはある立派な看板が立っていた。そこが区の境らしい。川沿いの小学校からは子供たちの嬌声《きょうせい》が聞こえてくる。夏休みも校庭は開放しているようだ。

だが、そこから先は通行止めになっていた。護岸工事をしているらしい。川岸に沿って白いコンクリートブロックが剝き出しになっている。近くに工事車輛《しゃりょう》もたくさん駐まっていた。手前に一人の警備員が立っていて、堤防の上へ迂回《うかい》するように誘導された。

私は階段を昇り、再び堤防の上に出たが、その後も通行止めは続き、左手の方の建物同士の隙間の路地へ抜けるしかないようだった。

堤防から見た道順でイメージトレーニングをしていたので、これには少々戸惑った。川に並行する形で舗装道路があった。前進するにはこの道しかない。スマホでグーグルマップやストリートビューを確認しながら歩いていくが、似たような住宅がひしめいていて混乱する。私は似たような紙は見分けることができるが、建物はどうにも苦手なのだ。

そろそろ目的の家があるだろうと、右手に入る路地に出くわす度に覗き込むが、一向に見当たらない。見落として行き過ぎたかと思って道を戻るが、すぐに先程の護岸工事現場に行き着いてしまう。

一度、もしやと思う小道があった。ストリートビューにある生垣とよく似たそれを見た気がした。もう一度そこへ戻る。

確かに生垣は同じだった。しかし無い。

小道に入るとすぐの所にあったあの白い家が無い。家があるはずの場所は、真新しい駐車場になっていたのだ。社用車と思しき青い軽乗用車が三台行儀よく並んでいる。やられた。グーグルマップの情報が古かったのだ。いや、最近取り壊されたばかりということなのか。行政代執行で無縁の空き家の取り壊しが進んでいると、新聞で読んだことがある。そのパターンだろう。これでは何の手掛かりも得られない。完全に徒労だった。

私はこの虚《むな》しい結果をさっさと土生井に伝え、次の一手を考えてもらおうとスマホを取り出した。

待てよ。自力でやっと見つけた場所だ。すごすごと引き下がっては土生井に笑われてしまう。これでも私は土生井の〝電脳先生〟だ。

もう少し歩いてみることにした。どこか商店を見つけて人に訊いてみよう。私はその界隈をぐるぐると回った。灼熱《しゃくねつ》の太陽が真上から照りつける。暑さが堪《こた》える。喉が渇く。

こんなに細い道なのに後ろからバスが近付いてきた。慌てて飛《と》び退《の》く。と、すぐそこがバス停だったらしく停車した。

バスからは小柄な老女が降りて来た。麻袋をそのまま頭から被ったような服を着ている。すぐに歩き出すかと思いきや、備え付けのベンチに座ってしまった。座面が相当に熱かろうと思ったが、本人は涼しい顔だ。手提げから白い日傘を出して開き、さらにペットボトルを取り出してキャップを開けようと四苦八苦していた。

私は歩み寄り、日傘に手を伸ばした。「持ちましょうか」

「あら、ご親切にどうも」老女は無防備に日傘を私に委《ゆだ》ねた。

隣に座り、日傘を差しかけた。やはり尻が熱い。

老女がキャップを開けて、先に私に勧めた。「一口いかが？」

「いやけっこう。ありがとう」

「あらそう」老女が飲み始めた。

私は白い家のことを訊いてみようと思った。「ご近所にお住まいですか」

「ええ、二、三分の所ね」

しめたと思い、私は続けた。「この先に古い白壁の家がありましたね。今は無くなったようですけど」

「ええ、ええ。よく知ってますよ。加藤《かとう》さんね」

「加藤さんというんですか。どういうお宅でしたか」

「普通の公務員さんのお家ですけどね、お化け屋敷って呼ばれてましたよ」

「えっ」私は驚いて声を上げた。「というと？」

「いえね、娘さんが一人いたんだけど、水の事故で亡くなってしまって。ほら、そこの川ですよ。それ以来、娘さんの幽霊が出るという噂が立ってね――わたしゃ見たことなんてないですけれどね」

「そうだったんですか」

「ご夫婦はずっと住んでいたんだけど、病気で相次いで亡くなって、ずいぶん長いあいだ空き家だったの。最後は窓がほとんど外れてしまって中が丸見えでね。幽霊の噂もずっと続いていたみたいだけどねえ、肝心のお家を取り壊しちまったらもう出ようがないわよねえ」

「なるほど、そうでしたか」

老女との会話の末、白い家の謂れはわかったものの、それでどうなるということでもなかった。幽霊は登場したが、この酷暑を和らげてくれるほどの怖さもない。この件の関係者と加藤という苗字にも繋がりは見えなかった。ただ、中が丸見えだったということは、間取りもよくわかったのではないか。英令奈はそれで実家を連想したのかも知れない。

結局、英令奈の目的は何だったのだろうか。ここにあった家を見ることだけだとは思えない。この近くにまだ何かあるはずなのだ……。

老女はもう一口緑茶を啜ると立ち上がった。「じゃあね、さようなら」日傘を受け取ると、老女は私が来た方向によちよちと歩き去った。私は引き続き通行人を探しながら反対方向へ歩き出した。

誰とも出くわさないままやがて大通りに出た。道路標示を見ると京葉道路《けいよう》らしい。さすがに大きな交差点の周囲には、疎《まば》らとはいえ商業ビルや個人商店、ファミレスなどがあった。しかしあの家のあった場所からはだいぶ距離がある。昔からの住人で状況を知っている者を捕まえることができるだろうか。

ぼんやりと横断歩道の前で待っていると、ベトナムのアオザイのような白い服を着た背の低い中年の女性が隣に立った。手には大きな荷物を提げている。見覚えのある白いビニールバッグだ。緑色のフォントで〝東急ハンズ〟とある。バッグの口から木枠のようなものがはみ出していた。これにも最近見覚えがあった。

そうだ、晴子が私の事務所に持ち込んだジオラマの台に似ている。そして妹の英令奈が制作講座のようなものに通っていたらしいと言っていた。私は直感的に、この女性もそういう所へ行こうとしているのではないかと思った。微かな糸が見えてきた気がした。

歩行者用信号が青に変わると、女性は大通りを渡って行く。私も足を踏み出した。女性は交差点の角に建つ近代的な商業ビルへとまっすぐ歩いて行くようだ。ビルの看板を見ると、喫茶店や居酒屋、学習塾や会社のオフィス等が雑多に入っている。女性はビルの幅広の外階段を昇り、入口を入って行く。私も一拍、間を空けてから入って行き、自動ドアをくぐった。我ながら、まるで本物の探偵みたいだなと思った。

内部は冷房が効いており、生き返った気分になった。廊下が真っ直ぐ奥へ続いており、突き当たりにエレベーターがあった。女性が乗り込んだので、私は慌てて走り出した。女性が開ボタンを押して待っていてくれた。

「すみません」

「何階ですか？」と、女性は訊いた。

私は既に三階が押されているのを見て言った。「三階で大丈夫です」

エレベーターが上がって止まると、私はレディファーストを守り、女性がどこへ行くかを見極めた。

そのフロアの廊下には地味なドアが並んでいた。どうやら貸会議室のフロアらしい。女性は右手奥の入口に向かった。観音開きのドアの片方だけが開いている。中に吸い込まれるように入って行った。私も近付いた。入口脇に脚のついた看板が置いてあり、ポスターが貼られていた。

『ミニチュアハウス制作教室　講師・葉田一洋《はだいちよう》　午後三時～六時三〇分』

ビンゴ！だった。ここでジオラマというかミニチュアハウスの教室が行われているようだ。

私は入口からそっと覗き込んでみた。細長い会議テーブルがいくつか並んでいて、その前に一〇名ほどの老若男女が集まっている。テーブルの上には各種材料が満載になっていた。頭に赤いバンダナを巻き黒いエプロンをした背の高い老人が教室の前方に立ち、皆に声をかけている。たぶん彼が講師の葉田だろう。

河津桜と例の家を辿《たど》るルートの延長線上にこの教室があった。ということはおそらく、定期的に開催されているであろうこの教室に、例のジオラマの作者〝S〟と英令奈も通っているか、もしくは過去に通っていた可能性がある。もし今日も〝S〟が来ているのなら、一刻も早く詰問して英令奈の居所を……。

その時、内ポケットのスマホが震えた。取り出して見るとLINEに一件着信している。

土生井だった。

〔先生お疲れさまです〕〔何か進展は？〕

私はいったん深呼吸をし、壁際のベンチに移動した。

LINEのトークルームに、例の白い家が無くなっていた旨、近くのミニチュアハウス制作教室に〝S〟がいる可能性、講師の名を書き込んだ。

すぐに返信が来た。

〔葉田一洋という人はミニチュアハウスの作者として有名です〕〔家を廃墟のような雰囲気に仕上げるのが得意な人〕〔例の家の作品を見た時に見覚えがあると言ったのは、葉田氏の作風と似ていたから。氏が以前制作した「トキワ荘」を思い出します。Sがその教室の生徒である可能性が高いですね〕

〔やはり。ではこれから踏み込みます〕

〔待って〕
土生井がすかさず返信してきた。私は素直に待った。メッセージがさらに続く。
〔誰がSかも特定できないし、たとえ特定できたとして、もし悪意ある人間だったら問いただしたところで正直に答えるはずがない〕〔取り逃がしたらEさんの身が危なくなるかもしれない〕
土生井は私が口走った監禁の件を覚えていたのだ。監禁の有無はともかく慎重さを欠いていたのは事実だった。また私の粗忽な癖が出るところだった。いや、暑さにやられたのだと思いたい。
私はあっさり土生井にお伺いを立てた。
〔どうします?〕
〔こういうものは会費制であり、事前に募集をかけているはず。途中で飛び入り参加は認められない〕〔終了時間は?〕
〔6時半です〕
〔ではその時間まで待ち、葉田氏をつかまえていろいろきいてみてください。Sの動向はいったん忘れること〕
〔了解です〕
〔ではまた後ほど〕

私はＬＩＮＥを切った。

あと二時間超は待たねばならない。建物内に喫茶店があったのを思い出し、エレベーターに向かった。一階に降りて店に入ると、窓際の席に陣取った。麻ジャケットを脱ぐ。冷たいおしぼりを首に当てた。出されたお冷やを一気飲みし、一息つくとホットコーヒーを注文した。

やっとリラックスし、ふと、ここまでの経過を晴子に報告しておこうと思い立った。なにしろ彼女は依頼人なのだ。ＬＩＮＥのトークルームを開く。

ジオラマの木の葉から河津桜を特定したところから、江東区と江戸川区の境にある川の堤防の桜並木に辿り着き、そこから例の家のモチーフを発見したこと。ところが実際に来てみると家は無く跡地が駐車場になっていたこと。少し端折《はしょ》り、今は手掛かりを摑めそうなミニチュアハウス制作教室の入っているビルにいること。さらにグーグルマップのストリートビューにある、まだ健在だった頃の家のスクリーンショットもアップしておいた。

すぐに〝既読〟となり、メッセージが書き込まれた。

〔暑い中お疲れさまでした！〕

その一言でこの午後の苦労が雲散した気がした。

〔ありがとうございます〕

〔凄いですね！　警察でもわからなかったのに〕
〔警察はハナから捜していなかったのでしょう〕
〔その教室に何か手掛かりがあることを願っています〕
〔同じくです〕
　強力な冷房で身体が冷えてきたので、私は麻ジャケットを着直した。ポケットからトランプを取り出し、残りの時間を潰すことにした。

11　葉田

六時二〇分になり、日もだいぶ傾いてきた。窓外に見える墨東《ぼくとう》の夏雲が朱《あか》く染まっている。ビルはオレンジ色だ。私は立ち上がると会計を済ませ、教室に戻った。

ドアはまだ閉まっていた。中の話し声が漏れて来たが、くぐもっていてよくは聞こえない。先程のベンチに座り、教室の終了を待つ。

ちょうど三〇分になり、バタンとドアが開いて人々が出て来た。皆、親しげに語り合っている。私は何気ない風を装って生徒たちの顔を観察した。先程のアオザイの女を含め中年から初老の女が五人、初老の男が三人、若い男が三人だった。果たしてこの中に〝S〟はいただろうか。

一通り人が出たところを見計らい、私は立ち上がって室内を覗き込んだ。葉田だけが残っているようだった。片付けだろうか。

私は入口に歩み寄り、開いたドアをノックして声をかけた。「葉田先生ですか？」

「何ですかあ」葉田は後ろ向きのまま気さくな調子で返事をした。

「実はちょっと見ていただきたい作品がありまして。お時間ありますか」

葉田が首を巡らせた。「ああそう。――時間ならまあ、あるよ。でもね、この教室はあと一〇分以内に戸締りしなければならないんでね。下に喫茶店があるからそこで待っててくれませんか」

先程の店に逆戻りだが、是非もなかった。「わかりました。すみません。私、渡部と申します」

「ワタべさんね。はいはい」

私が店に戻ると、店員が怪訝な顔をしていた。無理もない。一〇分ほど前に出て行った男がまたやって来たのだから。同じ窓際の席で待っていると、五分後にはグリーン系のアロハにブルージーンズの葉田が入口に現れた。私は手を振って合図した。

葉田がやって来て長い身体を折り畳むようにして狭い席に座った。四角い顔で目だけが少年のようだ。年齢は七十歳近いだろうか。

飲み物を注文するのを待って、私は名刺を差し出した。

「へえ、紙鑑定士さんですか」

「ええ、本業はそうです。例えば」私はテーブルの隅の茶色い紙ナプキンを指差した。

「これはオリエンタル紙業の〈SC-16〉ですね。茶色いのは未晒《みざら》しパルプだからです」

「ミザラシと言うと?」

「晒《さら》していない、つまり漂白していないんです」

「なるほど……」葉田が紙ナプキンに手を触れた。

私は他に紙製品が無いかとキョロキョロし、別の客のテーブルに人差し指を向けた。

「それからあのコースターですが――」

「いやいや、もう結構。あなたは本物だよ」と、葉田は感心しながら自分の名刺を寄越した。

受け取ってよく見ると、厚口トレーシングペーパーに芯の太い鉛筆で手書きされていた。なかなか粋《いき》だと思った。肩書は〝立体絵師〟とある。

アイスカフェオレが来ても、葉田は自分のコースターを矯《た》めつ眇《すが》めつ眺めていた。

「早速ですが」と、私はスマホを操作してテーブルに置いた。「この作品について、何かご存じないですか」

「えっ、作品てこの写真のこと？」葉田は頓狂《とんきょう》な声をあげ、老眼鏡をかけて〝S〟のジオラマの画像を見た。

「ええ、私の作品ではないのですが」

「すると、あなたが教室に参加したいという話じゃなくて？」

「騙《だま》したみたいで、すみません。実は人に頼まれてちょっと調べているところでして。本業とは関係無いですが、決して怪しい目的ではありません」

「それなら別にいいんだけどね。あなたは怪しい人には見えないし。……だって紙みたいな地味な物に詳しい人に、悪い人はいそうにないもんねえ」そう言いつつ葉田は画像を注視した。「うん、この作品は知ってるよ、カバサワ君の作品だね。でも元々ここにこんな車があったかな……」

「カバサワという人が作ったんですか!」ついに〝S〟の苗字を知り、私は少々興奮した。「それで、どんな字を書くんですか」

「蒲田《かまた》の蒲に沢。下の名前は新しい次で新次《しんじ》」

新次か。イニシャルは〝S〟だ。間違いない。私は紙屋手帳にメモした。

「実はこの作者を探していたんです。こちらの教室に通っているのではないかと思いまして、今日お訪ねした次第で」

「あ、そう。……でも最近は来ないんだよねえ」

「えっ、そうなんですか」私は気を削がれた。

「うん。ここ二カ月くらいかなあ。――いや、そういう人ってけっこういるんだよ、急に来なくなってそれっきりという生徒は。特に若い女性なんかはわりと飽きてしまうよね。――でも彼の場合はテクニックもあるし、熱心だったんで目を掛けていたんだけどねえ。僕の教室は都内のあちこちでやってるんだけども、いろんな会場に顔を出していたからね、彼」

「まるで〝追っかけ〟ですね」

「というよりも、父親に接するような感じかなあ。彼、数年前に親父さんが亡くなったらしいんでね」

ここにも父を亡くした人間がいた。

私はさらに訊いた。「彼は葉田先生の教室へは長く通っていたんですか」

「三年くらいかなあ。蒲沢君にはけっこうなお城マニアの友達がいるらしくてね、友達のためにお城のプラモデルを作るのがとても好きだったらしい。そのうち是非とも木で自作したいということになって、僕のところで習い始めたんだ。うちはヒノキ材推奨だからね。教室では課題作品を作っていたけれど、家ではこつこつとお城の木製模型を作っていたらしいね」

「すると、この白い家は課題作品というわけですか」

「そうだね、ここで作ってた」

「この近所にモデルとなった家があったのはご存じですか」

「ああ、そうらしいね」葉田はあっさり言った。「生徒には自分の好きなモチーフを探してくるように言ってあるからね。だから実在の建物が多いね」

「お化け屋敷と言われていたそうです」

「へえ、それは知らなかった。でも、彼ならそういうの好きそうだね」

「彼はどんな人物でしたか。年齢は？」

「歳は確か三十代前半だったはず。けっこうなイケメンでね。しかも親切で、教室の仲間に僕の代わりに作業を教えたりしてたよ。だからモテてたよね」

「モテてた……」その言葉が心に少し引っ掛かったが、質問を続けた。「他に教室で気付いたことはありませんか」

「そうだなあ――ああ、そうだ。彼は時々、急に作業ができなくなることがあったな」

私は身を乗り出した。「どういうことですか」

「いえね、工作の仕方を急に忘れてしまう感じなんですよ。で、何もできなくなって、その日は早々に帰ってしまうんだ。本人は〝解離《かいり》性健忘《せいけんぼう》〟とか言ってたなあ」

「解離性健忘？」

「うん。物忘れが激しいとか覚えられないとかじゃなくて、部分的に、慣れた行動そのものを忘れてしまうみたいなんだ。ある時は工具一式を忘れて、造形とは関係の無い釣竿《つりざお》を持って来たことがあってね。わけを訊いても、釣りはしないのになぜ持っていたかわからないと言うんだな。不思議なもんですよ、解離性健忘というのは」

「病院に行ったりはしていたんですか」

「行ってたのかな。次に教室に来た時はまったく治っていて、普通に作業をしてたからね。でも再発はたびたびあったね」

「不思議な病気があるもんですね」私は手帳に書《か》き留《と》めてから質問を変えた。「ところで、生徒さんで曲野英令奈さんという若い女性はいませんでしたか。あ、これも怪しい目的で訊いているのではありません。実は——人に頼まれたというのは、彼女のお姉さんというわけでして」

「そうでしたか。うん、その子もいたね。彼女もちょっと前にやめちゃったけど」

「それは、こちらの会場に？」

「うん、ここだったね」

やはり英令奈もここに来ていたのだ。

「彼女がどんな経緯でこちらに来るようになったかもご存じですか？」

「うーん……そうだ、思い出した。僕がボランティアで手伝っている心理セラピーの会というのがあって、そこで〝箱庭療法〟というセラピーをやっているんだ。箱庭療法って知ってる？」

私はすかさず言った。「箱の中に砂を敷いてやるアレですか」

「うん、そうだ」

箱庭療法と聞いて、繋がる糸がさらに濃く見え始めたような気がして、私は急かすように先を促した。「そこに曲野さんが来ていたのですか」

「そうなんだ。僕は箱庭の枠を作ったり、使用するオモチャや材料を調達したり、時には少し凝《こ》った作り方を教えたりする係なんだ。そこのセラピーに彼女が通っていたんだよ。で、僕がミニチュアハウスをやっていると話すと、自分も本格的な物を作ってみたいと言うので、この教室に誘ったという流れだったな。でも結局は彼女、なかなか作品を完成できなくてねえ」

心理セラピーの会——確か晴子も、英令奈が集団セラピーに通っていたと言っていたが、このことだったか。同時にこの制作教室にも出入りしていた。ということは、あのジオラマの家の中にあった兵隊人形は〝箱庭療法〟と見ることもできる。

それにしても英令奈と蒲沢はどういう関係なのだろう。

「曲野さんは、蒲沢という人と付き合っていたという感じはありましたか」

「うーん……どうだったかなあ。彼は誰とでも親しかったからなあ」

「実は先程の画像の作品ですが、彼が曲野さんにプレゼントした物らしいんです」

「ふーん、そんなことがねえ」

「これを見てください」私は家の内部の画像を見せた。

葉田が再び老眼鏡をかけて私のスマホを覗き込み、少しだけ驚きの表情を見せた。

「ふむ。内部までは作っていないと思ってたけど、こんな風になっていたとはね。しかしこの家に兵隊の人形とはチグハグだ。色も塗っていない」

「さっきの箱庭療法に見えませんか」

葉田は頷いた。「言われてみればそう見えないこともないね」

「曲野さんの家族の様子らしいんですが、ご存じですか」

「いや、心理セラピーの会では、医療の素人の僕はセラピーそのものには関わっていないから、個々の利用者のことは詳しくは知らないんだ。彼女とは教室でもあまり話さなかったし」

「そうなんですね。曲野さんはこのジオラマでもセラピーの続きをやっていたとは考えられませんか」

「かも知れないね。家の内装まで作る人は僕も含めてたくさんいる。彼女は蒲沢君の作品をうまく利用したのかな」

「曲野さんが蒲沢という人にリクエストしたのかも知れません」

「なるほど……」葉田は思い出したようにアイスカフェオレを啜った。

私は窓の外を眺めた。日はほとんど落ち、京葉道路はライトを灯《とも》した車で本格的に混み始めていた。

「それで、その蒲沢という人を探しているんですが――先生は彼と連絡を取ったりはしないんですか」

「もちろん彼のような逸材は惜しいからメールはしてみたんだけど、返事は無かったな」そこで葉田は眉根を寄せた。「――でも、ちょっと妙なことがあってね……」

私は身構えた。「妙なこと、ですか」

葉田は頷いて少し身を乗り出した。「蒲沢君が来なくなった後に一度、僕のアトリエに直接作品を送って来たことがあるんだ」

「それは批評をして欲しいということなんでしょうか」

「最初そうかと思ったんだけど、送り状の品名の所に〝展示会用作品〟と大書してあるんだ。でも、生徒参加の展示会の予定は今のところ無いんだけどね」

「それは不思議ですね。手紙とかは入っていなかったんでしょうか」

「それが一切同梱されていなかったんだよ。一応、メールでわけを訊いてみたり、感想を送ってみたりしたんだけど、さっきも言ったように梨のつぶてでね。メールだけでなく実際にハガキでも送ったんだけど、〝あて所に尋ねあたりません〟ってやつで戻って来ちゃうんだ」

「それは宅配便の送り状の住所ですか」

「うん。もちろん念のために生徒名簿も確認したら、同じだった」

「元々偽装があったということですね」

「そういうことになるのかな……」

お手上げだった。蒲沢は意図的に消息を消した疑いがある。明らかに怪しい。残った手掛かりといえば二つの作品だけということになる。

私は続けて訊いた。「ちなみにその作品というのはどんな物ですか」

「なかなかいい作品だったよ。川《かわ》っ縁《ぺり》の廃屋でね。川の水も透明レジンで再現してある凝った物だ」

「それ、拝見することは可能ですか」

「ああ、うちのアトリエに来ればとっくりと――」

私は食い気味に訊いた。「最速でいつ伺えますか」

「そうね……明日は日曜日だから午前中なら空いてるよ」

即断した。「では十時に伺います」

その後、私は葉田から洋紙についての質問を矢継ぎ早にされ、全部に丁寧に答えた。葉田は、そのお返しと言わんばかりにみっちりとミニチュアハウスの魅力について力説し、熱心に勧誘してきた。

私は一時間後に伝票を摑んで立ち上がった。葉田と別れ、そのやり取りを土生井にＬＩＮＥで報告した。〝Ｓ〟が蒲沢新次という男であること。解離性健忘の持病があること。城マニアの友人のために教室に通い始めたのだということ。〝Ｅ〟も同じ教室に通っていたこと。蒲沢も教室を長期欠席しているが、作品だけ送ってきたこと。明日その作品を見せてもらうこと。

やはり土生井は作品を借りて来て欲しいと言い、私は了解した。

12　第二の作品

日曜日。真っ青な空と白い入道雲が、まるで洋紙見本帳の嘘《うそ》っぽい風景写真のように見事なコントラストを見せていた。

私は名刺の住所を頼りに葉田のアトリエへ向かった。盆休みのど真ん中で、いつもとは違うタイプの乗客で混雑するJR山手線に乗り、田端《たばた》駅で降りた。あまり特徴の無い地味な下町だが、数少ない私が好きな作家、芥川龍之介《あくたがわりゅうのすけ》ゆかりの地ということで気にはなっていた。今回が初の訪問なので、もし時間に余裕があったら旧居跡を見に行きたいと思う。

駅ビルの洋菓子店で千円のクッキーの詰合わせを買い、領収証をもらった。北口を出て北西へまっすぐ五分ほど歩くと、あっさり目的地に着いた。表通りに面した、古くてこぢんまりしているが都会的な佇まいの住宅が葉田の家だった。

アトリエは庭の離れにあるプレハブで、母屋《おもや》の門を通らなくても路地から直接入れるようになっていた。私は約束の十時を二分過ぎ、小さな入口の呼《よ》び鈴《りん》を鳴らした。

ドアが開き、葉田のバンダナ頭がヌッと出た。「いらっしゃい」

「つまらないものですが」中へ招じ入れられた私は、手土産を差し出した。

「ご丁寧にどうも。――こりゃあいい。甘い物には目が無くてねえ」

私はアトリエ内部を眺め渡した。土生井の作業部屋とはまた違った雰囲気があった。大小様々な工作機械が所狭しと置かれ、天井からはいくつもの電気コードが垂れ、その先に電動工具が繋がっていた。部屋の中央には大きな作業机。上に額縁のような物が載っていて、絵の代わりにヨーロッパの飲食店の店先のようなミニチュアが作り込まれていた。これが〝立体絵師〟たる所以《ゆえん》だろうか。後ろの棚には細かな画材がぎっしり並んでいる。

葉田が自分の額縁作品を脇に寄せ、ダンボール箱を置いた。上箱を取り、横にスライドさせて作品を取り出す。収納方法もあの白い家のジオラマと同じだった。

「はい、これです」

「拝見します」

今度は少し小型の家が現れた。全体が剝き出しの木で出来た山小屋のように見える。屋根は左右対称ではなく、片側の斜面が長く伸びている。その上に石造りの四角い煙突が一つ。窓の類は全て板戸で、格子が嵌っている。あの白い家同様、全体に古ぼけた仕上げになっていた。

一〇センチメートルほどの厚みのある台座には金色のプレートが貼り付けてあり、そこに黒のインスタントレタリングで〝６１２〟と書かれていた。赤土の地面に木は生えておらず、若干の下草のような表現がされているだけだった。

「ちょっと失礼」

回転させて裏手を見ると、台座が斜面のように切り欠いてあり、下の方は水辺になっていた。水面はやや濁《にご》った透明の材料で出来ていてリアルだ。家の端がテラスのようになっており、斜面の上に張り出していた。

「全部本物の板材を使っているようですね」

「うん、ヒノキ材推奨だからね」

「面白い造りですね」

「だよねえ」

「山小屋のようですが、これも実在の家がモチーフですかね」

「なんとなく見覚えがあるからたぶんそうだと思う。ここまで出掛かっているんだけど……」葉田が手刀を作って顎の下に水平に当てた「ちょっと思い出せないね」

「それは残念。――この〝612〟というのはタイトルなんですかね」

「そうらしいけど、意味がわからないよね」

私は再度一通り見てから訊いた。「これ、しばらくお借りしてもいいですか」

「うーん……」と、葉田は唸った。「僕宛てに来たとは言っても、やっぱり他人の作品だからね。本人の承諾無しには勝手に第三者には貸し出せないんだよねえ」

確かにそのとおりだった。英令奈の場合と違って、これは贈呈された物ではない。

「……わかりました。では写真だけ撮らせてください」

「それは構わないけど。ただし、ＳＮＳで公開はしないこと」

「それはもちろん」

私はジオラマをぐるぐると回しながら撮影した。時折寄って、各部ディテールも収めた。撮り漏れが無いのを確かめると、礼を言って箱の中にしまってもらった。

葉田が出してくれたアイスコーヒーを一気飲みし、アトリエを辞去することにした。

「またおいで」と、葉田は愛想よく言った。

外へ出ると、早速ＬＩＮＥで土生井に、借りることができなかった旨を報告し、撮ったばかりの画像を何点かアップロードした。

駅まで戻る道程の半ば、土生井から返信が来た。

〔屋根が外れるかどうかも確認してください〕

しまった。そうだった。見るのを忘れていた。私は慌てて取って返し、アトリエのドアを叩き、開けた。

「お言葉に甘えてまた来ました」

作業中の葉田が目を丸くして言った。「ずいぶんと早かったね」

わけを話し、蒲沢のジオラマをまた出してもらった。

屋根の下側を覗いてみる。あった。ピカピカした真鍮《しんちゅう》のネジ頭が、隠そうともせずねじ込まれている。

「すみません。細めのプラスドライバーはありますか?」

「これでいいかね」と、葉田が棚のラックからドライバーを一本引き抜き、柄の方を向けて差し出した。

「どうやらこれも屋根が取れるようです。素人の私がやるわけにもいかないでしょうから、ちょっとお願いできますか」

「どれどれ」葉田が老眼鏡をかけ、しゃがんで見た。「本当だ。しかしここだけずいぶんと雑だなあ」

手早く屋根が外された。私はスマホのカメラを構えながら上から覗き込んだ。

しかし内部は特に凝った細工がされているわけではなかった。板材の地のままだ。

ただ、床の中央からそっけないナイロン紐の輪が一つ飛び出していた。まるで引っ張ってくれと言わんばかりだ。

私は撮影をしてから葉田に頼んだ。「その輪っかを引っ張ってもらえませんか」

「何だこれ」葉田が輪を摘《つ》まんで引き上げた。

床板がスッポリ持ち上がった。中を見る。

また「あっ」と声が出そうになった。

床下の右寄りに縦長の窪《くぼ》みがあり、その中に灰色の兵隊人形が一体横たわっていたのだ。

「やゃっ」葉田も声を上げた。

「どう思いますか」

「人が……寝ている」

「普通、床下に寝ると思いますか」

「寝ないね……まさか死体とか」

「やはりそう思いますよね」

「まあたぶん、悪い冗談でしょう」そう言って葉田は無理矢理な笑顔を作った。不吉なことには巻き込まれたくないという意志の表れか。

「蒲沢という人は、そういう冗談が好きな人でしたか」

「まあ性格は明るかったから、冗談くらいは好きだと思うけれども」

私はさらに撮影しながら言った。「しかし、本当に死体が隠されていたらどうしましょう……」

「まさかねえ」葉田はまだ薄っすら笑っている。

無理もない。しかし、英令奈が行方不明だということを知っている私は、この人形が彼女であることを想像せずにはいられない。だんだん気分が悪くなってきた。もしここがアトリエの薄暗い照明でなかったら、葉田は私の顔色の悪さに気付いたことだろう。

筋書はこうだろうか。蒲沢と英令奈が何らかの原因で仲違《なかたが》いをし、蒲沢が英令奈を殺害して床下に遺棄した。そしてその秘密をミニチュアハウスに隠した——。

しかし問題は最後の部分だ。なぜわざわざそんなことをするのか。

「そろそろいいかね」葉田が屋根を元に戻しながら訊いた。

「ああ……はい。二度もお手間取らせてすみませんでした」私は再び礼を言って、脚をもつれさせるようにしてアトリエを飛び出した。

LINEを開き、土生井とのトークルームに家の内部の画像をアップロードした。

〔どう思いますか？〕

待ち構えていたのか、返信がすぐに来た。

〔先生お疲れさまです〕〔不吉なことを想像してしまった〕

やはり土生井も同意見のようだった。晴子に何と言えばいいのか。

〔警察に通報しましょう〕

〔根拠が弱すぎる〕〔動機がわからない〕

〔確かに〕

〔先に現場を確認した方がいいのでは〕

〔しかしモチーフは山小屋のように見えます。山の方を捜すとなると移動が大変ですよ〕
〔既に画像検索はやってみた〕〔有名な家です〕
もうわかったのか。さすがは土生井だ、仕事が早い。
〔ヒットしたんですか。誰の家です?〕〔芸能人の別荘とか?〕
〔インガルス一家〕
薄っすらとどこかで聞いたことがある気がした。それも遠い昔に。
〔外国人ですか?〕
〔アメリカ人。西部開拓時代の〕
そう言われたが、ピンとこなかった。
〔どういうことですか???〕
〔わからない? 昔テレビでやっていた『大草原の小さな家』。あのドラマに出てくる家に何もかもソックリ〕
話に聞いたことはある。世代が違うので観たことはないが。しかし先程、葉田はたぶんそれを思い出しかけたのではないか。
〔そうでしたか。ということは、架空の家でしょう?〕
〔実話が原作だけど、ドラマという意味では確かに架空です〕

〔わざわざ架空の家を作った？〕〔どういうことなんでしょうね〕
返信がなかなか来ない。私はいったんトークを止《や》めて田端駅の方へ歩き出した。駅に着いた頃に再び通知が来たのでLINEを開く。
〔やはり家そのものには意味が無いと思う。ドラマの家を作ったことがその証拠です〕〔インガルス一家の家なのに、表札を見たら、「黄橋《きばし》」になっていた〕
私は山小屋の入口の画像を拡大した。確かに表札があり、〝黄橋〟と書かれている。晴子から預かったジオラマの家にも表札はあったが無記名だった。そういう作風だと思っていたのだが、こちらの作品にはしっかり入っている。
〔では、「黄橋」に関係する家を探せばいいですね〕
〔もうネットで検索したけど、そういう家も人名も出てこなかった。赤橋、青橋、黒橋、白橋といった苗字はあるのに、黄橋だけが存在しません〕
〔残念です〕〔しかし黄橋だけ無いとは不思議ですね〕
しばらく間が空いてから土生井の返信が来た。
〔ただ、地名はありました。中国江蘇《こうそ》省泰興《たいこう》市にある古い街、黄橋鎮《こうきょうちん》です。弦楽器とビスケットで有名らしいですが、日中戦争の激戦地としても知られているそうです。当然、遺体は多数埋められていそうですが〕
なんと中国の地名が飛び出した。しかも日中戦争とは古い話だ。あるいは、アジア諸国が人身売買の舞台となることがあるとも聞くが、そこまで調べることになるのだろうか。そう思うと腰が引けた。
〔まさか。関係がありそうですか？〕
〔まあ、あまり関係は無いだろうと見ています。あとは文字通り橋そのものも探してみると、2つだけ見つかりました〕
〔橋ですか〕
また少し間が空く。
〔近い所では厚木の小さな川に架かる地味な橋。それから少し足を延ばして山梨の八ヶ岳高原大橋。こちらは橋のトラス構造部分が黄色く塗られており、通称「黄色い橋」として知られているそうです。自殺の名所とも言われているので、こちらも遺体とは縁がありそうです。とりあえず取り掛かれそうなのはこの2つの橋ですかね〕
私は半信半疑で訊いた。
〔本当に橋を調べるんですか？〕
〔そう。今回は実は家ではなく橋がモチーフではないか〕
〔でもその根拠は？〕
〔裏手の水の上に張り出しているテラス状の部分。ちょっと細長く出っ張り過ぎています〕〔あれは橋を意味していると思いませんか。下にわざわざ水辺を再現している〕

画像を再確認してみる。言われてみればそんな気も。
〔そんなもんですかね。しかしなぜそんな回りくどいことを？〕
〔わからないです〕〔行ってみれば何かわかるかも〕
八ヶ岳はもちろん厚木でも結構な出張になる。もし何も無かったら徒労感は大きいだろう。だが、今は手掛かりがそれしかない。土生井の勘を信じてみようか。果たして最悪の結果になるかも知れないが、だからこそ急ぎたい。まずは近場の厚木からだ。
〔ではすぐ厚木の方に行ってみます〕
〔今から？〕
〔はい〕
〔無駄足になるかも知れない〕
〔それは慣れています〕
〔そうですか。ではよろしく〕
私は山手線で新宿まで行くと、小田急《おだきゅう》線伊勢原行に乗り換えた。

13　黄橋

車内で昼食のサンドウイッチを食べながら、スマホで現地のルートを確認する。目的地は本厚木駅から北西へ向かった相模川《さがみがわ》の支流、〈小鮎川《こあゆがわ》〉だった。地図を眺めながら移動手段の算段をしていると、土生井から着信した。
〔グーグルマップとストリートビューで駅から川へのルートを確認しました〕
〔私も見ていました〕
〔そこで確信が持てました〕〔やはり黄橋の辺りには何かがあります〕
〔本当ですか？〕〔その根拠は？〕
〔ぼくが学生の頃、マツダのユーノス・ロードスターという車がデビューして、とても憧れていました〕
いきなり何の話だろうか。ロードスターならポピュラーな車だから、私もよく知っている。通好みの小ぶりなスポーツカーで価格も手頃。モデルチェンジを繰り返して未だ現役のはずだ。
黙って続きを待つ。少し間が空いて長文がアップされた。
〔ストリートビューで道順を追っていたら、ブリティッシュグリーンの初代ロードスターがホームセンターから出てくるところが写っていました。かつて憧れの車だったから、道路を進みながらつい目で追っていました。しばらくは前方にいたのですが、途中でいなくなりました。諦めて小鮎川の黄橋の周辺を調べていて、念のためストリートビューの過去画像を参照したら、黄橋のすぐ近くに同じロードスターが停まっていました〕

私は意外な展開に驚いた。しかし土生井は何が言いたいのか。間もなくまた書き込みがアップされた。

〔このことから、グリーンのロードスターがあの近辺をしばしば走っていて、しかも小鮎川の黄橋付近に何か執着があるということになりませんか?〕〔2年前のストリートビューを見てください〕

土生井は黄橋に何かがある可能性をますます強調してきた。私は指示どおりストリートビューで黄橋付近を見てみた。タイムゲージを表示し、二年前の位置に合わせた。同じ場所の画像が微妙に変化した。一見わからなかったが、よく見ると黄橋近くの車道の路肩には確かにグリーンのロードスターが駐まっていた。うっそうとした新緑の茂みに半分以上突っ込み、車体が保護色と化していた。

私も書き込む。

〔ありました。でも、単に誰かの釣りポイントとかなのでは?〕

〔しかし車の置き方が怪しいでしょう〕
〔確かに〕〔穴場のポイントで人に知られたくないのでは？〕〔実は禁漁区とか〕
〔そうかも知れない〕〔ということは、この人物はこの場所のことを熟知していることになります。別の目的に利用することも大いにありうる〕
〔でもその人物が蒲沢だとは限りません〕
〔もちろん。しかし調べる理由は強まった〕
〔確かに〕
遺体が見つかって欲しくないという思いから土生井にいろいろと疑問をぶつけたが、ことごとく返されてしまった。
〔というわけでぼくが調べたルートを書いておきます〕〔まず松蓮寺《しょうれんじ》行きのバスに乗ること。三家入口《さんやいりぐち》のバス停で降りるとホームセンターがあるので、そこでショベルを買う〕〔間違えて背の丸いタイプを買わないように。足を掛けることができませんから〕
土生井はスマホを使いこなしていた。そしてショベルを買えと言っている。私に地面を掘れということらしい。どうしても確信があるようだ。私はいよいよ緊張し始めた。
〔次に129号線を南へ戻り、厚木市立病院前で宮ケ瀬《みやがせ》行きのバスで15分ほどの穴口《あなくち》

橋《ばし》というバス停で降りる。そこから小鮎川沿いに上流まで少し歩くと黄橋があります〕

本来こういうことは警察に通報するべきだろう。しかし土生井の言うとおり根拠が希薄過ぎる。絵空事と一蹴されるに決まっている。警察に動いてくれるよう説得できる自信が私にはない。やはり既成事実が必要だ。

土生井には詳細を伝えていないので、ことの重大性をそれほど感じてはいないはずだ。もちろん晴子にも何も言っていない。最悪の可能性について考えているのは今は私だけだ。孤独を感じた。そして緊張感はいや増すばかりだ。私は既に軽い吐き気を覚えていた。

約一時間半の陰鬱な小旅行の末、本厚木駅に降り立った。まるで私の心境を映すかのように天候が悪化しつつあった。青空は雲にほとんど隠れ、西の方からはさらに黒い雲が迫って来ていた。

駅の北口を出た時点で土生井にＬＩＮＥで報告する。

〔駅を出ました。これから現場へ向かいます〕

すぐに返信が来た。

〔先生お疲れさまです。気を付けて〕

とにかく土生井の指示通りに行動した。ホームセンターで買ったショベルを持ってバスに乗り、他の客に好奇の目で見られながら揺られること計三〇分。ようやく現地に着いた。空はますます暗い。

周囲はほとんど田圃《たんぼ》と畑で、農家や民家がひどく疎《まば》らに建っていた。聞こえてくるのは蟬とカエルの鳴き声だ。実に長閑《のどか》なものだった。

行く手に低い山や丘はあるが、視界を遮る物はほとんど無い。夜だったらかなり寂しい場所だ。小鮎川自体はそれほど大きくはなかった。

黄橋は古い木製の目立たない橋だった。地図を見ながら進んだので気付いたものの、うっかりすると見過ごしてしまいそうだ。一応欄干にその名が彫られ、朱が入っていたが落ちかけている。橋本体が名前の通り黄色に塗装されているということもなかった。車が一台通れそうな幅員はあるが、利用するのはほとんど近所の農家の人たちだと思われた。

私は橋に到着した旨を土生井に報告した。すぐに返信が来る。

［穴を掘り易《やす》い箇所を探してください］

見回してみると、橋の手前、つまり南側は堤防ぎりぎりのラインまで水面が来ていたが、向こう岸には狭い河原が続いていた。私は橋を渡った。ギシギシと板が軋む音がした。反対側に辿り着き、夏草で足を滑らせながら河原へと降りる。砂利《じゃり》が続いていたが、橋の下の法面《のりめん》は完全に土だった。何かが埋まっているとすればそこだろうと思った。

私は麻ジャケットを脱ぐと、ひょろりとした灌木《かんぼく》に引っ掛けた。ショベルからビニールを外し、刃先を地面に突き立てる。

黙々と作業をしていると、なぜ自分は盆休みにこんな辺鄙《へんぴ》な場所で、独りこんなことをしているのかわからなくなりそうだった。きめの細かい粘土質の土はショベルの面に張り付き、抜き差しがままならない。すぐに額から汗が流れ出し、目に入った。塩分が沁みる。ハンカチで拭う。葉田のように頭にバンダナでも巻くべきだったなと、今更ながらに思った。

四〇分ほどかけて直径五〇センチメートル、深さもほぼそれくらいの穴が三つほど開いたが、特に何も出ては来なかった。先程からゴロゴロと雷が鳴っている。そろそろ一雨《ひとあめ》来そうだ。

めげそうになりながら作業を続けた。これも晴子のためだと気合いを入れ直すものの、なぜかその顔がなかなか思い出せない。代わりに真理子の顔が浮かんでしまい、慌てて頭を振って打ち消した。不思議だった。

ポケットのスマホが震え、土生井からLINEが届いた。

〔お疲れさまです〕〔見つかりませんか〕

〔まだですね〕

〔山小屋の模型同様、橋の右寄りを狙ってみたらどうだろう。80センチから1メートルほどの深さまで掘ってみてください〕

指示どおりに四つ目の穴を一メートルほど掘った時、大きな雷鳴が一つ轟《とどろ》いた。次の瞬間、ショベルの先に手応えを感じた。掘る力を弱めて丁寧に土を除《の》けていった。

次第に得も言われぬ臭気が漂い始めた。しかし遠い記憶にある臭いだ。

子供の頃の夏だった。横断歩道で轢《ひ》かれて死んだ野良犬《のらいぬ》の死骸が、なかなか処理されずに車に踏み潰され続けながらアスファルト上にいつまでも残っていたことがある。私たち子供は通学路にあるその横断歩道を大回りしながら渡るしかなかった。処理された後もその臭いは秋口まで消えなかった。これはあの時の腐臭と同じだ。

そのうち穴の中から見えて来たのは、変色した白い布きれと黄ばんだ骨の一部、そして無数の白い粒――蛆虫《うじむし》だった。

やはり出た！

私は腰から下の力が抜けそうになるのを、かろうじて踏みとどまった。

とうとう英令奈の遺体を見つけてしまったのか。この手で掘り当ててしまったのか。

これから晴子に何と言えばいいのか。

雷鳴のせいなのか、単に偶然なのか、蟬の声もカエルの声もいつの間にか止んでいた。ゴロゴロという音が私の腹の底にも響き、遂に胃袋の上栓が弾け飛んだ。ショベルを投げつけて川へ走り、吐き出した。私の昼食はすべて魚の餌《えさ》になってしまった。
ハンカチで口許を拭い、現場に戻った。震える手でスマホを構え、シャッターを切った。すぐにLINEのトークルームに画像をアップロード。次いでメッセージを打とうとするが、未だ指先が震えて一文字打つのにひどく苦労した。
〔見つかりませた〕
返信はすぐに来た。
〔やはりね〕〔現場をいじり過ぎないように。すぐに最寄《もよ》りの警察に通報すること〕
〔了解〕
〔先生〕
〔はい〕
〔お疲れさまでした〕
私はショベルを地面に突き刺すと、堤防を駆け上った。雷鳴が轟き、私はしゃがみ込んだ。このままでは雷に打たれてこちらも仏になってしまう。スマホを取り出す。
と、その時、堤防を下流の方から走ってくるミニバイクがあった。白っぽい。最初は新聞配達かヤクルトかと思ったが、どうやら警官のようだ。ちょうどよかった。
私は一刻も早く知らせたいと思い、道の真ん中に通せんぼのように仁王立ちし両手を振った。ミニバイクの警官は止まった。白いヘルメットの下の顔は五十がらみだった。

「どうかしましたか」と、警官はバイクから降りながら言った。

「橋の下に人間の死体のような物を見つけまして」

遂にバタバタと音を立てて大粒の雨が降り出した。同時に雷鳴。

「案内してください」

「こっちです」雨を避《よ》けたいという思いもあり、急いで警官を現場へ促した。

私は先に立って黄橋の下へ降りた。穴の開いた法面を指差す。警官も危なげな足取りで降りて来た。すぐに穴の前に立つ。

「これは大変じゃないか！」と、警官は私が残したショベルで穴の中を探った。

警官は肩のマイクを外し、腰の機械を操作して無線連絡をした。応援を要請しているようだった。その到着を待ちながら、私たちは橋の下で雨宿りをした。

「いやあ、偶然通りかかってよかった」と、警官は言った。「雨が降ってきそうだったんで、いつもは通らない近道を選んだものでね」

「そうでしたか。助かりました」

「しかし、どうやって見つけたの？　犬の散歩とか？」警官が質問してきた。

「犬は連れていません」

「確かにそうだ。スコップはダンナさんの？」

「そうです」

「用意周到だね。まるでここにご遺体があるって知ってたみたいだね。まさかそんなことはないと思うけど」

「ところがそのまさかなんです。話せば長くなりますが」と前置きをして、私は蒲沢の山小屋のジオラマのこと、床下に人形が隠されていたこと、〝黄橋〟と書かれた表札のことを可能な限り詳しく話した。

警官はうんうんと頷きながら聴いていた。そもそもの発端である晴子の依頼についての話そうかどうしようかと逡巡《しゅんじゅん》していると、質問は終了してしまった。

「ずいぶんと突飛な話だよねえ」

「私も半信半疑でした」

五分ほどして、堤防の上に一台のミニパトが到着した。私と警官は雨で滑る夏草に手こずりながら堤防の上に戻った。ミニバイクの警官はミニパトの警官に一言二言伝達すると、すぐにバイクに乗ってどこかへ行ってしまった。私はミニパトの後部座席に座らされた。雨は激しくなり、ウィンドウを盛大に伝い落ちていた。

ミニパトの若い警官から住所・氏名・年齢・職業、それから再び事情を訊かれた。私は先程の警官に話したことをもう一度繰り返した。今度はもっと手際よく話せたはずだった。若い警官は普通の大学ノートに熱心にメモを取っていた。端緒となった蒲沢のジオラマの画像を見せて欲しいと言われたので、スマホで開いて見せた。

三〇分ほど質問に答えていると、下流の方から一台の白いバンがやって来た。鑑識というやつだろうか。いよいよ大ごとになってきた。

隣に座って質問をしていた若い警官がノートを閉じた。彼はいったん降りると、急いで運転席に回った。

「これから駐在所まで行きますから、もう少しお願いしますね」

私を乗せたミニパトはそのまま川の上流に向かった。雨が降り続いている。橋の下にショベルを置いて来たのを思い出した。きっと警察が運んでくれるだろう。

交通量の多い道路に行き当たると左折。ゴルフ場の角で今度は右折。住宅街を延々と走ると、やっと止まった。

道路脇の崖にへばりついたような目立たない建物が駐在所だった。ミニパトを降りて短い階段を昇り、中に入った。パイプ椅子に座らされ、中にいた別の中年警官がノートパソコンを開き、三たび個人情報を訊いてきた。さっきの若い警官の大学ノートはどこへ行ったのだろうと思いつつも素直に答えると、中年警官はパソコンに打ち込んでいった。

それが終わると三度目の事情聴取を受けた。今度も三〇分ほど時間を取られた。警官は文書を作成しているようだった。口の中で何かブツブツ言っていた。

文書が完成すると、パソコンをくるりと回し、モニター画面をこちらに向けた。「これで間違いはないですか」

私は急いで画面に目を走らせた。エクセルらしき書式があり、枠内に私の個人情報が打ち込まれていた。文書欄を読むと、だいぶ端折られてはいたが、大筋で話した内容になっていた。晴子の依頼については触れないままだ。画面を見ながらまた少し逡巡した。

「ええ、大丈夫です」私は言ってしまった。

「ではこれから本署までお願いしますね」

まだあるのか。これはRPGか何かなのか。捜査を進めて欲しいのはやまやまだが、私の個人情報その他の同じ内容を繰り返し聞き出すことがそれほど役に立つとは思えなかった。それに、こちらもたいしたことは知らないのだ。

再び狭いミニパトに乗せられ、二〇分ほど揺られた。記憶に新しい本厚木の駅が目と鼻の先という所まで来ると、巨大なエアコン室外機にも見える出来立てホヤホヤといった感じの建物の前に到着した。駐車場に滑り込んでいく。看板に〝厚木警察署〟とある。

エレベーターで三階へ行き、小さな会議室に通された。傍らのデスクには分厚い書類の束が無造作に積み上げられていた。先程まで聴取した書類がもう届いたのだろうかと眺めていると、紙屋の性《さが》か、縁を綺麗に揃えたい衝動にかられ、ひどくムズムズした。

しばらくすると一人の年配の男が入ってきた。今どき珍しいパンチパーマで、その下のやたらと太い眉が目立つ。釣り人が着るようなポケットの多いメッシュのベストを着ている。

上質紙の名刺を渡された。〝捜査一課　石橋和男《いしばしかずお》〟とある。刑事だった。そして本日四回目の事情聴取を受けた。

今度は機械的な感じはなく、実に微に入り細を穿《うが》ってしつこく訊かれた。私は、晴子の依頼について話す最後のチャンスだと思った。どうしたってここから先は私の手に余る。

私は石橋刑事に、そもそもの発端は晴子の妹、英令奈所有の品に関する鑑定であること、その英令奈が失踪中であること、足立区の警察には届け済みであることを伝えた。そしてあの遺体は彼女のものである可能性が高いと強調しておいた。

石橋は熱心に聞いていたが、言った。「予断は禁物です。あと、その娘さんの届出が足立区なら、優秀なる警視庁の人たちが頑張ってくれますよ」

嫌みな感じがした。彼らがよく犬猿の仲だと言われるからそう感じるのだろうか。

「大丈夫でしょうか」

「そこは信じましょう。ところで――」石橋はジロリと私を見た。「お宅さんの方はちょっとややこしいことになるかも知れない」

「と言いますと?」

「お宅さん、川の所でたまたまバイクの警察官と会ったらしいですね。取りようによっては、偶然出くわしたから仕方なく第一発見者を装ったと見えなくもない」

予想外の言葉に面食らった。私は疑われているのか。

「だって、現に穴が開いていたはずです。埋めたわけじゃない」と、私は言い返した。

「遺体の状態を確認しようとしたか、違う場所に移動させようとしていたとも取れる」

「誰がそんな回りくどいことを」

「中にはそういう犯罪者もいる。我々の仕事はあらゆる可能性を疑うことなんです。――まあ、私が完全にそう思っているというわけではないが、そう考える警察官も必ずいる。今後、捜査の過程で不愉快な目に遭うかも知れないが、そこはお含みおきください」そして石橋は加えて言った。「それと、くれぐれも素人考えで行動しないように」

蒲沢のジオラマの画像を提出するように言われ、私は教えられたアドレスに宛ててメールに添付して送った。

また、現物のある葉田の住所も訊かれたので、持っていた名刺をコピーさせた。最後に顔写真と十本の指の指紋を採られた。まさに犯人扱いだ。

結局、解放されるまでに二時間かかった。また事情聴取のため呼び出すかも知れないと言われた。

本厚木駅に戻ると、私はまず葉田に電話をした。今日は午前中しか空いていないとのことだったが、果たして留守だった。留守番電話に、あの山小屋のジオラマから〝黄橋〟を辿って厚木に来て遺体を見つけた旨を吹き込んだ。また、警察が事情を聴きに行くはずだとも伝えた。警察が着く前に録音を聴いてくれればいいのだが。

次いで、ＬＩＮＥで土生井に事情聴取が終わった旨を報告した。すぐに返信が来た。

〔あとは警察にまかせましょう〕〔気をつけて帰ってください〕

私は礼の言葉を返信した。

14　晴子への報告

雨が上がり、雲が途切れてきた。既に西の空は明るくなりつつあった。私は帰りの電車を待ちながら駅のベンチで考えていた。ひどく気が重いが、晴子には早めに報告しておかなければならないだろう。警察が伝えてくれるのを待つ方が気が楽だが、それでは自分が仕事をしたことにならない。

時計を見ると五時直前だった。日曜日だが、晴子は外出だろうか、それとも在宅だろうか。スマホを取り出し晴子の電話番号を呼び出した。ＬＩＮＥに書き込むのは違うと思った。予想通り留守電に切り替わったが、録音で報告するのも違うと思った。後ほど掛け直すとだけ吹き込んだ。

五時一〇分過ぎ、晴子の方から電話を掛けてきた。「お電話いただいたようですが……」

期待の籠った晴子の声に言い出しづらかったが、私は口を開いた。「あのう……そちらに警察から連絡はありませんか」

晴子の声が不審げなそれに変わった。「いえ……無いですけど……」

私はできるだけ平静に言った。「調査に進展がありました。会って報告したいと思うのですが。それもなるべく早く」

電話の向こうに戸惑いの気配があった。「……すぐの方がいいですよね」

「ええ。私は今、本厚木の方にいるので、事務所に行くには一時間半近くはかかります。どこか中間地点でお会いしましょう」

「……本厚木に何かあったんですか」晴子は鋭く訊いてきた。

「後ほどお話しします。今はどちらですか」

「地元の所沢駅の近くです。移動はすぐにできます」

駅構内のアナウンスが響き渡り、電話の声が聴きづらい。私は苛立《いらだ》ちを覚えた。

「所沢ですね。地図で調べますので、いったん切ります。いいですか」

「わかりました」

通話を切り、グーグルマップを開いた。所沢からだと、西武線から武蔵野《むさしの》線に乗り換えて南下すれば府中本町《ふちゅうほんまち》まで二八分、私の場合は本厚木から府中本町まで小田急線と南武《なんぶ》線で五四分。また、所沢から登戸《のぼりと》までは四九分、本厚木から登戸まで三三分。すべてを紙屋手帳に書き込んだ。

私は再び晴子に電話を掛けた。彼女は瞬間的に出た。私は落ち会う場所として、府中本町か登戸を提案した。いずれも最大一時間弱だ。

すると晴子は言った。「八王子《はちおうじ》でどうでしょうか。こちらからだと四〇分、そちらからだと四七分です。……所要時間はともかく、距離的に本厚木の近くにいたいのです」

晴子の意見に反対する理由は無かった。「八王子ですね、構いません。気を付けて来てください」

通話を切ると、私は小田急の上りに飛び乗った。スマホでネットニュースを覗いたが、さすがにまだ厚木の件は報道されていないようだった。

盆休みの真《ま》っ只中《ただなか》だ。JRのターミナル駅、八王子のコンコースはたいそうな人出でごった返していた。午後六時過ぎ、晴子と改札の外で落ち合った。彼女の表情には怯《おび》えの色が滲《にじ》んでいたが、それでも美しいと思った。今日も白系のワンピースを着ていた。

「アルコールを飲んでおいた方がいい内容ですか」開口一番、晴子は訊いた。

「そうかも知れません」私はそれだけ答えた。

駅ビルの喧噪《けんそう》を避けて北口を出て、静かな店がありそうな西の方向に歩き出した。放射線《ほうしゃせん》通りに強烈な夕陽がまっすぐ差し込んでいた。

のんびり店を物色している場合でもなかったが、ふと、角地にある英国風パブに惹かれた。看板を見ると〈Ｓｈｅｒｌｏｃｋ　Ｈｏｌｍｅｓ《シャーロックホームズ》〉とある。験《げん》を担ぐつもりで、私たちはそこに入ることにした。

高いスツールのバーカウンターに案内され、私はヱビスのワンパイントを、晴子はジェムソンのダブルを頼んだ。飲み物が来ると、私たちは無言で微かに掲げた。

「まだ、すべてがはっきりしたわけではありませんが」と、晴子に念を押すと同時に自分に言い聞かせるようにしてから、これまでの経緯を話し始めた。

英令奈が〝箱庭療法〟を試していたこと。その流れで葉田の制作教室に通い始めたこと。そこで知り合った蒲沢新次という男が〝S〟ではないかということ。葉田のアトリエに届いた蒲沢のもう一つの作品を見たこと。そのミニチュアハウスの床下にも兵隊人形が隠されていたこと。家の表札から〝黄橋〟に辿り着き、現場を掘り返したら遺体を発見したこと。それらをできる限り詳しく話した。

「その遺体というのが……英令奈かも知れないということですか」晴子の方から先に結論を言われた。

私はゆっくりと頷いた。「厚木の警察からあなたに連絡が行くかも知れないのです」

晴子は小さく洟《はな》を啜り、目頭を拭った。傍《はた》から見たら私が別れ話を切り出したように映っているかも知れず、居心地が悪かった。もっとも、こんな美女を振る男などいないだろうが。

「……その蒲沢という人がその、怪しいということなんでしょうか」

「状況から言って、可能性が高いです」

「もしそうだとしたら、どうして英令奈を……だって作品を贈ったりした仲のはずなのに」

「その仲がこじれたとしたら、あるいは」

「それか……英令奈は精神的に不安定だから」

「というと自殺の可能性も？」

「否定できません」

「だとしたら……蒲沢が手伝ったということも」

「そうなんでしょうか……」

「とはいえ、まだ警察の調べが終わっていません。少しだとしても希望は捨てないでいましょう。私も祈ります」と言って、私は晴子の震える白い手に自分の手を重ねた。

だが晴子はやんわりと私の手から逃れた。

「……ありがとうございます」晴子はグラスを口に運んだ。

そして私たちは沈黙してしまった。

手持無沙汰になり、例によって私はトランプを取り出した。「ちょっと気分を変えませんか」

「あ……」

私はリフル・シャッフルをしながら言った。「トランプ占いでもしましょう。幸運が訪れるか否か」

「お上手なんですね」

「これしか能が無いもので」

テーブルの水分をハンカチで拭き取り、私はカードを五枚ずつ五列に並べた。〝モンテカルロ〟だ。心に願いを唱えながらめくり、手札と交換していくだけの単純なものだ。テーブル上に並んだカードが効率よく無くなれば願いは成就する。

うまくいかなかったら誤魔化そうと思っていたが、果たして見る見るうちにカードは消えていった。

「……どうですか」

私は頷いた。「悪くないようです」

「本当に？　気休めじゃなくて？」

「では念のために」

次に私はカードをピラミッド状に並べていった。この結果も上々だった。

「やっぱり間違いない」

「そうですか。ありがとうございます。正直なところよくわかりませんが、見ていて癒やされました」

「それはよかった」

私はトランプを片付けると無意識のうちにスマホを取り、何度も覗いたネットニュースをまた開いた。

今度は出ていた。厚木の件だ。

『14日午後1時20分ごろ、神奈川県厚木市林《はやし》3丁目の小鮎川にかかる橋の下に遺体が埋まっているのを、通報を受けて駆け付けた警察官が発見した。神奈川県警厚木署によると、遺体は小鮎川にかかる黄橋近くの深さ80センチメートルの地中に寝かされた状態で見つかったという。この遺体は20代から50代の男性と見られ、一部が白骨化していた。同署は殺人および死体遺棄事件と見て捜査。身元の確認を進めるとともに、司法解剖して死因を調べる。現場は小田急電鉄小田原線本厚木駅から北に約7キロメートルの住宅や畑などが混在する地域。』

あの死体は成人男性だというではないか。英令奈ではなかった！

私はすぐにスマホの画面を晴子に見せて言った。「朗報です。あれは妹さんではなかった！」

「えっ」と半信半疑の顔で晴子は私のスマホに手を添えて、素早く文面を読んだ。

「……本当ですね」

「いやあ、ひとまずよかったです。勝手な思い込みで、ずいぶん脅かしてすみませんでした」私は深々と頭を下げた。

「いいえ、謝らないでください」晴子は泣き笑いの表情で目尻を拭っていた。

「いやいや、しかし肝を冷やしました」

「亡くなった人には申し訳ないのですが」晴子はグラスを掲げた。「乾杯したい気分です」

「しましょう」

私たちは改めてグラスをカチンと合わせた。

「しかし依然、妹さんが行方不明なことには変わりありません」

「でもこれで何か進展があるかも知れませんね。警察も動いてくれそうです。いろいろありがとうございました」

「お礼を言われるのもまだ早いです」とクールに返したつもりだったが、次の瞬間、腹がグーと大きな音を立てた。

無理もなかった。昼食はすべて吐いてしまったのだから。

晴子が赤みの差してきた顔に小さく笑みを浮かべて言った。「何か食べ物を頼みますか」

「そうですね。安心したらお腹が空いてきた」

「わたしもです」

私たちはフィッシュ&チップスを注文した。

「それにしても、あの遺体は誰なんだろう。あんなに――」と話をしかけてやめた。

これから食べ物が来るのだ。「警察はあなたに尋ねる理由は無くなりました。今のところは呼び出されることもないでしょう」

「今のところはそうですね……」

二人とも最初の酒が無くなった。私はギネスのワンパイントを頼み、晴子はジェムソンをお代わりした。

「そういえば渡部さん、本業は紙の鑑定士さんなんですよね」と、唐突に晴子が訊いた。「紙を見ればそれが何かを当てられるんですか」

「まあそうです。例えばこれ」私はビールジョッキを持ち上げてコースターを摘まんだ。「これは普通の印刷用紙ではなく、ファンシーペーパー、つまり特殊紙という種類になります。その中に、各メーカーごとに製造した銘柄があるわけです。コースターの場合は、王子エフテックスの〈コースター原紙〉とか、富士共和《ふじきょうわ》製紙の〈SSコースター〉、〈特Aクッション〉とかあるわけですが、この場合は最後の〈特Aクッション〉になりますね。名刺にも使われています」

晴子が目を丸くした。「わー、どうしてわかるんですか？」

「日頃、サンプルを繰り返し触っていますからね、指先が感触を覚えているんです」

と、私は親指と人差し指を擦《こす》り合わせた。

「凄いですね」晴子はまたグラスを口に運んでから言った。「その上、ジオラマの鑑定までしてしまうなんて」

ジオラマか。そういえば、晴子には土生井の存在を話していなかった。このまま私を凄いと思わせておきたいのはやまやまだが、そのうち自分の心が苦しくなるのは目に見えていた。

「実は」私は思い切って言った。「ジオラマに関しては師匠がいましてね」

「師匠、ですか」

「はい。少し前に知り合ったばかりなんですが、〝伝説のモデラー〟らしいんです」

「伝説の、モデラー？」

晴子は私の言葉をひたすらオウム返しに言った。無理もないと思った。

「そうだ、ちょうど八王子にいるのだから、これから彼に会いに行きませんか。ちょっと先の高尾の方なんですがね、タクシーを飛ばせばすぐだ」最後のは、経済観念の厳しい私にあるまじきセリフだったが、酔っているから仕方が無い。

「あ、はあ……お世話になっている方ならご挨拶ぐらいは」

早速、土生井にＬＩＮＥで改めて今回の調査の発端と経緯を伝えた。曲野晴子という女性の依頼で行方不明の妹、英令奈の捜索をしていること。白い家のジオラマが英令奈のトラウマ解消のために使われていたこと。それを作った蒲沢が英令奈と繋がりがあり、失踪に関わっているのではないかということ。さらに蒲沢が厚木の殺人事件を知っていたこと。

最後に今後の相談のため、これから訪問したい旨を書き送った。晴子が同行することは伏せておいた。ちょっとしたサプライズだ。

土生井への手土産として、作り立てのフィッシュ＆チップスのテイクアウトを頼んだ。私たちが残りの酒を飲みながら返事を待っていると、一五分ほどしてやっと土生井から返信があり、了承を取り付けた。

「それでは行きましょうか」

15　土生井倒れる

駅前の乗り場からタクシーに乗り、まっすぐ北上、すぐに左折して甲州街道を一路高尾へ。道中、土生井についてのあれこれを晴子に話すと、俄然《がぜん》興味が湧いてきたようだった。二〇分ほどで土生井のゴミ屋敷に着いた。七時半、日がちょうど山陰に隠れた直後だった。微かに虫の声が聞こえて来る。夕風には秋の気配があった。

「けっこう凄い所ですよ。驚かないでくださいね」私は予告した。

門が近付く。宵闇の中でも家の前のガラクタの山は目立っていた。晴子が小さく驚きの声を上げる。

それにしても、わずか二回しか会ったことのない私の誘いで、晴子はこんな辺鄙な所までついて来た。誘っておきながら、その大胆さ、無防備さに驚いた。酔いのせいだろうか、それとも土生井への興味が勝ったのだろうか。

玄関チャイムを押す。少し待たされてからドアが開いた。土生井がヌッと無精髭の顔を突き出した。こちらも飲酒しているというのに、土生井の息は猛烈に熟柿臭《じゅくしくさ》かった。

「やあ先生、ラッシャイ」少し呂律《ろれつ》が怪しい。

「夜分にすみません。今日は素敵なお客さんを連れて来ました」

「こんばんは」と晴子が私の後ろから進み出た。

土生井が目を剝いた。「おやおや？」

「こちら、私の依頼人の曲野晴子さんと仰います。失踪した妹さんを捜しているんです」

「初めまして」と、晴子が言った。

「するとさっきのＬＩＮＥにあった曲野さん？」土生井は頭を搔き搔き私たちを中へ招じ入れた。「いやいや、むさ苦しい所ですが、どうぞ」

「お邪魔します」

相変わらず散らかった居間に私たちを案内すると、土生井はそのまま台所の方へ行った。

私たちは室内に佇んで、あちらこちら眺めまわした。

「凄い所でしょう」

晴子はショーケースの前へ行き、土生井の作品を覗き込んだ。「本当ですね。それに本もたくさん」

「土生井さんは凄い模型のスキルを持っているし、ここにある棚の本の内容も全部頭に入っているんです」

土生井が盆を持って入って来た。「お茶でいいですか」

「どうぞお構いなく」私たちはちゃぶ台の前に行儀よく並んで座った。

「ぼくはおチャケをいただいてますけどね」と土生井が自分の湯吞を掲げておどける。今日はいつもより酔っているようだ。

私は改めて土生井と晴子を互いに紹介した。

「こんなコキタナイ所に若い女性が来るとはねえ……最初から言ってくれればよかったんですよ。そしたら掃除しておいたのに」と土生井が頭を掻く。フケが落ちる。

「一応、サプライズで」と、私は手土産《てみやげ》を差し出しながら言った。

「こりゃどうも。――しかしそっちがサプライズだったんじゃないですか。いやあ、汚くて臭くて申し訳ないですね」

電灯の下で見ると、土生井の顔色がひどく悪いのに気が付いた。妙に黄色っぽい。内臓でも弱っているのだろうか。

「あの絵も土生井さんが？」と晴子が鴨居《かもい》を指差して訊いた。

「いや、あれはお袋の作品です。昔は油彩画が趣味だったもんでね」

「お母さん、もうお休みでしたね。静かにします」と、私は言った。

「実は……」と、土生井は肩を落とした。「先日亡くなりまして」

「えっ」私は絶句した。前回来てから十日足らずしか経っていないのだ。

晴子も言葉を失っている。

「あれからちょっと誤嚥性肺炎《ごえんせいはいえん》をね。死ぬ時はあっけないもんですよ」土生井は諦観したように言った。

私はフィッシュ&チップスの箱に目を落とした。「まさか私の手土産が？」

土生井は手をひらひら振った。「いやいや、全然関係ないですよ。ご心配なく。それどころか、死ぬ前においしいお菓子を何度も食べられたから喜んでましたよ」

「そうでしたか。それはどうも……ご愁傷さまです」

「ありがとう。でも肩の荷が下りましたわ」土生井はそう言ったが、声が弱々しかった。無理もない。

「お線香を上げさせてください」

土生井は小さく頷いた。「じゃあ、どうぞお願いします」

隣の部屋へ移動すると、中はアンモニア臭と線香の匂いが入り混じっていた。主のいないベッドの上の布団は綺麗に畳まれ、傍らに置かれたワゴンには医療用品が満載だった。部屋の端にはもう使われることが無いであろう紙オムツのパッケージが山積みになっていた。

窓の隣に仏壇があり、その隣に白い布が掛かった台があった。少し前に撮られたと思しき遺影が置いてある。初訪問の日に怒声を上げていた粗暴なイメージとは全然違う上品そうな老女が穏やかに微笑《ほほえ》んでいた。遺影の隣には骨箱があった。私は線香を一本取り、火を点けた。手で扇《あお》いで消すと香炉に挿した。御鈴《おりん》を鳴らして両手を合わせる。

晴子が同じように続けた。

「ありがとうございます」と、土生井は言った。

居間に戻ると晴子が再び鴨居を見上げ、女優らしきモノクロ写真を指差して言った。

「もしやあの写真はお母様ですか」

土生井は意外そうな声で言った。「よくわかりましたね」

私もまじまじと見上げた。てっきり昔の女優だと思っていたが、言われてみれば仏壇の遺影に似ている気がしてきた。

「お綺麗ですね」と、晴子は言った。

「えへへ」と土生井が照れながら話し始めた。「お袋は長年認知症でね。まあ常に尿失禁や便失禁、褥瘡《じょくそう》も治りが悪い、もう悪臭の塊ですわ。ぼくも人の事は言えないですけどね。それでもおとなしい時は可愛げもあるけど、いったん調子が狂うと手に負えなくなってね。先生も知ってるとは思うけど」

まだ母親が生きているように言う土生井に、私は頷いた。

土生井は続けた。「こっちは一生懸命介護しているというのに、本人はまあ人の気も知らないで、罵るわ叩くわ嚙みつくわ。こっちは腹が立って仕方がない。そういう時に、あの若い頃のお袋の写真を見つめるんですわ。そうすると、あのクソ婆ァ《ババ》にもこんな時代があったんだなと思って、少しは落ち着くんです。毎日がその繰り返しでね」土生井は酒を呷った。

「大変だったんですね……」晴子はぽそりと言った。

「まあ、今はせいせいしましたけどね」

私たちはしんみりしてしまった。土生井の淹《い》れた渋茶を啜る。晴子は飽きずに写真を眺めている。

「それで」と私は口火を切った。「厚木のニュースは見ましたか」

「ああ、ラジオで聴きました」

「土生井さんの睨《にら》んだとおりで、蒲沢の作品が決め手になりました。つまり彼が遺体の場所を知っていたわけです。すなわち、彼が犯人ということになりますかね」

土生井が酒を呷った。「うーん……蒲沢が犯人だとして、わざわざ手掛かりを残すかね」

確かにそうなのだ。私も少なからず疑問に思ってはいた。

「では蒲沢は犯人ではないと？　そうしたら彼は何のためにそんな作品を作ったと思いますか」

「それは……犯人を知っているけれど……大っぴらに告発できない立場にいるのかも知れないですなあ」土生井は息苦しいのか途切れがちに話した。

しこたま酔ってはいたが思考は理路整然としているようだった。やはりこの男は呑んでいた方が〝馬力〟が上がるのかも知れない。

「告発できない立場と言うと――友人とか、肉親とか？」

「まあ、そのあたりじゃないですか」

「あの……妹はどうなっているんでしょう」晴子がたまらず訊いた。

「行方不明の妹さん？　あの白い家の作品の持ち主というわけですな……」と言ったまま土生井はなかなか答えず、片手に湯呑を持ったまま無精髭の生えた顎をぐりぐりと撫でている。

私が代わりに場を繫ぐことにした。「白い家は妹さんと関係がありましたが、今回の〝黄橋〟は結局関係が無かった。それはよかったんですが、フリダシに戻りましたね」

「関係無かったかどうかはまだわかんないですよ」土生井が冷たく言った。

晴子が心配そうに私の方を振り向いた。英令奈と殺人事件を再び結びつけるのは苦痛だろう。

私は言った。「厚木のことはいったん忘れませんか」

「まあ、いいですよ」土生井がまた酒を呷る。「蒲沢がなぜ葉田さんの所に作品を送ったかですな」

「予定が無いのに展示会用だということで、突然送って来たようです」

「押しかけ女房みたいにですか」

晴子が「クスッ」と笑った。

土生井は横目で晴子をチラと見た。「もちろん、本気で展示会用のつもりは無かったんでしょう。そういうテイにしただけで」

「なぜですか」

「蒲沢は親しい間柄にあるであろう犯人の殺人を告発したかった。内部告発ですな。ところが犯人は、蒲沢が作品を作っているところを容易に見ることができる立場にある。だから、わかり易いヒントとなる作品を作ることはできないし、その目的も悟られてはいけない。だから、そこそこのヒントを作品に込めて、外部にいる葉田さんに密告した」土生井は湯呑に焼酎を注いだ。

「なるほど」

「まともに〝黄橋〟という橋を作ったり、ましてや地面に人形を刺したりなんかしたら、近くにいる犯人にすぐバレてしまう。だから一見して関係の無さそうな〝大草原の小さな家〟を作って――」土生井が酒を呷る。それにつれてますます顔色が悪くなる。

私は言葉を引き継いだ。「そして表札にヒントを隠した。表札までは目が行き届かないだろうと思ったわけですね。しかし際どいですね。その犯人にバレないようにしなくてはならないけれど、かと言って外の人間にまったくわからないのでは困る」

「難しい塩梅《あんばい》だよ。酒と一緒ですな」土生井はキシシと笑い、そしてゴホゴホと激しく咳《せ》き込《こ》んだ。

「大丈夫ですか」私は言った。「なんか具合いが悪そうですが」

「大丈夫」

土生井はそうは言ったが、明らかに様子がおかしい。明日あたり医者に行かせた方がいいかも知れない。

だが私はもう少しだけ話を続けた。「それにしても、我々が葉田さんに接触しなかったら、こんなに速くは進展しなかったはずです。あるいは完全にわからずじまいだった可能性もある」

「先生のお手柄ですな」

「いや、そういう意味では」私は頭を掻いた。

「確かに葉田さんが気付かず、結局は闇に葬られた可能性はありましたね。……あるいは、元々わからなくてもいいやぐらいに思ってたのかも知れない。ただ、何もしないではいられなかったんでしょう」

「そんなもんでしょうか」

「とは言うものの」土生井がまたゴホゴホと咳き込む。「今回の報道では、偶然遺体が見つかったということになっていた。黄橋のディオラマを解読したという経緯は公表されていないですな」

「警察も半信半疑なんでしょう」

「うん。むしろ……先生の方が警察に疑われている可能性がありますよ」

「怖いこと言わないでくださいよ」そうは返したが、確かにその可能性は高かった。キシシと笑った土生井がまた激しく咳き込む。顔色が赤黒くなってきた。

「わたしのでよければこれを」と、晴子が湯呑のお茶を差し出す。

「ありがとう」土生井は素直に受け取って飲んだ。「間接キスになってしまった。ナニまだ飲んでなかった？　キシシ」

晴子の白魚のような手が土生井の背中をさすり、土生井は恐縮している。

「犯人はたぶん……蒲沢の告発が原因で殺人が発覚したということに気付いていない。蒲沢自身も」土生井が咳き込む。「自分の告発が功を奏したかどうかまだ確信がないはず」

「たぶん、今のところは」

「ただ……遺体が発見されたことで世間に殺人事件が露見した。……蒲沢は犯人と事件をしっかり結び付けさせるために……また何か行動を起こすに違いない……」

「つまり、また新たな作品を送りつけて来ると？」

「恐らく」

「それを気長に待つしかないんですかね」

「もう動いているかも知れない」

「妹に関する手掛かりは出て来ますか」と、晴子。

「残念ながら……断言は……でき……」なかなか言葉が継げないでいた土生井は、次の瞬間、ゴバアッと嘔吐《おうと》するような勢いで大きく咳き込んだ。口から真っ赤な血が噴き出した。ちゃぶ台が黒っぽく濡《ぬ》れた。

「土生井さん！」晴子が悲鳴に近い声を上げた。

土生井は自分の上体を支えることもできず、顔面を濡れたちゃぶ台に打ち付けた。丸メガネが跳ね飛ぶ。二人で身体を起こしてやると、白目を剝いていた。失神している。

「寝かせましょう」

「仰向けはダメです。血で窒息するので横向きに」

土生井を横臥《おうが》させると、晴子が座布団を折って土生井の側頭部の下に入れた。

「土生井さんを見てください」私は晴子に言った。

「はい！」

晴子の白いワンピースの裾は土生井の血で汚れていた。私は先程までの酔いが一気に醒《さ》めた思いだった。スマホで一一九番を呼び出す。

オペレーターが出た。「火事ですか。救急ですか」

「救急です」

「住所を教えてください」

私は紙屋手帳を開き、土生井の住所を伝えた。次いで、自分の名前、土生井の名前、年齢、自分との関係、現在の状態。そこまでは答えられたが、当然ながらかかりつけ医、持病、服薬状況についてはまったく答えられなかった。

私は通話を切り、晴子を見た。彼女は自分の白いハンカチをお茶で湿らせて土生井の口の周りを拭いていた。

救急車のサイレンが聞こえてきたのはわずか一〇分後だった。こんなにサイレンの音でホッとするとは思わなかった。私は外へ飛び出し、通りまで行って両手を振った。

三人の救急隊員が出て来て、状況を訊かれた。酒を飲んでいて急に血を吐いて倒れたと答えると、隊員は「吐血ですか。胃か食道の粘膜が切れた可能性がありますね」と言い、手際よく土生井をストレッチャーに乗せ、救急車に運んだ。

「付添いの方は」隊員の一人が訊いた。

迷わず私は言った。「私です」

「わたしも行きます」と晴子。

私は救急車に乗り込みながら晴子に言った。「いや、あなたまで付き合わなくても」

「ではここに残りましょうか」と、晴子は言った。

私は骨箱と一緒にいる晴子を想像した。「そういうわけにも」

「戸締りはどうしますか」

私は瞬間、ゴミ屋敷を眺めた。「大丈夫じゃないですか」

「ではやっぱり行きます」晴子が強引に乗り込んできた。

救急車の椅子に座ったはいいものの、一向に出発しようとしない。どうやら受け入れ先の病院がなかなか見つからないらしい。盆のさなかで日曜日の夜だ、無理もない。

一〇分ほどやりとりがあった後、やっと決まったようだ。

「橋本《はしもと》の〝相模原《さがみはら》キョウドウ病院〟に行きます」と、隊員は言った。

二〇分ほどで橋本駅の近くの大きな病院に到着した。土生井は救急の入口から処置室へ運び込まれた。私と晴子は待合コーナーのベンチで待つことになった。自販機があったので、冷たい緑茶を二つ買って一つを晴子に渡した。

「土生井さん、大丈夫でしょうか」晴子が心配そうに言った。

「そうだといいんですが」

土生井はこのまま死んでしまうのだろうか。〝伝説のモデラー〟が世間から忘れられたまま、ひっそりとこの世からも消えてしまうのではあまりに憐《あわ》れだった。それに、英令奈の件だって自分一人では荷が重過ぎる。土生井がいないとなるとまるで自信が無い。私は心の中で手を合わせ続けた。

「曲野さん、あとは私が付き添います。巻き込んですみませんでした。どうぞもう帰宅してください」

「いえ、そんな。わたしの相談事をお願いしている人でもありますから、そういうわけには……もう少しいさせてください。せめて結果がわかるまでは」晴子はあくまでも言い募った。

「わかりました。ではもう少しお願いします」

二〇分ほどすると女性看護師がやって来て「土生井さんのご家族の方」と呼んだので、私たちは立ち上がった。

処置室の中に入ると、すぐ目の前に診察室によくあるデスクがあって、シュッとした若い男の医者が座っていた。彼の向こうには広いスペースがあり、ベッドや各種機材が置かれていた。普通の診察室とは明らかに違う印象があった。ベッドに寝ている土生井の姿も見えた。

私たちは丸椅子を勧められて並んで座った。

医者が訊いた。「ご兄弟の方ですか」

「いえ、知人です」と、私は答えた。

「ご家族に連絡はされたんですか」

土生井は今や独りだ。一瞬、土生井の一番弟子を自称する野上のことを思い浮かべたが、いつものように悠長にメールのやりとりをしている場合ではなかった。

「彼は一人暮らしです。親戚については知りません。ひとまず私が伺います」

「そうですか。——土生井さんですが、顔に黄疸《おうだん》が出ているのでわかりますが、血液検査もしまして、まあ肝硬変《かんこうへん》のようですね。よくお酒を飲まれる方ですか？」

私はすかさず頷いた。「飲んでいるようでした」

医者はそうだろう、とでも言うように頷いた。「吐血の原因は、肝臓が硬くなったため、食道か胃の静脈に瘤《こぶ》ができて、それが破裂したんだと思われます」

「……命に関わるんでしょうか」

「これから内視鏡を入れて、出血部分の止血をします。安静が必要なので、その後しばらく入院をしていただきます。——命に関わるかどうかはご本人次第ですね。きっちりとお酒を控えてもらわなければなりません」

「そうですか……よろしくお願いします」

私たちは処置室を出されて、再び待合コーナーに戻った。

「というわけなので、そろそろ……」と、私は晴子のワンピースに付着した血に目を落としながら促した。

「せめて処置が終わるまでは……」

「そうですか」

しばらく沈黙が続いた後、晴子は口を開いた。「ところで、土生井さんて、どうして貧しそうな生活をしているんですか？　凄い技術をお持ちなのに」

「それは――業界の主みたいな企業から嫌われたらしいです。それで仕事を干されてしまったようなんです」

「なぜ嫌われたんですか」

「どうも、商品に関する偽装を暴いたからららしいんですね」

「正しいことをしたのに？」

「世の中、正義だけでは食っていけないということですかね」

「可哀《かわい》そう……」

四〇分後、再び先程の看護師が呼びに来た。ついていくと、エレベーターで三階に昇った。土生井は既に病室に運ばれていて、三人部屋の窓側のベッドに寝ていた。消灯時間を過ぎており、各ベッドのカーテンが引かれていた。

土生井のベッドのカーテンは開いていて、頭の上のスタンドの灯りだけが点いている。ベッドの左側には点滴のスタンドが置かれ、土生井の右腕には管が繋がっていた。ベッド柵にはビニールパックのような物がぶら下がっていて、カテーテルを伝って尿を溜《た》める袋だということだ。看護師が諸々《もろもろ》のことを小声で説明してくれ、それが終わると私たちは早々と廊下に出された。

「何か手続きは必要ですか。今日の料金はどうすればいいでしょう」と、私は訊いた。

「入院なので、今日のお支払いはありません。その他の手続きは明朝以降、患者さんの目が覚めたらやっていただきますので、本日はもう大丈夫です」

「面会時間は？」

「平日は一二時から二一時となっています」

「お昼からですか……」私は名刺を差し出した。「もし何かあれば、私の方にご連絡ください」

「承知しました」

私と晴子は再びエレベーターに乗り、夜間通用口から外へ出た。

「これでひとまずは安心です」と、私は言った。「巻き込んでしまってすみませんでした」

「いえ、そんな。わたしも無関係ではないですから」

「では帰りましょう。今日はいろいろあり過ぎた」私は首をぐるぐると回した。

「本当にお疲れさまでした」晴子は情感を込めて言った。

「妹さんのことは、引き続き取りかかりますので」

「よろしくお願いします」

私は橋本駅のＪＲ改札口まで晴子を送った。そこから横浜線に乗って八王子経由で帰宅できるはずだ。私の方は例によって京王線一本なので、別の改札の方へ向かった。

16　身元判明

明くる月曜日は一五日で、盆休みの最終日だった。日差しはもう完全に残暑のそれで、乾燥が始まった空気の中を紫外線がまっすぐ肌を刺してきた。

一二時前、私は京王つつじヶ丘駅前の立食い蕎麦屋で手早く昼食を済ませると、橋本へ向かった。入院中の土生井の元へ行くのだ。朝一番にスマホの着信履歴を確認したが、特に何も無かった。容態が急変することもなかったらしい。とりあえずは安心した。

電車に揺られている間、蒲沢が告発しようとしているのは誰なのかと考えた。彼の知人、友人、親類……私の知る由《よし》もない。そこである考えが湧き起こった。

葉田はどうだ。頭の中で葉田のあの穏やかな笑顔がモーフィングのように邪悪な顔に変形していった。すると、にわかにその考えに取り憑《つ》かれた。もし葉田が男を殺してそれを隠しており、蒲沢が知ったのだとしたら。本人に「知っているぞ」と作品を送り付け、プレッシャーを与えているとしたら。

さらに怖ろしい考えがもくもくと広がっていった。つまり、葉田は英令奈も殺したのではないかということを。

私は葉田のアトリエで〝黄橋〟の家の屋根を外させた時の事を思い出そうとしていた。あの時の葉田はどんな表情をしていただろうか。驚いていたのは確かだが、それは自らの犯罪を暴かれたことに対する驚きだったのではないか。

警察は葉田にも事情聴取をし、黄橋の作品を押収したはずだ。警察は私と同じ推理をしただろうか。そして葉田は、警察の訪問に焦りを覚えただろうか。

本当に葉田が犯人だとしたら、警察に確証を持たせるため、蒲沢はさらに動くだろう。そう思ったら、私は急に蒲沢を応援したくなってきたことに気付き、自分でも驚いた。昨日までの感情とは真逆だ。

ふと、そのアイディアをLINEで土生井に送ろうと考えた。土生井ならどう思うだろうか。直後、土生井は入院中でスマホを持っていないのを思い出した。もっとも、持っていたとして対応ができるのかも怪しいのだが。

私はスマホを出したついでにいつものようにネットニュースを開いた。するとテレビからの転用記事に目が行った。見覚えのある川と橋の画像が映っていたからだ。テロップには『厚木市の河原の遺体、身元が判明』と出ている。動画がリンクしていたので、急いでイヤホンを挿し込み再生した。アナウンサーがニュースを語り始めた。

『神奈川県厚木市の小鮎川の橋の下で十四日、一部が白骨化した遺体が見つかった事件で、県警捜査一課はＤＮＡ型鑑定の結果、遺体の身元を大分県別府市《べっぷし》荘園《しょうえん》の中原泰《なかはらたい》三《ぞう》さん四十二歳と特定したと発表しました。中原さんは六月頃から行方不明となっており、親類から捜索願いが出ていたということです。

県警は殺人遺体遺棄事件として現在も捜査中ですが、犯人に繋がる手掛かりはまだ見つかっていないということです。県警が一五日早朝に行った司法解剖の結果、中原さんの死因は生きたまま埋められたことによる窒息死とみられており、死亡した日時や経緯についても調べるということです』

あの遺体の身元がわかった。知らない名前だった。だがさらに調べが進むだろう。ジオラマが遺体の場所を示していたことを考えると、うまくすれば英令奈の手掛かりにも繋がるかも知れない。

三〇分余りで橋本に着いた。昼間の〈相模原協同病院〉はテラスの張出しが横縞のように目立ち、昨夜見た時よりも巨大に見えた。玄関を入ると、捌《は》け切れていない外来患者がまだ大勢滞留していた。

私はまっすぐ三階の土生井のいる部屋へ向かった。廊下に大きな給食ワゴンがあり、食べ終わったと見られる病院食のトレイがたくさん載っていた。病室に入るとまだ昼食の匂いが残っていた。すべてのベッドのカーテンが、足元の方だけ開いている。ちらりと見た感じでは、みな土生井と同年代のように見えた。やはり肝硬変で入っているのだろうか。

窓際まで行くと、先客がパイプ椅子に座っていた。驚いたことに晴子だった。病院に似合いそうな白いノースリーブのブラウスに、同じく白のワイドパンツを穿《は》いている。昨日のワンピースの血は落ちただろうか。

「昨日はどうもすみませんでした」と、私は言った。

晴子が立ち上がって頭を下げた。「どうもお疲れさまでした」

「しかし、今日もこちらに？ そんなに気を遣わなくても」

「いえ、落ち着かないもので……。どうせ今日もお盆休みで、することがありませんから」

「そうですか……」私はベッドを覗き込んだ。「土生井さんの様子はどうです？」

「ついさっきまで起きていましたが、また眠ってしまいました。入院の手続きはもう済ませたそうです。まだ口から食事を摂るのは無理だそうで、点滴が続いています。──渡部さんにはずいぶんお礼を言っていましたよ」

「そうでしたか。身の回りの物とか……そうだ、ゴミ──」ついゴミ屋敷と言いかけた。「家の戸締りは？」

「戸締りは、わたしが後で行ってくることになりました。スマホとおサイフも頼まれました」

私はまた驚いた。二人の間で既にそこまでの信頼関係が出来ていたとは。

「それはまた……ご苦労さまです。本来なら私がやることなんですが」

「いえ、全然大丈夫ですから」

「ところで」私は声を落とした。「例のニュース、もう知ってますか」

「例のニュースって……」晴子は知らないようだった。

「ちょっとこちらへ」私は晴子を廊下に連れ出した。「厚木の遺体の身元がわかったらしいんです。やはり男でした。それも四十二歳の。これで英令奈さんではないことが確定ですよ」

私たちは壁際のベンチに座った。スマホを操作して、ネットニュースを開く。晴子に画面を見せると、すぐに動画が始まった。

晴子の目が次第に見開かれていき、両手で口を押さえた。

私は訊いた。「もしかして、知っている人ですか？」

「これは……」晴子が掠《かす》れた声で言った。「義父です」

耳を疑った。なぜここで彼女の義父が登場してくるのか。

私は訊き返さずにはいられなかった。「それは間違いありませんか」

晴子は頷いた。「少なくとも名前は同じです」

「ということはつまり……」いやな予感がした。

「これには——」晴子の白い喉が上下した。「英令奈が直接関係しているんじゃないでしょうか」

私が瞬間的に思ったことを晴子が言った。

遺体と晴子たちとの関係がはっきりしたので、逆に葉田との関わりは限りなく薄れた。私は少しでも疑ったことを申し訳なく思った。

遺体の中原は晴子と英令奈を苦しめた下衆《げす》な男だ。死んで当然とは思う。しかしながら怨恨という意味では今現在行方の知れない英令奈にどうしても疑いの目が向く。

「妹さんが……つまりその、やったと思うんですか？」

「いいえ。絶対にそんなことのできる子じゃないです。そうじゃなくて——たぶん、誰かが代わりに」

「つまり、蒲沢がやった……」

「そうとしか思えません」

「蒲沢が英令奈さんに同情し、代理で復讐したと。そして一緒に逃亡した……」

「それが一番考えられます」

だが蒲沢が犯人なら、なぜ自分の犯行の手掛かりになるようなジオラマを作り、葉田に送り付けてきたのか。これはまったく理屈に合わない相反する行動だ。

やはり英令奈自身の犯行で、蒲沢が匿《かくま》っているのかも知れない。それでも犯行自体は告発すべきだと思っているのかも。私はそこまで考えたが、今は晴子に言う気にはなれなかった。

「とりあえず警察に事情を説明しましょう」私はそれしか言えなかった。

「でも、もう義父は縁の切れた人間ですし、藪蛇《やぶへび》となって英令奈に疑いがかけられて厳しく追及されたら、あの子の精神が心配だし、もし冤罪《えんざい》にでもなったらこれからずっと大変です」

それも理屈ではある。しかし、警察に追及されると困ると思っているあたり、もしかすると晴子も内心では英令奈のことを疑っているのかも知れない。

「確かにそうですね……」私はひとまず同意しておいた。

「追い詰められてヤケでも起こし、それこそ自分で自分を……」

「危険ですね。……ちょっと考えましょう」

私はさらに考えた。晴子は、英令奈が健在でもし逃げているのであれば、このまま放っておいた方がいいと思っているのかも知れない。しかし、警察がいずれ英令奈や晴子に辿り着く可能性はある。今の私は晴子たちの側に立っている。警察の先を越さなければならない。

「なんとか警察を出し抜きましょう」私は言ってしまった。「いつか警察が英令奈さんを捜し出して問い詰めることがあるかも知れません。その前に、やはり私たちが先回りしてある程度対処しておくべきではないかと」

「ええ、それだと助かります」

「では、仕事を続行します」

晴子は穏やかな表情を取り戻した。「今日は話せて落ち着きました」

「それはよかった」

私は病室に戻ろうとした。

「それに――」と、晴子が低い声で言った。「あの男が死んでちょっとホッとしました」

私は立ち止まり、周囲を窺《うかが》ってから頷いた。「お察しします」

「渡部さんと土生井さんが捜してくれたので、そのことも知ることができました。ありがとうございました」

「そう言われると苦労が報われます。暑い中での穴掘りや長時間の事情聴取にも耐えた甲斐がある」

私たちは病室に戻った。晴子の歩く姿を、同室の患者たちの視線があからさまに追尾しているのがわかり、おかしかった。

土生井はまだ眠ったままだった。いつ目覚めるのか見当がつかない。晴子には先に土生井の自宅まで行って所用をこなしてもらった方がいいだろう。そう提案しようとした時だった。スマホが着信した。

表示は葉田だった。警察から連絡が来たので掛けてきたのだろう。私は先程まで抱いていた葉田に対する疑惑を頭から振り払った。

「失礼」晴子に断って再び廊下に行き、電話に出た。「渡部です。警察から連絡が来ましたか」

「うん、そうなんだ」

「すみません、巻き込んでしまって」

「いや、いいんだ。大したことはない。今朝方早くに神奈川県警から連絡が来てね、山小屋の方は持っていかれたよ。警察だから仕方がない」

「そうですね。――それからついさっき、遺体の身元がわかったらしいです。ニュースでやっていました」

「ああ、そうなのか。今はアトリエだからテレビは見ていなかったんだ。あとで見てみよう。――ただ、今日電話したのは別件でね。たった今、蒲沢君からまた荷物が届いたことを伝えたかったんだ」

私はまた驚いた。昨日から驚きの連続だった。土生井の予言どおり蒲沢が動いたらしい。それにしても早かった。まるで蒲沢は、黄橋の件がすぐに発覚することを確信していたようだ。

しかしこれで葉田はシロ確定だろう。先程私が想像したように葉田が犯人であれば、この連絡はくれなかったはずだ。

「もう来ましたか！　例によって展示会用作品ですか」

「うん、そうなんだ。警察に知らせるつもりなんだけど、その前にあんたに見せておくべきだと思って」

「お気遣いありがとうございます」私はその場で最敬礼をした。「では、これからすぐに伺います。到着は一時間、いや一時間半後くらいになりそうですが、大丈夫でしょうか」

「ああ、待ってるよ」

「それでは後ほど」改めて葉田を疑ったことを申し訳なく思い、通話を切りながら私は再び最敬礼した。

病室に戻り、晴子に言った。「葉田さんから、また蒲沢の作品が届いたと連絡がありました。警察より先に見せてくれるそうです」

晴子の顔が輝く。「本当ですか！　また何か手掛かりがありそうですね」

「恐らく。なので、今すぐ行ってきたいのですが……」

「お願いします。土生井さんの方は任せてください」

「ありがとう」

私は病室を飛び出した。

17　第三、第四の作品

　午後四時一〇分過ぎ、やっと田端の葉田のアトリエに着いた。まず厚木の遺体の身元が判明した件について話したが、それが英令奈の父であることはひとまず伏せておいた。

　作業台の上には前回と比べてかなりサイズダウンした段ボール箱が置かれていた。上面に貼られている送り状を見ると、はっきりと蒲沢新次の名があり、品名はやはり〝展示会用作品〟となっている。

　私が見守る中、葉田がおもむろに箱を開けて作品を取り出した。

　それは両手にすっぽり収まるほどの、こぢんまりとした船のジオラマだった。だが、一目で異様な作品だとわかった。船と言っても水の上ではない。一〇センチメートルほどの大きさの漁船が、半分骨組みが剝き出しになった建物の上に乗っかっていた。辺りには瓦礫《がれき》が散乱している。見るからに殺伐とした作品だった。金色のタイトルプレートには『311』とある。

　もちろん数字と風景には見覚えがあった。二〇一一年の東日本大震災で、津波が町を襲った後の風景に違いなかった。相馬《そうま》だったか宮古《みやこ》だったか地名までは覚えていない。廃屋の上に漁船が乗り上げている写真が印象に残っていた。タイトルが震災の発生日、〝三月十一日〟を表しているのは明白だった。

紙屋にとっても、あの震災は大きな出来事だった。私は震災一年後に訪ねた宮城県の石巻《いしのまき》を思い出していた。〈日本製紙石巻工場〉のある場所だった。

石巻工場は、全国のコミックスや文庫本、単行本の用紙を一手に引き受ける基幹的な工場だった。操業が止まれば日本の出版全体に大打撃を与える。ところが津波の直撃を受けて、工場の隅々まで海水と瓦礫にまみれてしまった。繊細な印刷用紙を作るべき機械の細部にまでヘドロが沁み込んでしまったのだ。

工場は完全に死んだと思われた。しかし出版を止めるわけにはいかず、全国の紙商は在庫の確保に奔走した。一時的に流通や取引きを組み換え、他メーカーの協力を得るなどして、綱渡りをしながらなんとか市場への影響を食い止めた。

その間に工場関係者らの決死の働きにより、石巻工場はわずか半年で復興した。私たち紙屋は本当に命拾いをした思いだった。一年後にその報告と説明を受けるため、顧客の一人として視察ツアーに参加をした際、完全復活を遂げた心臓部〝8号抄紙機〟を前にして、只々頭《こうべ》を垂れるしかなかった。

私は震災に関する回想を切り上げて言った。「明らかにこれは東北の津波の跡をモチーフにしていますね。場所ははっきりしませんが、私も被災した石巻の製紙工場に行った時に生々しい光景を目にしてきたので、リアリティを感じます」

「石巻か……そう言えば石《いし》ノ森章太郎《もりしょうたろう》さんを記念した〈石ノ森萬画館〉があるよね。また建物が面白くてね。白いＵＦＯみたいなのが川の中州にあるんだけど、津波では流されなかったんだ。——いえね、僕は石ノ森さんたちマンガ家が住んでいた、ザ・昭和という感じの〈トキワ荘〉を依頼されて作ったことがあるんですよ……」葉田が遠い目をした。

　確か土生井も、豊島区にあった有名なアパート〈トキワ荘〉のミニチュアハウスを葉田が制作したと言っていたのを思い出す。

「そのお噂は聞いています」

「おっと脱線脱線。——そうそう、それでこのジオラマは女川《おながわ》の方じゃないかな。建物が〝原子力なんとかセンター〟に似ている気がする」

　そう言われれば女川かも知れない。自分も石巻工場を視察した際、足を延ばした所だ。狭い入り江に津波が集中し、とてつもない高さになったという。もちろん視察の際はもう瓦礫はすべて撤去され、がらんとした土地が広がっているだけだった。丘の上で比較的被害の少なかった〈地域医療センター〉の駐車場に車を停め、フェンス越しに港を見下ろして手を合わせたのを思い出した。

「しかしなぜこの風景なんでしょうね……」

　葉田は首を捻った。「一応、僕の展示会のテーマである〝ミニチュアハウス〟と〝廃墟〟は確かに含まれているけど、明らかにメッセージ性が強い。これにも何か謎かけがありそうだね」

〝311〟とタイトルされたこの作品が東日本大震災のことを表現しているならば、黄橋こと山小屋のタイトル〝612〟も何かの日付だろう。殺人当日のことを指していたのだろうか。とにかくこの船にも何か仕掛けがあるはずだ。

「ちょっと失敬」と、私はジオラマの底に手を入れて持ち上げてみた。「小さいですね、この船は」

　目の高さにかざして見るが、赤錆《あかさび》の鉄骨が飛び出して崩れかけた廃屋の中に、何かあるような様子はない。まったくのがらんどうだ。船も、打ち捨てられたような塗装がリアルだが、何か仕掛けがあるようには見えない。

「この船の模型はよく知らないんだけど、市販の物かな。たぶんNゲージくらいだろうね」と、葉田。

「触ってもいいですか」

「ああ、どうぞ」

　私は念のため、船の中央にある操舵室部分を摘まんで上に引っ張ってみた。やはりビクともしない。ネジ止めしてあるようでもない。完全に接着されている。分解は不可能だった。

ジオラマを作業台に下ろした。「今回は何も細工がされていないですね」

「そうかい」

私はもう一度クルリと回し、撮影の許可を取った。

前後左右上面、そしてもちろん台座の裏も写真に収めた。

「完了しました。ありがとうございます。あと、ちょっと内輪の連絡をさせてください」

ＬＩＮＥを開き、土生井とのトークルームに六枚の画像をアップロードした。まだ対応できないとは思うが、早いうちに送っておいて損はない。一応メッセージも書き込んでおく。

〔体調の方はいかがですか？〕〔葉田氏宅に蒲沢の新作が届きました。一応画像を送っておきます。スケールはＮゲージだそうです〕

するとすぐに既読となった。もう晴子がスマホを病室に運んだのだろうか。さすがに返信は無理だろうと思ったが、すぐに来た。

〔お疲れさまです、曲野です〕〔土生井さんは目覚めました。体調も回復傾向ですが、一応わたしがスマホをお借りして口述筆記でお送りしています〕

〔ビックリしました。曲野さんでしたか〕〔お疲れさまです。助かります〕

〔土生井さんからの伝言です〕〔「張り線」が髪の毛かどうか確認してくださいとのことです〕

張り線？　髪の毛？　私は訊き返した。

〔張り線の意味がよくわからないのですが〕

しばらく待たされた。聞き取りに時間が掛かっているようだ。やっと返信が来た。

〔マストにロープが何本も掛かっています。それが「張り線」だそうです〕〔小スケールの艦船模型の場合、人の髪の毛を使って再現するのが古典的手法だそうです〕〔身近にあって丈夫なのと、「セメダインＣ」との相性がいいからとのことです〕

知らなかった。正直、少し猟奇的だと思った。目を近付けて見るが、髪の毛のような、そうでないような。

私は葉田に訊いた。「この線、髪の毛ですかね」

「どれどれ」葉田が大きなルーペを持ち出して拡大して見る。「うむ、どうやらそうらしいね」

やはりそうなのか。私は返信した。

〔髪の毛のようです〕

〔では警察に渡す時に、ＤＮＡ型鑑定をするように頼んでください〕〔こうは思いたくはないのですが、英令奈の髪の毛かも知れないそうです〕

そういうことだったのか。伝えてきた晴子もショックだろう。
〔了解です〕〔髪の毛のことは心配し過ぎないでください〕
〔ありがとうございます〕
〔他に何かありますか？〕
〔今のところは以上だそうです。何かわかったらまたメッセージを送るそうです〕
〔了解です。曲野さんもありがとうございました〕〔付添い、あまり根を詰めないでください〕〔私も今日のところは帰宅します〕
〔わかりました。お気をつけて〕
私はＬＩＮＥを閉じ、葉田に向き直った。
「そろそろ失礼します。作品を警察に渡す際、この〝張り線〟が毛髪であることを必ず伝えてください。第二の犠牲者の物かも知れない。ＤＮＡ型鑑定をすれば判明すると思います」
「え、第二の犠牲者？」葉田が目を剝いた。「わかった、そう言っておくよ」
私がドアノブに手を掛けた時、チャイムが鳴った。葉田に新たな来客だった。
葉田がドアを開けて意外そうな声を上げた。「おやおや」
私は身体を傾けて道を空けた。スーツ姿の背の高い男と、釣り人のようなベストを着た男の二人連れが中に入ってきた。

二人とも黒い手帳を開いて見せた。「神奈川県警です」

刑事だった。

「では失礼します」と、私は外へ出ようとした。

「あれえ、まだ連絡してなかったんだけどなあ。それにさっきとは違う人だ」と、葉田の声。

「渡部さん」後ろから声をかけられた。「まだちょっといてくれませんかね」

振り向いて見ると、その顔に見覚えがあった。そうだ。昨日も厚木署で私に事情聴取した、確か石橋という刑事だった。着ている物も同じだ。

「何でしょう」

「失礼ながら行動確認させてもらっていました。それで、こちらへはどんな御用向きで？」と、スーツの刑事。言葉は丁寧だが、冷たい感じがあった。

〝行動確認〟――聞いたことがある。つまり私を尾行していたというのか。やはり私は疑われていたらしい。

「手掛かりになりそうな作品がまた届いたので一緒に見ていました」と、葉田は言い、急いで付け加えた。「ちょうど連絡しようと思ってたところです」

「お二人はどういうご関係ですか」と、スーツ刑事。

「厚木で話したはずですが」と、私は言った。

「もう一度お願いします」と、石橋刑事。

私は、白い家のジオラマの河津桜の葉から、モデルとなった家と葉田の制作教室に辿り着いたこと、このアトリエで〝黄橋〟のジオラマを見せてもらって厚木に行ったら遺体を発見したことまでを再び話した。確か五回目だったから、すらすらと淀みなく話せた。

初めて私の話を聴いたスーツの刑事は細かくメモを取っていた。

「そしてこれが今日届いたばかりの作品です」と、葉田が漁船のジオラマを指差した。

「船ですか」

「ええ」

「この作品」と、スーツ刑事は言った。「本当は送られて来たのではなく、最初からここにあったということはありませんか」

「そんな……」葉田が言葉を詰まらせた。

私はとっくに葉田を疑うのをやめたが、刑事たちは疑っているようだ。私と葉田の両方を分け隔てなく疑っている。

その時だ。また玄関チャイムが鳴った。全員がドアを振り向いた。

葉田が応対すると、宅配業者が立っていた。両手で段ボール箱を抱えている。

送り状にサインをした葉田は、箱を持って戻って来た。私たちの目の前の作業台の上に載せる。「また蒲沢君からです」

私たちは送り状を覗き込んだ。例によって品名は〝展示会用作品〟となっていた。

「本当に送られてきたぞ」と、石橋。

「自分で自分に送ることはできるからな」と、あくまでもスーツ刑事はゆずらない。

「まあまあ」と、石橋。「葉田さん、開けてみてもらえますか」

「はい」葉田が早速、段ボール箱の開梱を始めた。

出て来た物を一目見るなり、一同がどよめいた。

それは飛行機の模型だった。しかし今回はジオラマと呼べるのかどうかは怪しかった。透明のプラスチック板で四方を囲われている。上と下は厚さ五センチメートルほどの青い発泡スチロールのような板で塞いである。

その中に、白地の胴体に青と水色のラインが斜めに入った旅客機が、真っ逆《さか》さまに墜ちたように固定されている。機首部分が発泡スチロールにめり込ませてあった。墜落した瞬間にしか見えない。誰がどう見ても不吉だった。しかし素人目でも全体的にだいぶ雑な印象を受けた。発泡スチロールは何の表面加工もされていないし、旅客機自体もどこか物足りない。

しかもタイトルプレートは無く、上端の発泡スチロールに黒の油性ペンで〝918〟と書かれているだけだった。これがタイトルだというのだろうか。

「918だって？」と、スーツ。

「同じ飛行機事故でも、アメリカ同時多発テロは911だから関係ないですな」と、石橋。

「テロのちょうど一週間後か……」

おせっかいにも私は口を出してしまった「もしかしたら、これから起きることを予告しているんじゃないですかね。――あの船のジオラマが『311』で東日本大震災だから、山小屋の『612』はたぶん小鮎川での殺人の当日でしょう。そしてこの『918』です」

「つまり、次の九月十八日に飛行機が墜《お》ちると言いたいわけか」と、スーツ。

「もう来月じゃないか。でも、誰が何のために飛行機を墜とすんだい」と、葉田。

「誰が、ということであれば、もちろん蒲沢が告発しようとしている人物でしょう。しかし理由はわかりません」と、私は言った。

「もしその仮説が正しいとしたら場所はどこになるんだ」と、石橋。

「すぐに本部へ戻って人を集めて検討した方がいい」スーツは言った。「証拠品をお借りしますよ」

「あ、ちょっと待ってください」と、私は急いでスマホカメラのシャッターを切った。

「捜査の邪魔ですよ」と、スーツがさっさと梱包を始めた。

結局一枚しか撮れなかった。刑事たちは漁船と飛行機のジオラマの入った段ボール箱をそれぞれ一つずつ抱えた。

「あ、船の方なんですが、マストの所の張り線が人の髪の毛で作られています。ぜひDNA型鑑定をしてください。新たな犠牲者の物かも知れませんから」葉田が忘れていたので、慌てて私は言った。

二人の刑事が顔を見合わせた。

「本当です。僕にも毛髪に見えました」と、葉田。

「必ず調べてくださいね」私は念を押して言った。

18　復活の土生井

葉田のアトリエから出て、駅に向かって歩きながらスマホを見た。早くもLINEが着信している。今は土生井の代理となっている晴子だった。
〔お疲れさまです、曲野です。病室なので、引き続きLINEで話しますね〕〔漁船はトミーテックの鉄道模型のレイアウト用のキットだそうです。Nゲージだから、スケールにすると1／150になるとのことです〕〔ちなみにこういう小型のジオラマは「ヴィネット」というそうです〕〔タイトルが「311」ということから、東日本大震災の情景ですね。津波の被害を表しているのは明らかです〕〔ところで漁船の船名を見ましたか？〕〔蒲沢氏のことだから、何かのヒントになっているのは間違いないとのことでした〕
晴子は本来は依頼人なのにも拘わらず、完璧に代理人の役割をこなしていた。さすがは本業が秘書だけのことはある。私は街路樹の木陰に入り、先程アップロードした写真を拡大してみた。
〝第一暁海丸《あけみまる》〟と書いてあった。船の名前としてはいかにもありそうだ。LINEに書き込む。

〔お疲れさまです〕〔「第一暁海丸」と書いてありましたね〕
ちょうど駅の前に着いた時、晴子から着信があった。
〔暁に海で「あけみ」と読むようです。しかし「第一暁海丸」「暁海丸」で検索してみたけど、何も出て来なかったそうです。架空の船とのことです〕
〔ということは、伝えたいことは船以外の何かということですね〕
〔そのとおりです。そこで「暁海」で検索したそうです。勿体ぶるつもりはないけど、渡部さんが自分でやってみてください、ということです〕〔普通の検索ではなく、地図上で検索してみるといいそうです〕
〔わかりました〕
私はいったんＬＩＮＥを閉じ、グーグルマップを開いた。検索窓に〝暁海〟と打ち込み、検索ボタンを押す。
一件、というか一軒ヒットした。神奈川県平塚《ひらつか》市の海岸に近い地点にマーカーが点いた。〝第二暁海苑〟と表示される。
マップを眺めていて「あっ」と思った。そのまま真っ直ぐ北上したらすぐ厚木市ではないか。マップを閉じ、改めて〝第二暁海苑〟で通常検索。何件もヒットした。どうやら児童養護施設のようだ。私は再びＬＩＮＥを開いた。
〔平塚の児童養護施設がヒットしました〕

〔そうなんですよ〕
〔しかも厚木に近いです〕
〔はい、そうです〕
〔第二暁海苑と曲野さんの義父殺しが関係あるかもしれませんね〕
〔土生井さんもそう思っているようです。そして英令奈は何らかの理由で第二暁海苑にいる可能性が高いそうです〕
〔そこで英令奈さんが働いているとか？〕
〔そんなところでしょうか〕〔ということであれば、おそらく今のところ英令奈は安全ではないでしょうか〕
〝敵の敵は味方〟というわけか。しかし義父殺しの犯人は今度は飛行機を墜とそうと考えているかも知れないのだ。晴子の希望的観測にケチを付けたくはなかったが、言わずにはいられない。
〔しかし曲野さんに連絡をしてこないのが解せません〕
〔きっと何かわけがあるのでしょう〕
〔私はまだ気がかりですが〕
〔渡部さんは働き過ぎだと思います。少し休んでください〕
そこで、晴子が私にも気遣ってくれていたのだと気付いた。

〔ありがとうございます〕〔しかしなぜ第二なんでしょう。第一はどこに？〕
〔確かに。船には第一とありました〕
〔気になりますよね〕
〔そうですね〕〔土生井さんからはひとまず以上だそうです〕
〔ちょっと待ってください〕
〔何でしょう？〕
〔実はついさっき、葉田さんの所に新たに飛行機のジオラマが届きました〕〔今すぐ画像を送ります。お待ちください〕
私は素早く土生井と晴子のトークルームにアップした。しばらく間が空いてから晴子の返信。
〔土生井さんも見ています〕〔１枚だけですか？〕
〔残念ながら。警察が現物をさっさと持って行きまして〕
〔わかりました〕〔土生井さんの感想は「これまでの中で一番雑な印象」とのことです。慌てて作った感じだそうです〕
〔同感です〕〔タイトルは「９１８」とあります。飛行機事故だとアメリカ同時多発テロを思い出しますが、そちらだと「９１１」になるはずです。この意味についてはどう思いますか？〕

しばらく間が空き、私は歩き出しながら待った。やがて長文が来た。

〔旅客機はテロの時のボーイングではなくてエアバスというメーカーの機体だそうで、ジオラマではハセガワの1／200スケールのキットを使っているそうです。機体本体はいわゆるモナカと呼ばれ、パーツを真ん中で貼り合わせるスタイルだそうですが、普通なら合わせ目をラッカーパテなどで埋めて綺麗にヤスリがけして消しておくのが飛行機モデルの基本だそうです。でもこれは全然やっていません。成形色のままで塗装すらしていないそうです。単に各パーツを接着して、付属のデカールと呼ばれる水転写式シールを貼って終わらせているそうです〕〔つまり、大急ぎで作ったとしか思えないとのことです〕

さすがは土生井だと思った。画像を一枚見ただけでここまで解析している。

〔私もずいぶん急ごしらえだなと思いました〕

〔垂直に落ちているので、ひとまず世界貿易センタービルともアメリカ国防総省とも関係は無いそうです〕

〔そうですね〕〔その他の部分はどうですか?〕

しばらく待つ。

〔飛行機の模型を守るために透明アクリル板を貼り合わせています。上下の蓋は断熱材のスタイロフォームだそうです。しかし地面の部分にはこれまでの作品のような土

の表現も何もありません〕〔急いで何かを伝えるためだけに作って送り付けてきたのではないかとのことです〕

〔同感です〕〔だから警察にも言ったんですが、私が思うに、これは予告ではないかと〕

またしばらく待つ。

〔9／18に飛行機が墜落するということですか？　つまり、犯人が飛行機に爆弾を仕掛けるとかハイジャックをするとかでしょうか？〕〔しかしそれは何のためだろう、と土生井さんは言っています〕

〔私もわかりません〕

さらにしばらくの間。土生井が考えているのだ。やっと返信が来た。

〔この件はまだ一カ月あるので、少し後回しにしましょう、とのことです〕〔警察も動いているでしょうから〕

〔了解です〕〔とにかく英令奈さんの手掛かりを探しに、近々時間を作って「第二暁海苑」に行ってみようと思います〕

〔ありがとうございます。よろしくお願いします〕〔でも今日はゆっくり休んでくださいね〕

最後に再び労《いたわ》りのメッセージ。私は、スマホの向こうに艶《つや》のある黒髪が深々とお辞儀をする姿を想像した。

19　第二暁海苑

翌一六日となり、私にとって激動の盆休みが明けた。まったく休んだ気がしない。

晴子の依頼に関してはまだ気がかりなことが山積みだったが、とにかく私は事務所に出勤した。いくつかの仕事メールに返信をしてから、残暑厳しい中、中央線で四ッ《よつ》谷《や》へと向かった。ダメ元で参加したカドクラ出版の『MS年鑑』のコンペ結果を聞きに行くためだ。

参加した十社ほどの紙商が、個別に資材担当者から結果発表を受けることになっていた。

私の順番は一〇時一五分の回だった。指定された小さな会議室に入って行くと、テーブルの向こうに二人の資材課担当者が待ち構えていた。私はどうせ無理だろうと思っていたから、いつものように軽い気持ちで入室した。

「おめでとうございます！」

私は驚いて声を上げた。「えっ。本当ですか⁉」

「本文用紙のＡ２コートに、御社ご提案の〈ＯＫトップコート＋〉を使わせていただきます。早速ご手配のほど、よろしくお願いします。ただしカバー、オビ、表紙の用紙は他社さんになりますのでご了承ください……」と、担当者の言葉。一語一語がゆっくりと、こちらの胸に沁み入るようだった。

それでも私は自分の耳を疑っていた。まさかうちの出した価格が勝てるとは思わなかったからだ。しかし目の前の二人の目付きは真剣そのものだった。本当に本当なのだ。きっと他社も厳しいのだろう。

本文用紙なら分量も多く、しかも高価なA2コート紙とくる。値引き価格とはいえこの発注が受けられるのなら、うちのような弱小会社にとっては一発で半期分の売上げに相当する。宝くじに当たったも同然だった。

「あ、ありがとうございます！」私はテーブルに文字通り額を擦り付けながら礼を言った。

私は上機嫌で新宿駅に戻った。駅からは豪勢に路線バスを使った。今日は、というか当分は仕事を受けなくてもいいくらいだ。そう口の中で独り嘯《うそぶ》いた。

わかっている。半分は言い訳だ。しかし今日は仕事をいったん放棄して午後の時間をまるまる副業に充ててもいいだろう。〈第二暁海苑〉を調べに行くのだ。

まず作戦を練った。今日は平日だ。アポなしで行っても〈第二暁海苑〉は開いているだろう。抜き打ちが大事だ。いきなり児童養護施設にアプローチするにはどうしたらいいだろうか。何か物品を寄付させて欲しいと申し出るのはありだろうか。ありな気がした。

洋紙見本の棚を眺めた。ただ紙の束が並んでいるだけだ。我が商売道具ながら、つくづく殺風景な棚だと思った。さらに見本誌の棚を確かめたが、女性雑誌や文芸誌、時代小説やポルノ小説の文庫本、企業のＰＲ誌などばかりで、子供がいる場所へ持って行くべき土産が見つからない。

そこで思い出した。以前の会社にいた時、出版社からちょくちょく〝束見本《つかみほん》〟を頼まれて、社内の古い製本機で手造りしたことを。束見本とは、出版社が雑誌や単行本を企画した際、想定した判型とページ数に基づき、選定した用紙を使って印刷前に確認するための見本のことだ。それによって持った感じや、めくり易さ、重さ、厚みなどを確認するのである。

以前、得意先の出版社の生産管理部の担当者が、用済みの束見本をノート代わりに使っていたのを見たことがある。打合せの時に、無地の白いページにメモや計算、作図などをしていた。その時、コート紙の束見本を使っていて「書きづらい」と言っていたのだ。そうなのだ。書き込むのならコートしていない〝上質紙〟がいい。

上質紙の束見本の余りやバラ見本は捨てるほどある。子供の落書き帳には持って来いだ。短冊見本など、パラパラマンガを描くのにも向いている。

私は丈夫な紙バッグを二つ用意し、入るだけの洋紙見本を詰め込んだ。それと、五條製紙のトランプが引出しにまだ二箱あったのを思い出し、取り出してそれも放り込んだ。両手に提げてみたら、重さで肩が抜けるかと思った。

再びバスを使って新宿駅へ戻った。いつもの立ち食い蕎麦屋に寄り、豪勢にも天ぷらを三種トッピングして腹ごしらえを済ませると、湘南《しょうなん》新宿ラインの快速小田原行に飛び乗った。今年の夏も海とはまったく無縁のまま終わる予感がしていたが、どうやらそうでもないらしい。夏休みも後半ながら、海が近付くにつれて土用波もクラゲも知るものかと言わんばかりの闊達《かったつ》な海水浴客らが増えてきた。

平塚駅には一二時半過ぎに到着した。初めて降り立つ街だった。地図で見ると相模《さがみ》湾《わん》の海岸線のちょうど真ん中に位置しているが、西は大磯《おおいそ》、東は茅ケ崎《ちがさき》に挟まれてお り、どうやら海水浴客は知名度の高い双方に流れてしまうようで、平塚駅の南口周辺には華やかさや愛想が今一つ足りなかった。

駅前に大きなロータリーがあり、その先は海に続いているであろう大通りが真っ直ぐ延びている。周囲のビルは中途半端に再開発されているように見えた。

ロータリーから外れ、南西方向に住宅街の路地を歩く。洋紙見本を入れた紙バッグがひたすら重い。ワイシャツの背中はまるで夕立に遭ったように汗で濡れていて、頗《すこぶ》る気持ちが悪かった。一〇分ほどで長い長い防砂林に突き当たった。そこまで来ると不思議と蟬の鳴き声がしなくなった。木の性質が関係あるのだろうか。

　手前に青いトタン屋根の古ぼけたプレハブの平屋が二棟あった。そこが〈第二暁海苑〉だった。ついに辿り着いた。そこには英令奈と蒲沢、そして〝義父殺し〟がいる可能性がある。

　建物の前には運動場らしき広場。端にトラックのタイヤを地面に半分埋め込んだ遊具がある。

　門の方へ回ると、錆で真っ赤になった門扉は閉まっていた。真っ昼間なのに南京錠《なんきんじょう》が掛かっている。おかしい。人が住んでいるのに外から鍵を掛けるとは。ここは学校や保育園の類ではないはずだ。

　横の看板を見た。黒いビニールテープでビッシリと覆《おお》われていた。嫌な予感しかしない。横に回り、プレハブの窓を見た。カーテンが無くなっており、素通しのガラスから室内が見えていた。家具の類は一切見当たらず、壁には何も貼られておらず板の地が見えた状態だ。生活感がまったくない。

　これは引越しか夜逃げがあったとしか思えない。

　私は、やっと手放せると思った紙バッグを提げたまま途方に暮れた。まったく無駄な荷物だった。重さが急に倍になったような気がした。

しばらくはいたずらに周辺をうろうろしていたが、太陽の照射熱で煮立った脳髄がやっと働き始めた。こういう時、プロの探偵なら聴き込みをするのだろう。私は適当な店を探すことにした。

西の方に三〇〇メートルほど歩くと、玩具店があった。店先には色の褪せた大小浮輪、ビーチボール、ゴーグル、水鉄砲その他の海水浴用品がぶら下がっていた。建物はかなり古い佇まいだ。近隣の事情にも詳しいだろうと私は踏んだ。中に入る。

奥から初老の女性がいそいそと出て来た。本人がビーチボールかと思うくらいに恰幅がいい。たぶん店主だ。

「すみません、お客じゃないんです」と、名刺を差し出して私はあらかじめ言った。

「はあ、紙鑑定士さん？」

「この先に児童養護施設がありますよね。〈第二暁海苑〉という」

「ええ、ええ。引っ越しましたけどね」

私はハンカチで額の汗を拭った。「やっぱり。それはいつですか」

「つい今朝方ですよ。九時前頃だったかな。みんなで大きなバスに乗って出て行きましたよ」

すると三、四時間前ということになる。遅かったか！

「どこへ引っ越したんですか」

「わからないんですよねえ。特に挨拶も無いし。ここへ来てまだ三年くらいなのに、急に引っ越すなんてねえ」

「三年ですか」私は意外に思って訊き返した。

「そうなのよ。なんでも前にいた所が災害に遭ったとかでここへね……」

〝災害〟とは聞き捨てならなかった。「それはいったいどんな?」

「うーん、詳しいことは知らないのよねえ」

「そうですか……」私はほんの欠片《かけら》でも手掛かりが欲しいと思い、なおも質問を続けた。「それで引越しのバスですが、どっち方面に行ったかだけでもわかりませんか」

「方向ねえ……」そこで女主人は目を見開き、ポンと手を打った。「そう言えば子供の一人が途中でディズニーランドに寄るとか言ってましたっけ」

曰くのある東の方へ向かっている。少なくともバスで千葉まで行くことはわかった。問題はその後だ。もし〝義父殺し〟があの飛行機のジオラマで予言された行動に出るとしたら、やはり成田《なりた》空港から飛行機に乗るのだろうか。

さらに私は考え続けた。決行は来月の予定だから、成田近辺に滞在することになるだろう。あるいは時間があるので羽田《はねだ》ということも考えうる。いや、時間的余裕を鑑みれば、その他のたいていの空港が候補に入ってくる。キリがない。私はひとまず考えを振り払った。

「そうですか……。暁海苑の子供たちはこちらに買物に来たりしたんですね」

「そうね、プラモデルはよく売れたわね」

私はスマホを操作して英令奈の画像を見せた。「この娘を見かけたことはありませんか」

女店主はメガネをズリ下げてじっくり見てから言った。「ええ、確か一、二度来たことがありますよ。最近来た子だったから名前はよく知りません。小さい子じゃないので不思議に思ったんだけど、バイトか何かだったんでしょ」

やはり英令奈はここにいた！

「彼女、何か変わったところはありませんでしたか」

「そういえば元気なさそうだったかしら。ぼうっとしていたというか……」

ぼうっとしている？　鬱症状だったのか、それとも別の理由があったのだろうか。

「それからもう一つ」私は続けて訊いた。「暁海苑に蒲沢という三十代の男性はいませんか」

「三十代は二、三人いるみたいだけど、その名前は聞いたことないわね」と、女店主はあっさり答えた。

「そうですか……」私は訊き込みを終わらせようとしたが、もう一つ思い出した。「暁海苑には緑色の車はありませんでしたか」

「ええ、あったわね。誰の持ち物かは知らないけれど、たまにこの前を走っていたわ。トミカのミニカーにもなっていたマツダのスポーツカーだったわね」

さすがは玩具店だ。やはりブリティッシュグリーンのロードスターがここにあった。間違いなく〝義父殺し〟がここにいたのだ。

質問事項はもう無い。これで切り上げよう。そして早急に次の手を考えなければ。

帰りかけてふと思い立ち、紙バッグを漁《あさ》った。上質紙の束見本を五、六冊、それとトランプの箱を二つ取って差し出した。「お礼と言ってては何ですが、これをどうぞ」

女店主は手を出しながら訊いた。「何ですか、これ」

「束見本――いや、自由帳といったところです。メモ用紙にでも使ってください。あとトランプもどうぞ。これはくれぐれもお店で売らないでくださいね、非売品なので」

「いただいていいんですか？」女店主は束見本をパラパラめくっていた。

「まだありますけど」

「いえいえ、もうけっこう」

結局、荷物はたいして減らなかった。私は捨て場を探して彷徨《ほうこう》を再開した。

20 手紙

〈第二暁海苑〉の近くまで戻って来た時だった。背後に足音がした。振り向くと、男が二人、近付いて来た。

「あっ」私は驚いた。

「おや、こんな所で」と、一人の男が私に言った。釣り人の着るようなベストを着ていた。石橋刑事だった。

「そちらこそ。また尾行ですか」と、私は言った。

「邪推はやめなさい。〝行確〟はもう打ち切った」と、もう一人の男が言った。スーツの刑事だった。

「こちらもちょっと驚いていますよ」と、石橋。

そして二人の刑事は何やら小声で話し合っていた。

私は落ち着かず、訊いた。「どうしてこちらに」

「そっちが先に教えてくださいよ。まあ、炎天下もなんですから、屋根のある所へ行きましょうや」と、石橋は言った。

私は仕方なく先導する二人について行った。紙バッグがますます重くなった気がした。

一〇〇メートルほど歩くと小学校があった。防球フェンスの南の外《はず》れの角地に、白っ茶けた小さな交番があった。私はまたかとうんざりした。

デスクの上には、パトロール中で留守《るす》である旨を書いたプレートが置いてあった。刑事たちは構わず中に入り、ドッカとパイプ椅子に腰かけた。中は殺人的に暑かった。石橋が壁に掛かった扇風機のスイッチを入れた。

「それは何ですか」と、スーツ刑事が私の紙バッグを指差した。

「これはまあ、紙の見本です」私は束見本を二、三冊取り出して開いて見せた。「白紙なのでメモ用紙に使えます。よければ差し上げますよ」

「いやけっこう。我々は何も受け取るわけにはいかないのでね」と言ってスーツは続けた。「どうやってこちらに？」

「どうやって、とは？」私は訊き返した。

スーツはボールペンとコピー用紙をデスクの上に置いた。「電車は何を使いましたか。小田急線だね。ここに書いてください」

「いや、ＪＲですが」

なぜ交通手段を訊き、しかも書かせるのだ。わけがわからなかった。

「まあ、とりあえず書いて」と、石橋。

私は渋々〝湘南新宿ライン小田原行〟と書いた。

「よし」と、スーツ。

「次に、ここは何という地名ですか」

「そりゃあ、平塚じゃないんですか」

「ではそう書いて」

私はまた渋々従った。

「今度は住所を書いてください。番地は要らない」

厚木で事情聴取をした石橋は、既に私の住所を知っているはずだ。なぜわざわざ書かせるのか。私はますます不審に思いながらも〝東京都三鷹市深大寺〟と書いた。

「最後に、そうだな……〝野球〟と書いてください」

「いったい何のゲームですか」

「いいから書いて」

私は渋々書いた。

「そんなところでいいでしょう」と、石橋がスーツに言った。

スーツがコピー用紙を引き取り、私が書いた文字のうち、〝小〟〝野〟〝寺〟〝平塚〟を丸で囲んだ。

次いで、カバンからクリアファイルを取り出した。そこからビニール袋に入った紙を抜き出すと、二人して私が書き込んだコピー用紙と並べて見比べていた。

しばらくして石橋が溜息をつき、呟《つぶや》いた。「やはり違うようですな」

「そうかな……」スーツはまだ不審がっている。

「いったい何なんです？」私は口調を強めて再び訊いた。

スーツがビニール袋をかざして言った。「これはあんたが送ってきた物ということはないかね？」

なぜか石橋が戸を閉めたので再び室内が暑くなった。

「何ですか、それは」

スーツが紙に書かれた文面を読み始めた。「厚木の殺人事件の犯人は、平塚の暁海苑の小野寺《おのでら》苑長です」

何と、犯人を名指ししているではないか。蒲沢がついに痺《しび》れを切らしたのだろうか。〈第二暁海苑〉が引越しをすることになり、急に焦ったのだろうか。

いや、違う。今さらそれはないだろう。ドラマでよく耳にする〝タレコミ〟というやつだろうか。しかし、ではいったい誰が？

私の表情を窺っていた石橋が口を開いた。「さっきあんたが〈第二暁海苑〉の周りをうろうろしているのを見かけたんだが、なぜあそこにいたんだね」

どうやら私は、今度はタレコミの主だと疑われているらしい。厚木の事件の共犯者か、それこそジオラマ告発を繰り返す、蒲沢の正体が私だとでも言いたいのだろうか。的外れにもほどがあるし、しつこ過ぎると思った。私は仕方なくタネ明かしをすることにした。

「あの漁船のジオラマをよく調べたんです。船名が〈第一暁海丸〉になっていました。だから〝暁海〟で検索していて、あの児童養護施設に辿り着きました」

「なるほど」「へえ」二人の刑事が顔を見合わせた。

私の疑いは晴れたのだろうか。

「小野寺というのはどんな人ですか。確かさっき苑長と」と、私は訊いた。

石橋は少し考え込むようにし、意を決したように言った。「小野寺は〈第二暁海苑〉の苑長、つまり責任者だ。児童養護施設のような場所を胡散臭《うさんくさ》がる輩《やから》はどこにでもいる。しかも彼は三十代と、若いらしい。嫌がらせも多いだろう。結局、この手紙もそんなところじゃないのか。ニュースで見た事件と無理やりくっ付けて誹謗《ひぼう》中傷しようとしているのさ。我々は念のため調べているだけだ」

石橋はもはや丁寧語を使う気は無いようだった。そしてタレコミ手紙を取るに足らぬもののように言った。

「私の意見は少し違いますね」と、私は言った。「厚木で遺体を発見する前、グーグルマップのストリートビューで小鮎川付近を見たところ、グリーンのロードスターが写っていたのです。撮影時期は二年前ですが、それが、遺体があるのではないかと思った根拠の一つでした。根拠としてはあまりに弱いので敢えて口には出しませんでした。ところがつい先程、そっくりなロードスターが暁海苑にもあったことを知ったのです。調べればわかりますよね。つまり小野寺苑長らしき人物が、殺人が行われた現場近くにいた可能性があるということです。手紙の内容を裏付けていますよね」

二人の刑事はまた顔を見合わせていた。

私は続けた。「これでその手紙の主を本気で捜す気になりましたか。私は紙鑑定士です。手伝わせてください。ちょっとそれを見せてもらえませんか」

「だめだ」

スーツ刑事が手を出すが早いか、私はデスクの上からビニール袋を引ったくっていた。トランプ捌きで鍛えたスピードだ。

「おい、何をする！」

「まあまあ」と言って、私は胸ポケットからペン型の二五倍マイクロスコープを取り出し、顔の前で構えた。それは紙屋が携行する七つ道具の一つで、ちょっとした顕微《けんび》鏡《きょう》のようなものだ。

証拠品を奪還しようと手を伸ばしていた二人の刑事は、慌てて上体を仰《の》け反《ぞ》らせた。私が吹き矢の類でも出したかと思ったのだろうか。私はビニール袋越しにマイクロスコープで紙を見た。

　道具を使うまでもなかった。ボールペンで短い文面が書かれた紙を光に透かして見たら、細かい〝すの目〟と等間隔に並んだ罫線が見えた。透明感のある白さ、指先に感じるわずかな凹凸。わかった！

　私は声高らかに言った。「この便箋は三菱製紙のステーショナリーペーパー〈スピカレイドボンド〉です」

「スピカレ……？」と、スーツは呆《ほう》けたように繰り返した。

〈スピカレイドボンド〉は紙質の締まった〝ボンド紙〟の一種で、ペン書きに向いているので書簡紙として使われる。さらに透かし文字《ウォーターマーク》を入れることによって品質を保証し、証券用紙などにも用いられる。何と言っても大きな特徴は〝レイド（すの目）〟と呼ばれる縞模様だ。紙を漉《す》く時の〝漉きげた〟の網目が残っているのだ。

　私は紙をかざして言った。「ほら、細かい縞模様が入っています。それと二・五センチごとに太い罫線が見えます。これが〈スピカレイドボンド〉の特徴です。場所によっては〝ＳＰＫＡ〟の透かし文字がはっきりと入っています」

「ふむ。それで？」

　私は観察を続けた。便箋の上端には切り取られた形跡があった。切られた線は横一文字だが、ハサミではなく爪で扱《しご》いてから手で切ったようだ。このことから何がわかるか。私は土生井に倣って推理を論理的に組み立てていくことにした。

便箋の頭が切り取られたということは、そこにあったものを隠したかったのだろう。では何があったのか。レターヘッドに違いない。つまり企業や組織の便箋によく入っているロゴマークなどだ。一方、封筒の方はどこにでもある茶封筒だった。いかにもチグハグだ。宛名はただ〝神奈川県警捜査一課御中〟となっている。

送り主は、どこかの組織や施設——たとえば会社やホテルといった所のレターセットを使ったのはいいが、手掛かりを残したくなかったため、レターヘッドを切り取り、封筒はセットの物ではなくコンビニなどで入手した市販品を使った。そう考えるのが妥当だろう。とにかく慌てていたのだ。

ではどこのレターセットなのか。私は、特殊紙の得意な紙商、株式会社竹尾に問い合わせてみることにした。

同社の営業マンの高橋《たかはし》とは以前の会社の時代に、今朝も訪ねたカドクラ出版と取引きしている、十社の紙商による親睦団体〝カドクラ出版資材調達グループ〟のメンバー同士として付き合いがあった。高橋とは同年代なのと、私以上に熱心に手品に取り組んでいたため、飲み会の席ではよく話が合ったのだ。一緒に余興をやったこともある。

早速電話を掛けてみることにする。スマホを取り出す。

「ちょっとちょっと、どこに掛けようとしている？」とスーツが制した。

「この便箋の出所ですよ。知り合いの紙屋に問い合わせてみます」

「それでわかるのかね？」と、石橋。

「たぶん、八割方は」

刑事たちは半信半疑な顔を見合わせ、黙り込んだ。私は二人の見ている前で高橋のケイタイを呼び出した。相手はすぐに出た。

「渡部です、お世話さまです」

「やあ、渡部ちゃん、お久しぶり。そっちの仕事の方はどう？」と、高橋は相変わらず中性的な口調で言った。声も高い。

「ぼちぼちだよ」

「それはよかった。自然堂の社長令嬢とはヨリ戻したの？　あの巨乳の」

また胸の奥がチリリと痛み、私は言った。「勘弁してよ」

「そうか、ごめんごめん。――で、何の用だった？」

「ちょっと訊きたいんだけど、三菱の〈スピカレイドボンド〉って、どこかの会社の専用レターセット用に卸《おろ》してるかい」

「レターセット？　ああ、封筒とか便箋？……確か二社あったね。ええと、ホテルだったな。――そうだ、〈ＫＡＰＰＡホテル〉と〈東海ＩＮＮ〉だわ」

いずれも全国展開している有名なビジネスホテルのグループだった。

「その二つだけかな」

「確か」

「ありがとう」

私は通話を切り、刑事たちに言った。「〈KAPPAホテル〉と〈東海INN〉にのみ卸しているようです」

「〈KAPPAホテル〉と〈東海INN〉か。確か両方とも平塚駅前にもあったはずだ」と、スーツ。

「封書も平塚郵便局の扱いで速達で送っている。ホテルに陣取って事件の進展を見物しようとしているのか」と、石橋。

「一応、捜査員を回してみようか」

「了解。――渡部さんよ、協力ありがとう」

「ちょっと待ってください」と、私は慌てて言った。「例の飛行機のジオラマについてはどう扱うことになりましたか」

「またその話か……」

「捜査に協力したじゃないですか」私は食い下がった。

「誰かがどこかの飛行機を墜落させようと妄想しているようだ、ということはもちろん覚えている」スーツはそう言ったが、言葉からは熱意が感じられなかった。

「蒲沢が作ったジオラマは、厚木の事件や暁海苑の存在をはっきり示していました。だからあの飛行機の模型が何の関連も無いとは思えません。小野寺かどうかはわかりませんが、暁海苑に殺人者がいて、苑の子供たちもろとも飛行機を墜落させようと考えているとしたらどうでしょう」自分で言いながら急に焦りを覚え始めた。「こんな所でのんびりしていていいんですか！」

「九月十八日だと言ったのはあんただろう」と、スーツ。

「いや、あれは仮定の話であって。現に今〈第二暁海苑〉はもぬけの殻じゃないですか」

「県警が俺たち二人だけだと思うのかい？　もう誰かが成田なり羽田なりに行ってるのさ。こちらは地道に裏取りなんだよ」と、石橋。

「そうでしたか……」私は冷静さを取り戻した。「実は、私が捜している人も飛行機に乗るかも知れないんです」

石橋は宥《なだ》めるように言った。「まあ心配だろうが、あとは警察に任せなさい。この辺で探偵ごっこは終わりだ」

「くれぐれも、よろしくお願いしますね」と、私は念を押すように言った。

21　第一暁海苑

私たちは交番を出て、それぞれ逆方向に歩き出した。西の空に日が傾き始めていた。私は一気に疲れが出て、一刻も早く紙バッグを捨てて帰りたいと考えていた。ゴミ捨て場を探してまた彷徨を再開した。結局〈第二暁海苑〉の近くまで戻って来てしまった。

私はガランとした〈第二暁海苑〉の前に立ち止まり、溶けかけたアスファルトの上に紙バッグを置くと、スマホを出してＬＩＮＥを開いた。晴子とのトークルームにこまでの報告をする。〈第二暁海苑〉が引越しで無人だったこと。近所の玩具店の主人が英令奈と思われる若い女性を見ていること。警察に何者かの密告があり、小野寺苑長という人物が晴子の義父殺しの犯人として名指しされていたこと。私の推理を基に〈ＫＡＰＰＡホテル〉と〈東海ＩＮＮ〉を捜査中であること。

すぐに既読になり、返信が来た。

〔暑いところ、お疲れさまです〕〔やっと英令奈に辿り着いたと思ったのに、引越しとは残念です〕

〔本当に〕〔一足違いでした〕

〔でも、初めて英令奈の足取りがつかめました。ありがとうございます〕

〔小野寺苑長の関係で警察の捜査も進むだろうと思われます。それに、引越し先なら役所で調べがつくだろうし。どうぞ気を落とさずに〕

〔ありがとうございます。土生井さんにも経過を読んでもらいました。警察への手紙、蒲沢さんのようでもあり、そうでないようでもあり、ですね〕

〔そうですね。とりあえず進展を見守るしかないと思います〕

〔では、気を付けてお帰りください。こちらの方は大丈夫です〕

〔ありがとうございます〕

スマホをしまい、両手に紙バッグを持って歩き出した。

それにしても、すっかり晴子に土生井を任せてしまったなあと思う。晴子にしたら、二十近く歳の離れた土生井はむしろ亡き実父に近く、心穏やかになれるのかも知れない。

やがて〈第二暁海苑〉の真裏に着くと、苑の専用ゴミ集積所を見つけた。これで荷物が捨てられるとホッとした。既に様々なゴミが山のように積まれていた。

気になったのは本の束だ。子供が好みそうな絵本やコミックスを始め、文庫本、単行本、雑誌等が判型ごとに紐で括《くく》られて重ねられている。仕事柄、胸が痛くなる光景だ。引越し先に持って行かないのだろうか。もしかすると現地で新たに買い揃えるのかも知れない。さらに目を移すと、段ボール箱の中に大量の靴が捨てられていた。どれも傷みはひどくない。さすがに普通これは持って行くのではないだろうか。嫌な予感が増す。

ゴミの山の中央に〝かまくら〟の入口のようにポッカリと開いた空間を見つけ、二つの紙バッグを滑り込ませようとした。ところがその空間のど真ん中に白い大きな物があるのに気が付いた。仕事柄、白い物には反応しがちだが、これは誰でも気に留めるだろう。手を伸ばしてその白い物体を引っ張り出した。捨てられた本の束を平らに均《なら》してその上に置く。

建築模型のようだった。B全、つまり横幅一メートルほどの大きさで、面積の三分の一は五階建ての立派な建物が占めており、残りの三分の二は植込みと広場になっていた。材料はケント紙が使われていた。屋上中央に天守閣のような構造物があり、まるで城のように見えた。〝紙の城〟だ。

土台部分にタイトルが書かれていた。

『1／100縮尺　第一暁海苑　完成予想模型　201X年12月4日制作』

〝第一〟暁海苑だって？　どういうことだろう。制作日は少し前だ。模型を眺めているうちに、私はもう一つ妙なことに気が付いた。広場の真ん中に長方形の切れ込みがある。ペンを取り出して、先端を切れ込みの縁に引っ掛けて撥《は》ね上《あ》げた。

慄然《りつぜん》とした。

そこには小型ペンケースほどの長方形の窪みがあり、内部には二十体ほどの小さな人形が、まるで中国の兵馬俑《へいばよう》のように並んで立っているではないか。

混乱した。これは何を意味しているのだろう。単にふざけているのか。だが〝黄橋〟の例に当てはめれば、それらは遺体ということになる。二十体もの遺体が、立ったまま土に埋められているのだ。

児童養護施設の庭に遺体の列。背筋が凍った。私は思わず、汚らわしい物から離れるように後ろへ飛《と》び退《すさ》った。

だが気を取り直してもう一度歩み寄った。これは確かな証拠品だ。私は抱え上げて歩き出したが、思いとどまって戻った。重量はともかく、持ち運ぶにはかさばり過ぎる。だいたい、どうやってラッシュアワーの電車に乗るのだ。私は模型を再びゴミの山に置くと、スマホを取り出して各アングルからの写真を撮った。

このことも警察に知らせなければ。サイフから石橋刑事の名刺を取り出し、捜査課に電話を掛けた。移動中なのはもちろんわかっていた。果たして不在とのことで、伝言を求められた。私は折り返し自分のスマホに連絡をくれるよう頼んだ。

LINEを再び開き、土生井と晴子のトークルームに、今撮った画像を片端からアップした。次いでメッセージ。
〔度々すみません〕〔これはさっき第二暁海苑のゴミ捨て場で発見した建築模型です〕
〔新しい暁海苑らしいのですが、庭に人形が埋められていました。これまでの模型とは素材が違いますが、人形を隠す手法が蒲沢のやり方と同じです。やはり蒲沢はここにいたんだと思います〕
すぐに〝既読〟となった。そして晴子からメッセージ。
〔土生井さんと一緒に画像を見ました〕〔この模型はミニチュアハウスやディオラマとは性格が違うので、先程の小野寺苑長なる人物が建築設計事務所に発注した物を、蒲沢さんが部分的に改造したんだろうと言っています〕
いつの間にか晴子も〝ディオラマ〟と言っている。
〔土生井さんは、飛行機と建築模型は密接な関係があると言っています〕
〔どういうことでしょう〕
〔イコールだそうです〕
〔？〕
しばらく待つ。
〔あの旅客機のディオラマは、垂直尾翼部分にデカールという水転写式シールが貼っ

てあります。フォントの感じからして航空会社のＡＮＡのようなんですが、頭のＡのみ残してあとは剝がしているとのことです〕
私はその後を継いだ。
〔つまり暁海苑の「Ａ」を表している？〕
〔さすがですね。そのとおりだそうです〕
〔それだと予想したとおり飛行機に暁海苑の子供たちが乗せられているということになりますが、しかしそれと穴が掘られた第一暁海苑の模型がイコールというのはどういう意味なんですか？〕
書いてから私は突然閃いた。
〔あ、飛行機を暁海苑の庭に落とすということですか！〕
〔土生井さんは、小野寺という人は９１１テロの犯人たちと違ってパイロットの訓練を受けているとは思えないので、そんな正確に落とせるわけはないとのことです〕
私は宙に向かって頷いた。
〔ごもっともです〕
〔これまで蒲沢さんが葉田さんの所に送ったディオラマは常に何かの暗号でした。単に「Ａ」が暁海苑を表しているというだけではないはず〕〔飛行機に乗った子供たちが何らかの酷い目に遭った結果、庭の遺体になったということではないかと〕

〔そう考えると、普通に墜落しているわけではないかも知れないですね〕
〔もし墜落なら、いくら時間が無かったとはいえ、せめてもう少し壊れた表現をするはずです〕〔なのに、あのディオラマでは飛行機の機首が地面に、まるで豆腐に箸を突き立てたように綺麗に刺さっていました〕
だんだん晴子自身が語っているような錯覚に陥ってきた。
〔確かに土生井さんの言うとおりです〕
〔ちょっと待ってください〕〔土生井さんが何か閃いたようです〕
私は待った。やがてメッセージが来た。
〔今、土生井さんは飛行機の画像を逆さまにして見ています。渡部さんもそうしてください、とのことです〕
私は言われたとおり、アップロードした飛行機の画像まで遡《さかのぼ》り、逆さまにして見た。発泡スチロール、いやスタイロフォームの下に飛行機がぶら下がる格好になった。
つまり飛行機の機体が、何かの下に潜っているように見える。よし、わかった！
〔つまり海に落とすんですか？〕
〔違う〕〔だそうです〕
即座に否定された。私は焦《じ》れながら次の書き込みを待った。
〔悲しいことにわたしたちは飛行機と言えば墜落するものというイメージを持ってい

ますね〕〔が、そもそも飛行機ではないかも知れないとのことです〕

飛行機ではない？　言われてみれば、確かにこれまでの作品も見たままの物を表しているわけではなかった。

〔前にも言ったように飛行機はエアバスＡ３２０です。つまり、「バス」そのものを表しているのではないかとのことです〕

つまり、あの飛行機は〝暁海苑の子供たちが乗ったバス〟だと言うのか。だが飛行機の機種を知らないと辿り着けない答えだ。暗号としては少々難解である。たぶん告発者はニュースを見て、先に葉田に送った〝黄橋〟が解読されたことを知ったのだ。葉田の傍《そば》に、勘と推理力の働く協力者がついていると察したのだろう。ならば多少難解でも問題無しと踏んだのかも知れない。私は同意した。

〔確かにそうかも知れませんね〕

〔土生井さんは、スタイロフォームの下にあるということは、つまり地面の下にあることを意味しているのではないかと言っています。ということは、バスごと地面に埋められていることを示しているのではないかと〕

地面の下に？　なるほど飛行機だと難しいが、バスなら不可能ではない。建築模型の庭にあった細長い穴に整然と並んだ人形――言われてみればバスが埋まっているように思えてきた。

私は想像してみた。予《あらかじ》めスロープを形成しながらバスの体積分の穴を掘っておき、さながら地下駐車場に駐車するごとくバスを中に納める。そして埋め戻す。
〔なるほど、不可能ではないですね〕
〔どうしましょう。もしそうなら、英令奈も埋められてしまいます〕〔しかも時間がありません〕
〔時間が無いとはどういうことですか?〕
〔逆さまにした画像の数字をよく見てください!〕
私は再び飛行機の画像を注視した。
愕然とした。
スタイロフォームに書かれていた〝918〟の文字が、逆さまにすることで〝816〟に変わっていたではないか。
八月十六日——つまり今日だ!
逆さまにした状態が正しいのは、こちらの方が文字が整っていることが物語っていた。最初から〝816〟だったのだ。とんだ早とちりだった。
〔私にもわかりました〕〔まずいです〕
背中の真ん中を冷や汗が一筋流れた。こうしてはいられない。私は弾かれたように駅に向かって駆け出していた。まだ一カ月の猶予があると思って油断していた。結果論とはいえ、のこのこ平塚まで来ている場合ではなかったのだ。
しばらく走ったが熱気で肺が熱くなりスローダウン。気を取り直してメッセージを送る。
〔しかし〕〔何が目的なんでしょうか〕
〔それはまだわからないそうです〕
〔警察にバスを追跡してもらいましょう〕
〔バスの手掛かりはあるんでしょうか〕
私は考えた。
〔観光バスをチャーターしているなら、旅行会社に当たってもらえばいいのでは〕
〔土生井さんによれば、たぶん、足がつくからチャーターはしていないはずだということです〕〔バス会社のバスを地面に埋めるわけにはいかないでしょう〕
〔すると、自家用バス？〕
〔たぶんそうではないかと。でも、「暁海苑」の文字はたぶん書いてないと思います。土生井さんは、今回のために足のつきにくい中古車をどこかで買ったのではないかと言っています。警察でも簡単には見つけられないのではないかと〕
私は何も考えられなくなった。土生井も同じくお手上げなのだろうか、メッセージが止まった。

数分してやっと次のメッセージが来た。
〔土生井さんの提案ですが、目的地に先回りしよう、とのことです〕
〔第一暁海苑の場所がわかるというんですか?〕
〔漁船のディオラマを思い出してみてください〕
〔女川ですね〕
〔イメージは女川ですが、津波の被害を受けた東北の海岸線全般を指しているかも知れないんだそうです〕
〔東北であることは間違いないですか?〕
〔苗字ランキングのアプリで調べたところ、小野寺という苗字は東北に多いから、可能性は高いだろうということです〕
〔では、私は早速東北方面に向かう手だてを考えます〕〔なんとしても英令奈さんを助けます〕
〔お願いします〕〔土生井さんとわたしは手掛かり探しのためこれから調べ物をします〕〔なのでいったんLINEを切ります〕
〔了解です〕
私はLINEを閉じ、再び厚木署に電話を掛けた。依然、刑事二人は不在で、今度も電話係が伝言を受け付けると言う。私は土生井の推理をかいつまんで話した。探すのは飛行機ではなくバスだということ、実行は九月十八日ではなく本日八月十六日だということ等々。

どこまで伝わるかはわからないが、とにかく話した。

そして駅への道を急いだ。

ホームで電車を待っていると、スマホのLINEが着信した。

〔わたしの方でルート案内で調べたところ、仮に目的地が女川だとした場合、平塚から在来線と新幹線で最短5時間7分です。車だと6時間14分〕〔バスが出発したのが3、4時間前なので、電車で追いかけても間に合いません。どうしましょう〕

〔警察には伝言しておきました〕〔現地とうまく連携してくれればいいんですが〕

〔あとは車道が混んでいるといいのですが〕〔それか、どこかに立ち寄ってくれればいいのにと思います〕

そのメッセージを見て私は思い出した。そうだ、玩具店の女店主は、ディズニーランドに行くと言った子がいたと話していた。

小野寺から、死ぬ前にせめて楽しい思いをさせてやろうという仏心でも出たのかも知れない。その線を信じるか。うまくすれば半日は稼げることになる。それを伝えておく。

〔思い出しました。子供たちがディズニーランドに立ち寄るという情報があります〕
〔本当ですか！〕
〔はい〕〔私はとにかく東京に向かい、新幹線を捕まえます〕
〔よろしくお願いします〕〔まだ東京行きは来ないですか？〕
〔あと5分ほどです〕〔土生井さんは何か言ってますか？〕
しばらくして長めの返信がきた。
〔あの漁船に第一暁海丸と書かれていましたね。それを基に児童養護施設である第二暁海苑を探し当てました。ということは、順番からして第一と名の付く、もしくは第一に相当する暁海苑が以前から存在した可能性があるとのことです。ディオラマの漁船が津波被害を表現しているのは、第一暁海苑が津波に壊されてしまったことを示しているのではないか。だから今、新たに建物を建築しているのではないかと言っています〕
そこで私はあの女店主の話をもう一つ思い出していた。小野寺たちが以前にいた所が何らかの災害に遭ったということだった。それは土生井の見立てを裏付けている。
〔なるほど、それでわざわざ「第一」なんですね〕〔しかし困りました。ネットで検索しても情報がなく、なかなか場所が特定できない〕
〔土生井さんは、必ず手掛かりが見つかるはずだと言っています〕

〔頼りにしていますと伝えてください〕〔それにしてもなぜ、苑の庭に穴を開けて人を埋めるんでしょうかね……〕

〔本厚木では生き埋めでした。今回もそうでしょうか〕〔もし生き埋めなら惨《むご》い。義父と違って、何の落ち度もない子供たちですからね〕〔もちろん英令奈も〕

〔そうですね。なんとしても止めなければ〕〔絶対に英令奈さんを助けます〕

その時、電車がホームに滑り込んできた。

22　東北へ

東海道本線の高崎《たかさき》行に乗り、座席に座る。しばらくするとＬＩＮＥが着信した。こっちは晴子とのトークルームだ。
〔わたしも改めて小野寺という姓を調べてみました。発祥は栃木ですが、岩手県、宮城県に多い姓らしいです。やはり東北で暁海苑を営んでいたという可能性がありますね〕
〔すると、岩手まで範囲が広がりますか〕
〔その可能性はあります〕〔もう少し時間をください〕
〔了解です〕
しばらくすると長文が来た。
〔それから、「黄橋」のタイトルプレートにある「６１２」、６月12日についても厚木周辺のニュースを調べてみました。やはりこれも災害がらみでしたよ。今年のその日は梅雨《つゆ》時の豪雨で小鮎川が増水し、古い橋がずいぶん流されたらしいです。ところが義父が埋められていた黄橋だけはなぜか流されなかった。もちろん遺体もそのまま残ったんでしょう。土生井さんに話したら、「まるで人柱だ」と言っていました〕

〔人柱ですか〕〔でもただの迷信でしょう〕

また少し待つ。

〔そのようですね。わたしは「人柱」という概念自体ぼんやりとしか知りませんでした〕〔ネットで調べたところ、大規模建造物を災害や戦争による破壊から守るおまじないのようなものだとあります〕〔蒲沢さんの友人にお城マニアがいるそうですが、それは小野寺という人のことではないでしょうか。土生井さんによれば、松江城《まつえじょう》を筆頭に各地のお城には人柱伝説が付き物だということです。だからもともと人柱に対して思い入れが強かったのかも知れません。残酷なことに、人柱は生き埋めが基本だそうですね。義父はたまたまそうなったようですが、それが効いて黄橋が流されなかったんだと思い込んだのではないか、と土生井さんは言っています〕

確かにあのミニチュアハウス作家の葉田は、蒲沢が城マニアの友達のために城の模型を作っていると言っていた。それが小野寺のことなのか。そして模型を使って彼の殺人を告発し続けた。さらに土生井は、小野寺が〃人柱〃に執着しているのだと言う。逆さまになった飛行機模型、庭に人形が埋まった建築模型、流されなかった橋、それに城の話……確かに材料は多いが、それでも土生井の想像でしかない。飛躍が過ぎるのではないか。

私は正直に言った。

〔どうも人柱は考え過ぎな気がしますが……〕
少し間が空いてから返信。
〔私もそう思っていたのですが、土生井さんが建築模型の画像を見ているうちにある物を見つけました。模型の下の本の束の中にあった『神に食われる人々──人身御供《ひとみごくう》の民俗学』と、一部しか見えていませんが『生贄《いけにえ》と人××』の2冊の本です。それが決め手になりました〕
私は急いで画像を確かめた。本当だった。言われた二冊の背表紙が見えている。
晴子のメッセージが続いた。
〔特に後者です。渡部さんもキーワード検索してみてください〕
やってみた。いくつかヒットする中に『生贄と人柱の話』という書籍があった。画像検索してみると、カバーのデザインが、捨てられていた本と同じだった。
〔まさに人柱、ですね〕
〔はい〕
いずれもタイトルからして人柱＝人身御供に関する研究書なのは間違いない。たぶん小野寺はこれらを読んでいた。それも学究的目的ではない。私は改めて戦慄した。
土生井の不吉な想像がはっきりと現実に近付いた。
〔驚きました〕〔ということは今回も？〕

〔はい。土生井さんによれば、小野寺という人は新しい暁海苑でも昔のお城のように「人柱」をやろうとしているんではないかとのことです。だからまた生き埋めにするつもりだと〕〔たぶん子供たちや英令奈を睡眠薬で眠らせるかしてバスごと埋めるんだと思います〕

〔無茶なことを！〕〔でも何のために？〕

〔たぶん、今度津波が来ても大丈夫なようにです〕

津波の被害を回避するために〝人柱〟を立てるだって？　人を助けるために人を犠牲にするというのか。いや、人ではなく建物の方が大切なのか。いずれにしても不条理だ。それ以前に非科学的だ。津波の威力が人智をはるかに超えていたとしても、最初から人智を放棄した方法で対抗しようという発想はまともではない。それでは狂人だ。狂人の愚かな思いつきで、大勢の罪もない人々の命が失われようとしているのか。

晴子はこの〝見通し〟を淡々と伝えてきたが、内心は気が気ではないだろう。察するに余りある。同時に私は、告発者である蒲沢の心境にも思いを馳《は》せた。今も表向きは平静を装って小野寺と行動を共にしているのだろうか。

〔馬鹿げてます〕〔狂ってますね〕

〔わたしもそう思います〕

〔なんとしても阻止しないと〕

〔わたしと土生井さんで場所の特定を急ぎます。海沿いなのは間違いないと思います〕
〔よろしくお願いします〕

午後三時前、私はやっと東京駅に到着した。構内は異常な数の客でごった返していた。盆休み明けなのを忘れていた。新幹線の席は空いているのだろうか。いや、席が無ければ立っていくだけだ。

人を掻き分け、新幹線乗り場へ急ぐ。掲示板を見て時間を確認しようとしたら、東北方面行が軒並み〝運転見合わせ〟とある。改札近くのホワイトボードに紙が貼られていた。

『お知らせ　東北新幹線は車両点検のため、東京－盛岡間の列車の運転を見合わせています。』

何ということだ！　こんな時に！

全身から冷や汗が噴き出した。

私は客らに詰め寄られている駅員に近付いて状況を聴き取った。どうも仙台《せんだい》付近で車両から白煙が出たとのことで、原因を調べているため当分動かないとのことらしい。

どうしようもなかった。私はスマホを出して〝乗換えアプリ〟を開いた。他の経路を調べる。

仙台行きの高速バスがあった。東京駅発は三時便がもう出てしまった。残るは新宿発のみで、出発時間は三時二〇分と五時二〇分。三時台はすぐ動いてギリギリ乗れるかどうか。

しかし乗れたとして、所要時間は五時間五〇分ほど。到着は夜九時過ぎだ。そこからまた活動したとして宵闇の中で手探りになる。さらに五時台のバスだと到着は夜一一時になってしまう。

もしそれ以前に新幹線が復旧すれば、仙台までなら二時間足らずで着く。なんとか小野寺より先回りできるかも知れない。どちらを選ぶか悩ましいところだった。

ひとまず状況を晴子たちにLINEで報告しておくことにした。

〔今、東京駅なんですが、新幹線が止まっています〕〔高速バスに切り換えようかと思っています〕

〔便はあるんでしょうか?〕

〔電車をうまく乗り継げれば、新宿3時20分というのがギリギリ間に合いそうです〕

〔無理はしないでくださいね。渡部さんの方が危ないことになってしまいますから〕

〔ご心配ありがとうございます〕〔すると次は新宿で5時台です〕

〔とりあえず新宿までの移動時間ぎりぎりまで待って、新幹線が動けばそれでよし。だめそうならバスという形ですね〕
〔それしかないようですね。仙台には11時着ですよ。そこからのことを考えると焦ります〕
〔ご面倒かけてすみません〕〔土生井さんによれば、明るいうちは人目があるので、何か事を起こすとすれば日が落ちてからだろうから、慌てないようにとのことです〕
〔あと、土生井さんの方で何か発見があったようです。後ほどまたお知らせします〕
私は了解してLINEを閉じた。土生井の〝発見〟とは何だろうか。
とにかく移動は四時半頃まで待つことになった。いてもたってもいられない気分だが、闇雲に動いても仕方ないので構内の喫茶店に入って連絡にそなえた。
入口近くの席に座り、熱いブラックコーヒーを啜って気持ちを落ち着かせる。強張っていた神経が弛緩《しかん》するような気がした。時折、スマホで新幹線の運行情報を確認する。
ふと店内に掛かったテレビモニターが目に入った。ニュースをやっていて、見覚えのある駅の風景が一瞬見えた。音量を下げてあったので、私はモニターに近付いた。
『――今日昼過ぎ、神奈川県のJR平塚駅の近くにあるKAPPAホテルで、男性が倒れているとの通報があり、警察官が駆けつけたところ、ホテルの客室で三十代男性の遺体が見つかりました。男性の首には尖った物で刺されたような傷があり、死因は失血死とみられています。所持品からこの男性は、福岡県の興信所に勤務していたとのことです。神奈川県警察本部は殺人事件とみており、最初に通報したとされる男性を重要参考人として捜しています』

〈KAPPAホテル〉だって？　小野寺に関する手紙を送り付けた人物がいたと思われるホテルではないか。もしかしたらその人物が殺されたのかも知れない。いや、私はそう確信した。たぶん小野寺の秘密をいろいろ知っていたのだろう。それで揉め事になり、殺されたのかも知れない。小野寺は人の命を奪うことなど平気なのだ。早く止めなければ。

それにしても〝最初の通報者〟というのは私のことだろうか。重要参考人だというが、まだ私に訊きたいことでもあるのだろうか。それとも、また私は疑われているのだろうか。だとしたら犯行時刻のアリバイを証明しなくてはならない。と言ってこんな時にバカ正直に名乗り出て、あの死ぬほど長い事情聴取に捕まっているわけにはいかない。とにかく今は一刻も早く東北へ行かなくてはならないのだ。

スマホが着信した。晴子のＬＩＮＥか？　画面を見ると見知らぬ電話の番号だった。

出てみる。

「渡部さんかね」聴き覚えのある男の声だった。「――厚木の石橋だが」

石橋刑事だった。

「ああっ、石橋さん。伝言聞いてもらいましたか」

私の質問には答えず、石橋は言った。「あんた、また捜されてるよ」

「たった今ニュースを見ました。犯人は小野寺でしょう。それで例の飛行機の話は実はバスのことで、今日実行されるんです。すぐに東北の警察に手配してください」

「……東北ったって、どこだ。東北は広いぞ」石橋は泰然と言った。

「引越し先を役所で調べてもらえばわかるのでは？」

「もう全国を調べたが、登録は無かったよ。飛行機の方も結局は無駄足だった。バスの話にしたって想像でしかない。もう我々は不確定なことでは動かないよ。それより目の前のコロシが重要だ」

「だからそれは小野寺が――」

「そうかも知れない……。だが、一方で本気であんたを疑って動き出している者もいる」

「そんなバカな！」

「納得がいかないだろうが、警察とはそういうものだ。――あんた、まだ探偵ごっこを続けているのなら気を付けろ。俺からはそれしか言えない」

石橋は一方的に通話を切った。

気を付けろと言われても……。もしや、また尾行でもされているのだろうか。そして号令が一つ出ればいきなり取り囲まれて警察に連行されるのだろうか。だとしたらこうしてはいられない、すぐに移動だ。

第三の手段として、レンタカーを考えた。自分で運転して行くのだ。私はすぐにスマホで東京駅周辺のレンタカー店を検索した。ところが数件ヒットしたものの、空きがまったく無かった。こちらもまだ盆の余波が続いていたのだ。

となると最後の手段はタクシーか。しかし当然ながら料金がとてつもないことになる。以前の会社の上司が三島《みしま》の自宅までタクシーで帰ったら、四万円余り掛かったという。仮に仙台までの距離にしたらおそらく二倍以上だ。だが人命には代えられない。

私は八重洲《やえす》口を走り出した。

外のタクシー乗り場に着いたが、ここも大勢の客が長蛇《ちょうだ》の列を作っていた。私は焦っていたが、とにかく並ぶしかなかった。車はなかなか来ず、列は一向に前に進まない。

ふとデジャヴを覚えた。以前に何回もここへ走った記憶がある。思い出したのは、またしても真理子のことだ。

会社にいた頃。酒席の帰り。私はよく真理子を築地《つきじ》の自宅まで送り届けたものだった。自然堂は江戸時代から続く老舗《しにせ》の商家で、旧本店は住居を兼ねており、建物は古いが実に豪奢《ごうしゃ》だった。深夜でも家政婦が迎えに出て来たのを覚えている。

真理子か……どうしてもやりたくなかったが、こうなれば本当に最後の手段だ。真理子に電話をして車を借りよう。今日あたりはもう盆明けで出社しているだろうが、家政婦に伝言をしておいてもらえば、キーと車を受け取ることができる。そして自分で運転して東北へ向かうのだ。そうだ、その方がいざという時にタクシーよりも無理が利く。もし、真理子が昔の男、いや元同僚に車を貸す気があればの話だが。

私はスマホの電話帳から真理子の番号を呼び出した。まだ消していないとは、私もつくづく未練がましいと思った。仕事中のはずの時間だが、構わず掛けてみる。予想どおり留守電に切り替わった。

「久しぶり、渡部です。緊急の用件で電話しました。折り返してもらえると助かります」

私は待った。

なかなか掛かってこない。むろん一年以上も連絡を取っていないのだから、そう簡単に返してくれるとも思えなかった。

と、やっと着信。急いで見れば真理子ではなく、晴子のＬＩＮＥだった。

〔新幹線はまだ動かないですか?〕
〔まったく動きそうにないです〕
少し待たされる。
〔小野寺という人物の過去を調べてみました。でもフェイスブックや何かにプロフィールが出ていたりはしませんでした。ところが、ある新聞記事を見つけました。本人ではなく、お父さんの小野寺隆《たかし》という人の方ですが。小野寺姓は多いけれど、児童養護施設経営と書き添えられていたから、この人が先代ということではないでしょうか。津波の時に施設が壊滅して、子供たちは全員死亡してしまった。この人は息子と共に救出されて、気仙沼《けせんぬま》市の仮設住宅に住んでいたらしいのですが、間もなく亡くなったということです〕
〔亡くなった?〕〔怪我の後遺症とかですか?〕
〔「心労から自殺したと見られるが、警察は他殺の線でも捜査を進めている」と書かれています。何か怪しいですね〕
〔確かに〕
〔なのでさらに調べたら、あるゴシップ誌の電子版記事が見つかりました。警察は当時、息子を疑ったけれど証拠不十分で逮捕できなかった、というような話が出ていました〕〔土生井さんも息子が怪しいと言っています〕

〔息子が親父をあやめたと？　しかしそれはなぜですか？〕〔わかりません〕〔とにかく、昔の暁海苑の場所が気仙沼の近くではないかということです〕

〔実は、そこに行くのは車にしようかと思いまして〕

〔タクシーですか？〕

〔いえ、ちょっとアテがありまして〕

〔そうですか。よかったです！〕〔でもくれぐれも気をつけてください〕〔こちらは引き続き調べます。もっと詳しい位置がわかったらご連絡します〕

〔お願いします〕

ＬＩＮＥを閉じると、着信履歴が一件入っていた。相手は待ちわびた真理子だった。すぐに折り返す。掛けた瞬間、真理子が出た。

「久しぶりね、渡部君……もう一生電話をくれないのかと思っていたわ」

低くて柔らかい、懐かしい声だった。そして未だに私を君付けで呼んだ。

〝本当はそのつもりだった〟という言葉は呑み込んで答えた。「そんなことはない」

「それで、急な用件て？」

「いきなりで申し訳ないんだけど、車を貸してくれないか。今、東京駅の八重洲口にいるんだけど、急いで移動しなけりゃならないのに、電車が止まってる」

「なあんだ、車の話なの？　タクシーは？」

「タクシーは嫌いなんだ」面倒なのでそう答えた。

「そうだったかしら」

「ここから君の家は近かったはず。これから行くので、車を貸してくれないか。このお礼はする」そうは言ったが、私が与えられる物を真理子が持っていないわけがなかった。

「あら。美智《みさと》さんをアテにしているのなら無理よ。今日は夏風邪で病欠。軽くても休みなさいって、あたしが言ったの」

美智さんというのは家政婦のことだ。ついていなかった。

「じゃあ、お母さんは？」

「両親はバカンス。――ついでに言っとくと、庭の灯籠《とうろう》に非常時のための鍵が隠してあるなんてマンガみたいなことはないわよ」

実はマンガみたいなことがあると思っていた。万事休すだ。一大決心で真理子を頼ったのだが、無駄に終わってしまった。しかも一年以上ぶりの男からの頼み事というのが、世にも情けない〝車を貸してくれ〟だ。私は無駄にプライドを削っただけだった。

「そうか……つまらないことを頼んだ。忘れてくれ」

「……三〇分、いえ、二〇分待てる?」そう言う真理子の息遣いが急に荒くなってきた。

走り出したのだ。そして私に待てと言っている。真理子に何か考えがあるのだろうか。私は恥ずかしげもなく再び期待感を抱いていた。

「——まあ、そのくらいなら。しかしどうするんだ」私は声を抑えて訊いた。

「車のことなら大丈夫。八重洲口にいてね。今行くから」そう言って一方的に電話は切れた。

私は真理子の言葉を頭の中で反芻していた。これから来る? 市谷《いちがや》の会社を抜け出して車を取って来るというのか。あの赤のレクサスを。しかも二〇分で。

私は列から離れ、乗り場の横のベンチに座った。

23　真理子

「お宅さん」

背後から声をかけられた。どうやら私のことらしい。振り返ると、それぞれ鼠色《ねずみ》の濃淡というスーツを着た二人組が立っていた。背の高い男とずんぐりした男だ。

「お宅さん、渡部さん？」

ピンときた。石橋の話していた刑事だろう。しかし思ったより早かった。平塚駅で電車待ちをしている時から尾行してきたのか。いや、あの時点ではまだ〈ＫＡＰＰＡホテル〉の捜査は進んでいなかったはずだ。すると、連絡を受けて近場の警察が動いたのか。だがここは都内だ、神奈川県警の人間がそんなにいるとは思えない。やはりずっと〝行確〟が続いていたとしか思えない。スーツの刑事は誤魔化したのだ。ここで捕まったらどれだけ無駄な時間を取られるかわからない。それこそ容疑者扱いならただではすまないだろう。何かを言ってもまともに取り扱ってくれる気がしない。

「違います」と、私はとぼけて立ち上がった。ゆっくりその場を離れる。

二人組も何やら囁《ささや》き合いながらゆっくりついて来た。私は再び八重洲口に戻る格好になった。

左手にエレベーターが見えた。ドアが閉まりかけている。私はとっさに駆け出し、エレベーターに飛び込んだ。ドアの隙間から二人組が慌てて駆け寄ってくるのが見えた。

二階に着き、ドアが開いた。目の前に広いペデストリアンデッキが延びていた。私はエレベーターを飛び出した。すぐ頭上には船の帆のような雄大な屋根が張り出していて目を見張ったが、のんびり眺めている暇は無かった。デッキを南方向に走り出す。

前方左手にエスカレーターがあった。そこへ向かうと、先程の二人組が昇って来るところだった。私は慌ててデッキを引き返した。

駅ビルへの入口が見え、思わず走り込んだ。しかし八重洲口から離れることになってしまった。飲食店街を走り抜ける。危うく人とぶつかりそうになる。勢い二人組から逃れようとして、どんどん奥に入り込んでしまう。いけない。真理子が到着した時にその場にいないとならない。まさかとは思うが、からかわれたと誤解されて帰られては困る。とにかく地上へ戻らねば。

非常用の内階段があった。重い鉄扉を開けて滑り込む。そこはいわば閉鎖空間になっていた。一階まで駆け下りる。しかし開けるのは躊躇《ためら》われた。ここで少し時間を稼いだ方がいいだろう。外の喧噪が微かに漏れ聞こえてくる中、じっと待った。

突然スマホが鳴り、跳び上がった。見ると真理子からの電話だった。声を潜めて出る。「もしもし」

「今、桜田門よ。車に乗ってる」

桜田門と聞いて一瞬ひやりとしたが、警視庁は関係無い。私は過敏になっているようだ。たぶん真理子は内堀通りを走行中なのだろう。思ったよりも早い。助かる。どうやら自宅へ取りに戻ったのではないらしい。

「お疲れさま」と、私は答えた。

「ちょっと混んでるけど、あと五分くらいね」

「通話して大丈夫なのか」

「もちろんヘッドセットをしてるわ」

「そうか。もしかして乗ってるのは社用車かい」

「うーん、半分かしらね」真理子は意味深に答えた。

「こちらは今ちょっと奥まった所にいる。もし八重洲口におれの姿が見えなくてもすぐには帰らないでもらえないだろうか」

「もちろんよ。――そうね、大丸に入って時間を潰しているわ」

駅の隣の大丸東京店のことだろう。真理子ならやりかねない。

「それは困る」

「冗談よ。今、日比谷の交差点を左折したところ」

その時、上の階で扉が開く音がした。誰かが階段を降りてくる。やはりここに長居はできそうにない。

「すまない。もう切るよ」

薄くドアを開けて様子を窺ってから外に出る。雑踏《ざっとう》を掻き分け、再び八重洲口へ。慎重に辺りを確認しながら先程のタクシー乗り場へ戻る。

その時、銀座の方向から妙に甲高《かんだか》いエンジン音が聞こえてきた。注視していると、一台の真っ赤なスーパーカーが鋭角的に曲がり、お構い無しにタクシーの車寄せに突っ込んで来た。タクシーたちが次々にクラクションを鳴らして抗議する。

車は初めて見るが、直感的にそれが真理子だと私は思った。

「おい、待て！」と、スーパーカーに怒声を浴びせる者すらいる。

「おい、渡部！」別の人間が私の名を呼んだ。

声をかけられたのはスーパーカーではなく、私の方だった。振り向くと、あの二人組が血相を変え、真っ直ぐこちらへ走って来るのが見えた。

私は赤いスーパーカーに向かって駆け出した。そばに近寄ると、思った以上に車高が低く跨《また》ぎ越えそうな気がした。鼻先が少しギザギザしており、その上には黒地に金色の牛のエンブレムが見えた。

左側のウィンドウが音も無くすうっと開くと、ショートボブの女の頭が現れた。薄茶色のサングラスを白い額の上にずり上げた。

やはり真理子だった。

「乗って！」

「助かる」

私は小走りに車の右側に回った。が、ドアの開け方がわからない。男たちが迫る。真理子がこちら側のウィンドウを開けて言った。「出っ張りの下に手を入れてから上に上げて」

言うとおりにしたら、ドアが楽々と跳ね上がった。素早く潜《くぐ》って助手席に滑り込む。まるで地べたに直に座った気がした。

ドアを下ろす時に、美容師の杏璃からもらったサイフのチェーンが挟まり、慌てて引っ張った。ジャラジャラと耳障りな音がした。

「OKだ」

「それじゃ、出るわよ！」

ガフォンガフォン！と独特な排気音を立てながら、スーパーカーはロータリーを飛び出した。

狭いリアウィンドウから後ろを見ると、男たちが地団太踏んでいるのが見えた。

「あの人たち渡部君を呼んでたみたいだけど、お友達?」と、バックミラーを横目で見ながら真理子は訊いた。

「そう見えたかい?」と、私は訊き返す。

「まあ、見えないわね」

「――これ、ランボルギーニかい?」

「ええ。〈アヴェンタドール〉よ」そう言って真理子は付け加えた。「渡部君、こういうの好きでしょ」

好きでしょと言われましても。

「……アベンタドール?」

真理子は下唇を嚙みながら発音した。「ヴェ!」

「ア〝ヴェ〟ンタドールね。――おれはレクサスを借りようと思ってたんだが」

「あれはとっくに売っちゃったわ」

私は車内を眺めた。何もかもが鋭角的だった。二人の席の間に大きな逆三角形のユニットがあり、表面にたくさんのスイッチ類が貼り付いていた。中央には昔のボードゲームのコマのような赤い物があり、上の方にはA5判サイズのモニターがあった。丸いハンドル以外はどれが何だか皆目見当がつかない。

「おれはこれを運転できないぜ」

「あたしがするに決まってるじゃない」

私は真理子をまじまじと見つめた。アヴェンタドールと同じ真っ赤なワンピースを着ていた。細くて黒いベルトをしている。内装にも赤と黒が使われているため、溶け込んで見える。

「会社は？——まだ定時前だ」

「別にいいのよ。で、どこへ行く？」

「それが……」私は一瞬言い淀んでから言った。「気仙沼の方なんだが」

「えっ」真理子が私を振り向いた。

「すまない。遠過ぎるよな」

「ちょっと驚いたけど、全然いいわよ」

「——もしかして、これで通勤してるのかい」

「そうよ」

「派手だな」

「そうね」

「燃費も悪いんだろ？」

「うるさいわね」そう言った真理子は、しかし楽しそうだった。「江戸橋《えどばし》から上に乗るわよ」

「よろしく」

車が首都高のランプをするすると上り始めた。本線に合流するも、既にかなり混み始めていた。それでも上り車線の比ではない。そちらはUターンラッシュで、ギッシリ詰まった車の列が前に進んでいる様子はまったく感じられない。

「それにしても派手過ぎる……」私は少し気がかりなことがあり、心の声が出てしまっていた。

「まだ言う?」

くどいと言わんばかりの真理子に、私は打ち明けた。「実はさっきの男たち、警察らしいんだ。なぜかおれは追われていて、この赤いスーパーカーに乗ったところを見られてしまった。追跡しようと思ったらたやすい」

「ああ、そんなこと」

「そんなことって……」

「見てて」と言って、真理子はグローブボックスから小さなリモコンのような物を取り出すと操作した。

すると、フロントガラスの前に見えていた真っ赤なボンネットが瞬間的に漆黒に変化したではないか。そして、変化したのはボンネットだけではないらしかった。

私は仰天した。「魔法か⁉」

「遅れてるわね。〝電子ペーパー〟を貼ってあるのよ。〈DNP（大日本印刷）〉が台湾の会社の技術を使って作った新素材よ」

そう言われてみれば微かに記憶があった。展示会のニュースだったか。〝ペーパー〟とは象徴的な名称であって、私たちが扱う紙パルプとは材質的に関係は無い。開発会社によって様々な方式が存在するらしいが、確かこの場合はフィルム内に収められた微小な色の粒子の配列を電圧の変化で入れ替えることによって、全体として色や表示が変えられるというようなものだった。フレキシブルなので、ある程度は曲面にも馴《な》染《じ》むらしい。これでひとまず私の心配は霧散とはいかずとも軽減された。

「――ずいぶん前に聞いたことはある。しかしもうこんなところにも使われていると は驚いた」

「電力もほとんど要らないから既に色々なディスプレイに使われ始めているわ。巨大な街頭広告にもなったし、電子書籍のデバイスもどんどんこれに移行してる」

「電子書籍か。我々の天敵じゃないか」

「相変わらず頭が堅いわね。――将来性がありそうなのでうちでも試験的に使ってみたのよ、半分持ち出しで。イベントにも貸し出しているわ。だからちょうど会社にこの子があったというわけ。これからは紙屋も電子の時代よね」と、真理子は嘯いた。

「しかしこれは犯罪に利用されないか？　取締りの対象だろう」

「かもね。いずれ規制がかかるでしょ。だからこっそりやっちゃった。今のうちよ」

真理子の口角がいたずらっぽく吊《つ》り上《あ》がった。「――ところで、このわけを訊いてもいいかしら」

当然だと思った。

「ちょっとした人助けなんだけどね」

真理子の端正な横顔の向こうに、隅田川《すみだがわ》が夏の午後の日差しを照り返すのを眺めながら、これまでの流れをかいつまんで話した。もちろん個人名は言わない。

「とても紙屋の仕事とは思えない」と、呆《あき》れたように真理子は言った。

「おれもそう思う」

「とにかく、気仙沼のどこかで罪もない二十人が生き埋めにされるのを阻止するのが今回のミッションね」

「ゲームみたいに軽く言うなよ」

「あまり堅くなると、ろくなことにならないわ」

荒川を渡り、都内を脱出すると徐々に流れがよくなり、車はスピードを上げ始めた。

私は晴子と土生井にＬＩＮＥをし、無事に車で常磐自動車道を東北方面に向かっている旨を報告した。すぐに晴子から返信が来た。

〔お疲れさまです。承知しました〕〔土生井さんは休んでいますが、私は引き続き調

べ物をしています」〔お気をつけて〕

私は礼を返してLINEを閉じた。

「仕事の調子はどう?」と、真理子が訊いた。

「まあまあだ」私は嘘をついた。

「ならいいけど。バブルの頃なら個人のブローカーがけっこういたみたいだけど、今は厳しいと言うし……」

「だが気楽でいいよ。欧米では単独で動くエージェントは普通だと聞くぜ」

「欧米ではね」

私は質問を返した。「ところでそっちは?」

「ずいぶん前に異動になったわ。全然つまんない」真理子は手探りでグローブボックスのポーチから名刺を取り出してよこした。肩書は〝人事部次長〟だった。

風の噂どおりか。確かに真理子は私と同じ営業の仕事を楽しんでいた。見知らぬ街を歩き、初めての人と会うのが好きだった。特に、名刺を渡した時に自分の苗字と社名が同じであることを知った相手が、目を丸くする瞬間を面白がっていた。

私は言った。「お気の毒さま」

「そう言えば、カドクラ出版の『MS年鑑』の仕事が取れたそうね。おめでとう」

私は驚いて尋ねた。「どうしてそれを知ってる?」

営業部ならともかく、なぜ今日の今日で人事部の真理子が社外のことを詳しく知っているのだろうか。

「え……」と真理子は言い淀んだ。「噂で聞いたのよ。渡部君〝ガンダム〟が好きだから、前からあれは欲しい仕事だって言ってたし」

私は考えた。もしかすると真理子が裏で手を回したのではないだろうか。コンペでの自社価格を高めに設定するよう社内の担当者に申し付け、私の事務所が有利になるように操作したのだろうか。真理子は創業家の人間だから、たぶんそういうことは朝飯前だ。だとしたら、未だに私は真理子の掌《てのひら》の上で踊らされていることになる。気が滅《め》入《い》った。

車は利《と》根《ね》川《がわ》に差し掛かった。真理子から顔を背け、右手の鉄橋を眺めると、ちょうど電車が並行して走っていた。車にしたのは間違いだったかと一瞬ヒヤリとしたが、新幹線ではなかった。つくばエクスプレスだ。

「そろそろボディを赤に戻していいかしら」道がトンネルがちになると、真理子は言った。

「ご自由に」

ボンネットが再び赤くなり、私は目を瞬《しばた》いた。やはりどうにも居心地が悪い。気を落ち着かせるためにトランプを取り出した。胸の前でリフル・シャッフルを繰り返す。

真理子が横目でチラリと見た。「五條製紙の〈キリフダグロスブルーセンター〉ね。相変わらず上手いわね、トランプ」

「これしか取り柄が無いもんでね」と言って、私は乱暴にシャッフルを繰り返す。「最近はトランプ投げも練習している」

「トランプ投げって。子供っぽくない？――そうそう、語呂合わせも得意だったじゃない。印刷用紙の寸法の覚え方とか。あたしは紙屋の娘のくせに数字がなかなか覚えられなかったけど、渡部君に教えてもらったら覚えられたのよね」

それは洋紙の原紙寸法のことだった。A判、B判、四六判、菊判、ハトロン判、新聞判等々……それらの寸法を紙屋は頭に叩き込んでおかなければならない。発注書も寸法で書かれるのだ。私はそれを自作の語呂合わせで覚え、よく同僚や新人たちにも教えたものだった。

「まだ言えるかい？」

「うーんと……四六の全判の場合、『四六時中ナ《7》ンパ《8》は《8》109の前が一《1》番』だから、縦横の寸法が788×1091ね。これ、チャラくて最高」真理子はフフフと笑った。

「ありがとう」

「菊の全判は確かガンダムネタだったわね。菊を鬼畜と読み替えて――『鬼畜の所業、無残《636》なり旧ザク《939》の毒ガス攻撃』だから、636×939ね」

　問題をもっと細かくしてみた。「じゃあA5判は？」

「英語《A5》で、石は《148》ストーン《210》でしょ。ストーンの所はちょっとムリクリだと思ったけど」

「B5判は？」

「ベーゴ《B5》マ一夜に《182》して二個な《257》った」

「四六判」

「白《46》くない豆腐な《127》らいやや《188》」

　しばらくの間は互いに寸法の答え合わせをしていたが、やがて飽きてしまい、私たちは押し黙った。先程から窓の外の景色はまったく変わり映えがしなかった。ただ平らな大地が延々と続いている。高圧線の鉄塔だけが忠実なペットのようについて来た。

「ねえ、渡部君はどうして紙屋になったの？」真理子がぼそりと訊いた。

「そんな話はとっくの昔にしなかったか？」私は言った。

「ええ。本が好きだから、とは聞いたことがあるけど、それだけかな」

「何か不審な点でも？」

「例えばさっきの語呂合わせ」と、真理子は唇をへの字に結んだ。「普通の紙屋なら、ナナパッパのヒトマルキュウイチとか、ロクサンロクのキュウサンキュウとかストレートに覚えるのに、渡部君は面白おかしく覚えてた。仕事以外の部分でなんとか楽しみを作ろうとしてたわ」

「……だから？」

「本当は紙にそんなに興味は無かったんじゃないかって」

「それは心外だな」

　話題が嫌な方に向かいつつあった。私は窓外の景色に目を移した。

「わかるのよ、あたしもそうだから。自分のうちの家業だからって、その商売が好きになるとは限らない」

「確かに君はそうだろうね。なにしろ電子ペーパーだ。ランボルギーニだ」

「そっちはまた別の文脈。好き嫌いはともかく、家の屋台骨を強化するのは自分の仕事だと思ってる」

「なんだ、仕事の一環だったのか。シツレイしました」

「またバカにして」と、真理子がサングラスの端から睨んだ。「渡部君だって〝紙鑑定士〟なんて風雅な肩書を名乗ってるけど、どう考えたってそんなに仕事があるとは思えない」

　また痛い所を突かれたが、すかさず言い返した。「おれの一番の武器は〝人脈〟だから」

「それで今回のこの仕事も、あたしを含めた人脈で乗り切ろうってわけね。確かに紙の鑑定なんてこういう場合は何の役にも立たないもの」

私はたじろいだ。「……おれ、これを仕事だと言ったっけか？」

「少なくともおまんまの足しにしようとしてたんでしょ」

図星だった。二の句が継げなくなってしまった。

「――ねえ、渡部君、うちの会社へ戻って来ない？」真理子は軽いジョークでも飛ばすように言った。「パパに頼んでぐんと待遇をよくしてもらうわよ」

私は顔を俯けた。また〝パパ〟か。それが嫌だというのだ。

「難しい相談だよ」と、私は歯の間から押し出すように言った。


ふと予感がして、リアウィンドウを振り向いた。同じ追越車線のはるか後方にある点がゆっくりとだが大きくなってくるのが見えた。

私はマイクロスコープを取り出し、筒の部分を伸長させた。すると二五倍の顕微鏡から八倍の望遠鏡に変化した。再びリアウィンドウを覗き込むと、迫り来る点が白黒のツートーンであることがわかった。屋根の上に赤い物があるのも見えてきた。

「後ろにパトカーがいる」私はそっと言った。

「追っかけて来たのかしらね」

「わからない。念のためボディを黒にしてくれないか」

真理子がリモコンを操作した。「変わるところを見られたかしら」

「真後ろだから、たぶんわからないと思う」

パトカーが迫る。真理子が車線を変えて道を譲り、減速した。だが、パトカーが斜め後方に着き、速度を合わせてきた。ナンバーを確認しているのだろうか。

先程の東京駅で刑事たちにナンバーを見られていたとしたら、まずい。ここで止められたらアウトだ。私は首を捩《よじ》るようにして後方を見ながら、いつ赤色灯が回転するかとひやひやしていた。

やがて確認を終えたのか、パトカーは再び加速した。アヴェンタドールに並ぼうとしている。私の側だ。顔を見られてしまう。

「サングラスを貸してくれないか。顔を隠したい」

真理子が顔から外して寄越し、私はすばやく装着した。こめかみが少しきつかった。

パトカーが右横に付け、私の顔の傍に警官の顔があった。互いに助手席同士だ。横目で窺うと、こちらをまじまじと見ている。こめかみに冷や汗が滲む。

しばらくすると警官は首をかしげ、運転席の方に何事か話すと、パトカーは急加速して走り去った。

「……大丈夫だったようだ」

「スリリングね」真理子は楽しそうに言った。

「呑気だな」と、私はサングラスを返した。

「変装が好きね。――いえ、成りすましかしら」と、真理子は意味ありげに言った。

「いきなり何だい」

「あたし、人事部になったから古い資料なんかが見れるんだけど、あなたのも見ちゃったわ」

「履歴書か」

「提出したのは履歴書だけじゃないでしょ。――あなた、元は渡部姓じゃなくて菅藤《かんとう》姓だったのね。ご両親の離婚でお母さんの姓になった」

「そうだけど……それが何か？」

「お父さんの菅藤さんは、元々うちの幹部社員だったんでしょう。なぜ隠してたの？」

「それは……」私は一瞬口ごもった。「親の七光は嫌いだからな」

「確かにそうなる可能性はあるわね。当時を知る人に訊いたら、お父さんかなり有能な猛烈社員だったみたいだし。ちょうどバブルの頃ね、仕事が溢《あふ》れていた。ところが忙し過ぎて家庭不和になり、そのうち離婚。あなたはお母さんに引き取られた。身軽になったお父さんはますます仕事に邁進《まいしん》したのはいいけれど、それが祟《たた》ってある日突然、心不全で亡くなった。今で言う過労死だわ。重鎮だったから、会社での合同葬だったそうね」

私はまっすぐ前を見つめたままだった。日がだいぶ傾いて来たようで、車の影が前方に長く伸びていた。

「で、何が言いたい?」

「あなたがうちの会社に入ったのは——」真理子は独り言のように言った。「〝復讐〟をしようと思ったからかしら」

「はっはっは!」私は笑い飛ばした。図星だったからだ。「そんなこと、どうやって実行するんだ」

「会社が傾くような大ポカをワザとやるとか」

「そんなことができるポジションにすら行けない」

「じゃあ、乗っ取り?」

「それこそ無理だ」

「あたしが……手を貸すと言ったら?」

正直なところ、それは考えたことがある。私が真理子と結婚して独立し、いずれ真理子が遺産を相続したらあるいは可能かも知れないと。だが、私はそこまでドライになることができなかった。真理子に本気になってしまったのだ。不純な動機のまま近くにいるわけにはいかなかった。だから会社を去った。

「君は創業家の人間だ。乗っ取りになるわけがない」

「そうかしら」

「当たり前だ、バカなことを考えるな。たとえおれに復讐心があったとしても、そんな姑息《こそく》な手段は使わない。おれはおれのやり方でやる。お宅から盗んだノウハウや、給料をもらいながら築いた人脈を駆使して、自分の会社をでかくして追い抜けばいいだけのことだ。それからな――」私は付け加えた。「価格コンペの時に手心を加えるのは金輪際やめにしてくれないか」

真理子が口を尖らせた。「じゃあご勝手に」

「ああ、そうする」

しばらく気まずい沈黙の時間が続いた。

突然、真理子が前方を指差した。「わあ、綺麗！」

私は視線を上げた。巨大な入道雲に夕陽が反射して、ピンク色に燃え上がっていた。確かに素晴らしい景色だった。私はそれに見惚《みと》れた。

「飛ばすわよ！」そう言って真理子はアヴェンタドールを加速させた。

憎からず思っている女、しかも頗る付きの美女が操るスーパーカーで、ピンクの雲を目指してドライブだ。日々の生活の算段をすることも、プライドも過去も忘れて今はひた走る。こんな夢のような時間が永遠に続けばいいのにと思った。

だがこれからするべきことを思い出した時、その夢想はすぐに消え去った。ピンクのカーテンのその先に待ち構えているのは、青黒く変色した死者の山かも知れないのだ。

24　蒲沢の正体

福島県のいわき中央インターを過ぎると急に道幅が狭くなった。制限速度は七〇キロメートルになったが、車がスピードを落とすことはなかった。アドレナリンみなぎる真理子を宥めすかし、四倉《よつくら》パーキングエリアでトイレ休憩と水分補給だけした。

再び走り始めてから思い出し、私は晴子にＬＩＮＥで現在地を報告した。すると、メッセージではなく電話が着信した。

私は真理子の許可をとって電話に出た。「もしもし……」

「ああ先生、今回は大変お世話かけました」送話口からは、ずいぶんしわがれた声が聞こえてきた。「土生井です」

なんと、臥《ふ》せっていた土生井自身が電話を掛けてきたのだ。

「もう起きても大丈夫なんですか」

「うん。晴子さんが駅前まで夕飯を買いに行くと言うので、こっそりタバコを吸いに起きて来たんです」土生井は少し咳込んだ。「きっと晴子さんも気付け薬が必要なんでしょう」

欠けた前歯に、人から恵んでもらったであろうタバコを挿した図が頭に浮かんだ。

土生井はいつの間にか〝晴子さん〟と呼ぶようになっていた。

彼が言うように、晴子が気付け薬を欲していることは想像に難《かた》くない。八王子のパブを思い出す。ひたすら待ち続けるのは落ち着かないはずだ。あるいは晴子も土生井と似たタイプなのかも知れない。

「曲野さんにはずいぶんと助けてもらいました」と、私は言った。

「そうですね、いろいろやってもらいました。今度きちんとお礼をしないと」土生井は煙を吐き出してから続けた。「先生、メッセージを打てるということは、自分で運転していないと思って電話してみたんですけど、今大丈夫なんですか？」

「実は人に乗せてもらってます」

「それはよかった。新幹線はまだ止まったままのようですからね」

「そうですか。じゃあ、この判断は間違っていませんでしたね」

「ん……？」土生井がしばらく黙った。「そのエンジン音は……もしやランボルギーニ……アヴェンタドールでは？」

「そのとおりです。よくわかりましたね！」

「やはりね。ぼくも一台持ってるんでね」と、土生井は事も無げに言った。

「本当ですか⁉」私は驚いて声を上げた。

あのゴミ屋敷のどこに隠していたのだろうか。第一、土生井はどう見てもそんなに裕福そうではない。

「シシシ……」土生井は弱々しく笑い、ひとしきり咳き込んでから言った。「いや失礼。冗談ですよ。実はフジミの24分の1スケールのプラモでね。音に関しては以前に〝カーグラTV〟で見たのを覚えていただけです」

プラモデルの話だった。土生井らしい。それにしても番組で見ただけで音まで覚えているとは驚いた。

「最近では一番塗装に気合いを入れたプラモだったなあ。趣味で組んだやつをモンザレッドで塗装してね、仕上げにウレタンクリアを吹き付けて、しつこく研ぎ出ししたんですよ。親の仇《かたき》のようにね。お陰で物凄い〝鏡面仕上げ〟になりましたよ」

「鏡面仕上げ？」私は〝キャストコート〟と何か関係があるのだろうかと首を捻りながら続けた。「モンザレッドって赤ですよね。赤の塗装とは奇遇ですね。私が乗せてもらっているのと同じだ」

「へえ、そりゃ確かに奇遇だ。しかし、先生こそ何でまたアヴェンタドールに？　凄いじゃないですか」

「話すと長くなりますんで、次の機会にゆっくりと」私はこめかみから脂汗が滲み出るのを感じながら言った。「それより、用件は何ですか」

「おお、そうでした。――小野寺とそれを告発している蒲沢ですがね」土生井は煙を吐いてから言った。「この二人は同一人物じゃないかと思うんですよね」

私は衝撃を受けた。「同一人物？　どういうことですか」

これまでずっと正義の側にいる人間だと思っていた蒲沢が、あろうことか一連の凄惨な事件を引き起こしている小野寺と同一の人間だというのか！

「そう考えればすべて辻褄《つじつま》が合います」

私は今までの経緯を思い出していたが、簡単には納得がいかなかった。「しかし、なぜ？　根拠は？」

「以前、葉田さんの話の中で蒲沢が〝解離性健忘〟だと言ってましたね。急に工作の仕方を忘れてしまったとか。だけどぼくが調べたところ、本当の解離性健忘はそういう症状じゃないんです。トラウマ級の嫌な記憶を自然に忘れてしまうことだという。だから実際にはそうではなく、本人がそうだと言い張っただけで、本当のところはその時、小野寺の人格が入れ替わっていたんだと思う。解離性は解離性でも〝解離性同一性障害〟の方、つまり多重人格です。その事実をとっさに隠そうとしたんでしょう。たぶん小野寺自身は工作ができないんです。そういう趣味を持っていない」

なるほどとは思いつつ、私はさらに疑問を投げかけた。「仮に蒲沢が多重人格者だったとして、小野寺である決め手はあるんですか」

「釣竿です」

「釣竿？」

「葉田さんの話の中で、蒲沢が造形教室に無用な釣竿を持って来たことがあったと言ってましたね。あれは小野寺の趣味ではないか。前に、小野寺が死体を遺棄した厚木の小鮎川の黄橋をよく知っていたのは、もともと釣りのポイントだったからだろうと、ぼくは言ったことがあります」

「ええ、そうでした」

「例の捨てられた本の画像の中に釣り雑誌もチラホラ見える。〈暁海苑〉に釣り好きがいた証拠です。そして釣りをしない蒲沢が無意識のうちに釣竿を持っていた。状況から言って、蒲沢が小野寺ですよ。そう考えると、あの漁船のヴィネットも釣りをする小野寺を象徴していると言えなくもない」

土生井の説はまだ想像の域を出ないが、確かに説得力はあった。逆に蒲沢が釣竿を持っていた理由を言い当てることも、小野寺が釣りに関係無いと断言することも難しい。

「なるほど、一理あります。――しかしなぜ小野寺は多重人格になったんでしょうね」

「元々の性質だったのかも知れないし、津波災害に遭った時の怪我かトラウマが原因かも知れません」

私は頷いた。「確かに、甚大な災害が人のメンタルに強い影響を及ぼすことがあると聞きます」

「〈暁海苑〉と子供たちを失った小野寺の父親は絶望して自殺してしまった。いや、もしかしたら、子供たちを適切に避難誘導せずに自分だけ助かった父親を許せなかった小野寺が、自ら手に掛けてしまったんではないか。そして父親になり代わって〈暁海苑〉を再建しようとした……。蒲沢は、父親を殺してそれになり代わろうとする自分を、切り離して外から見ている第三者的な存在なんでしょう。そしてディオラマなりミニチュアハウスなりを作ることに没頭した。その蒲沢の人格の時に英令奈さんと出会って親しくなったんですね。たぶん彼女のトラウマに共感したんでしょう。ところが彼女にまた危機が迫った。英令奈さんの父の中原が追っかけて来たんですよ。晴子さんの住所もつきとめていることを考えると、中原は探偵でも雇っているんでしょう。だとしたら平塚の英令奈さんたちの居場所を見つけるのはそう難しくない。二人は追い詰められたに違いない。そこで蒲沢、つまり小野寺は、自分の父親を殺した時の非情な人格が現れて中原を排除した」土生井は長々と話し、また激しく咳き込んだ。

「大丈夫ですか」

土生井は体調を崩しながらもずっと思索を深めていたようだ。また、既に晴子たちの人間関係も把握しているようだった。病室で晴子が話したのだろう。だが、殺された福岡の探偵のことを彼はまだ知らない。東京駅でバタついていて私が晴子に言い忘れたのだ。ニュースもまだ目にしていないらしい。束の間、私は土生井に倣って推理を試みた。

彼の言うように、探偵は英令奈を捜し出すために中原に雇われていたに違いない。福岡の興信所ということは、中原や晴子たちと同じ九州だから繋がりがありそうだ。雇い主だった中原が死んだことを知って探偵は真相を察し、英令奈か小野寺に接触したのだろう。だが逆に命を狙われてしまった。警察への通報が匿名だったのは、もしかしたらやましい所があったのかも知れない。だが時既に遅く、命を奪われてしまった――そんなところではないだろうか。

土生井の咳が治まったので、私は会話を再開した。「それと、バスごと埋める計画との関連は？」

「最初は小野寺にもそんな考えは無かったかも知れないですね」土生井はまた煙を吸って吐いた。「小野寺は元あった場所に〈暁海苑〉を再建することに執念を燃やしていた。それは父親を超えようと思ったからかも知れないですね。古い言い方をすると〝帰城〟を果たしたかった。だから同じ海沿いでも平塚じゃだめなんだ。しかし津波の恐怖は付きまとった。当然、建築そのものは専門家がしっかり対策したでしょう。でも信用しきれないでいた。何か、もう一つ裏付けが欲しくなったんじゃないかな。そんな時に、〝黄橋〟の一件があった。〝人柱〟です。これだ！と思ったんでしょう。

間違いなく城マニアだったのは小野寺の方だ。〈暁海苑〉は彼にとってまさしく〝城〟なんです。だから頭の中で瞬間的に諸々の回路が繋がったんだ」

「……しかしなぜ子供たちを犠牲にするような計画を考えたんですかね。だって子供を死なせた父親を憎んでいたんでしょう」

「そこが複雑なところでね。これも想像の域を出ないけれど、〈暁海苑〉再建の過程で目的と手段が入れ替わってしまったとかね。最優先事項が、いかに建物を守るかということの方になったんだ。繰り返しになるけど、それだけ津波のトラウマが強かったということでしょう」

「もしかしたら、父親を憎んでいた小野寺と、父親に成り代わりたい小野寺とは別の人格かも知れないですね。釣りの趣味と城の趣味がどうにもそぐわない気がします」

「おお、その可能性の方が高いかも知れないですよ。二重人格に限定する必要はない」

「しかし蒲沢の人格は、なぜ小野寺を告発し、居場所の手掛かりを外部に伝えようとしたんでしょうか」

「蒲沢は小野寺の良心でもあるんです。なんとか自分を、つまり小野寺を止めて欲しかったんじゃないですかね。しかし一方で、やはり自分は可愛い。別人格を裏切りたくないという気持ちがあった。だから大っぴらにはやれなかった。それに、明らかに告発だとわかる準備をしている最中に小野寺の人格に戻ったら、どうしたってそれを取り止める方向に動いたと思うんですよね」

「もう一人の自分にバレないように、わざとわかり難いヒントにしたと」

「たぶん。――それで、蒲沢の名前の由来を考えてみたんですが、たぶんぼく、わかりかけてきたと思うんですよね」

「本当ですか！」

土生井はここでまたタバコを吸った。

「――さっき、不安そうだった晴子さんを和ませようと好きなテレビの話をしましてね。そしたら晴子さんがけっこう特撮番組を観ていることがわかったんですよ。それで、平成『仮面ライダー』シリーズの話題になってね」

「あの晴子さんが？」私は晴子の意外な面を知って驚いた。

「うん。それでぼくは完全に昭和の人だから平成版はよく知らないんだけど、晴子さんは『仮面ライダーガイム』に出てくる城乃内というキャラクターがぼくに似てると言うんですよ」土生井はシシシと笑ってから咳き込んだ。

「はあ」

土生井同様、私もこのシリーズには不案内なので、ポカンとしながら聞いていた。

この話はまだ続くのだろうか。

「それはともかく」と、土生井は方向修正した。「『仮面ライダー』と聞いて閃いたんだけど、原作者のマンガ家、石ノ森章太郎は宮城県の出身でね。実は彼も本名の姓を小野寺というんです。さっき晴子さんにも伝えてもらったと思いますけど、東北ではポピュラーな苗字なんですよね。また、彼のペンネームの石ノ森は、生まれ育った登《と》米《め》郡石森《いしのもり》町に由来していると言われています」

そういえば石ノ森章太郎の名は、葉田もトキワ荘の関係で口にしていた。どうも我々は妙な縁があるようだ。それにしても土生井の守備範囲の広さに驚く。

「いやあ、それは知りませんでした」

「ペンネームというのは、凝る人はいくらでも凝りますが、そうでない人は単純に出身地を名乗るパターンが多く見られますね。小野寺の場合も、脳障害か何かのせいで深く考えることができなかったか、あるいは出身地によほどの思い入れがあったかしたため、〝蒲沢〟という地名を使ったんではないかと、ぼくは考えたんですよね」

「ということは……もしかしてそういう地名があったと？」

「そう。地名としての蒲沢も東北には多いようです。ざっと見たところ、岩手県、秋田県、宮城県、福島県、さらには福井県にもありました」

「すると気仙沼にもありましたか」

「それが、宮城県は仙台周辺にしかないんです」

「確かに小野寺たちがいた気仙沼の仮設住宅が〈暁海苑〉の近くとは限りませんから

ね。とにかくその四県のどこかが関係あるというわけですね。福島と言えば、先程いわき市を通過したところです。今なら急行できますよ」

土生井が制した。「まあ慌てないで。既にいわき市を過ぎたなら、郡山《こおりやま》市と須賀川《すかがわ》市の蒲沢にはアクセスが悪そうです。それに、かなり内陸部なので、津波とは関係無いでしょう」

「すると岩手と秋田と宮城ですか」

「秋田県は湯沢《ゆざわ》市に一カ所、岩手県は一関《いちのせき》市に四カ所、宮城県も仙台市周辺に四カ所あります」

「ええっ」私は河津桜で苦労したのを思い出した。

「ただ」と、土生井は続けた。「〝沢〟というくらいだからいずれも内陸部でね。やはり津波とは関係が無さそうなんですよね」

急にトーンダウンしていく土生井に私は言った。「内陸部でも震災の被害はあったでしょう。聞くところによると人柱は水害対策だけではないらしいですね。そもそもお城がそうですし。この際、津波の話は忘れてもいいのでは？」

言ってしまってから、私は自らハードルを上げていることに気が付いた。

「それもそうなんですけどね……」土生井は長々と煙を吐き出した。「や、もう少し考えさせてくれませんか」

「わかりました。とりあえずこちらは走り続けます」私はひとまず了解した。

「ぼくはそろそろ病室に戻ります。何かわかったらすぐ連絡します。――それじゃ、先生、気を付けて」

「そちらもお大事に」

私は通話を切った。

「ずいぶん楽しそうに話していたわね」と、真理子がニヤニヤしながら言った。

「そうかい？」

「そうよ。こういう仕事が気に入ったんじゃない？」

真理子の言葉を聞き流し、私はスマホのグーグルマップを開いて蒲沢という地名を検索した。地図上にたくさんのマーカーが灯った。それらは命の灯のようにも思えた。ことによると、この中のどれかに小野寺たちがいる可能性があるのだ。赤い印を見ているとなぜか闘志が湧いてきた。頭の中では勝手にルートを組み立て始めた。真理子の当て推量もまんざらハズレではないのかも知れない。

午後六時半になり、日が沈んで夕闇が訪れつつあった。相馬市を過ぎ、私はまた晴子にＬＩＮＥで現在地を知らせた。すぐに晴子から返信があり、土生井は疲れてまた寝落ちしてしまったとのこと。無理もない。あれから小一時間音沙汰が無かったわけだ。
私はメッセージを続けた。
〔土生井さんによると、小野寺と蒲沢が同一人物ではないかということですね〕
少し間があって返信が来た。
〔わたしも驚きました。でも納得できる部分もあります。白い家を作ってくれた蒲沢さんの人格が英令奈の味方のままなら、なんとか英令奈を守り通してくれるといいんですが……〕
〔私もそれを願っています〕〔それで、東北中に点在する蒲沢という地名が怪しいということだったんですが、その後何か新しい情報はありますか？〕
〔残念ながらまだです〕〔マップで一つ一つ調べていますので、わかり次第ご連絡します〕
〔よろしくお願いします〕
〔引き続きお気をつけて〕
〔ありがとうございます〕
私はＬＩＮＥを閉じた。
辺りが徐々に暗くなってきた。土生井の言うように、小野寺が作業を始めるならそろそろだろう。本格的に焦りを覚え始めた。私はただ漫然とスーパーカーの助手席に座っているだけでいいのだろうか……。

スマホを握り直すと、グーグルマップで再び蒲沢の地名を検索した。まずは仙台市周辺を確認する。北西の郊外に点々とあった。いずれも半径一〇キロメートル圏内だ。ルートを調べたら、一部環状を成す東北縦貫自動車道伝いに四五七号線を使えば、順番に回るのはさほど難しくなさそうだ。しかし一般道を走れば時間は食うだろう。どうする。

「もうすぐ仙台よ」と、真理子が声をかけた。「その先は三陸自動車道になるわ。予定どおりでＯＫ？」

「ちょっと考えさせてくれ」

右手の空を小さなライトを灯した旅客機が低く飛んでいる。仙台空港か。すると間もなくこの先で左へ直角に折れる道に入れるはずだ。そのまま東北縦貫自動車道に通じている。そして蒲沢と名の付く土地まではもうすぐだ。どうする。

「やってしまったことの後悔よりも、やらなかったことの後悔の方が長く尾を引くと言うわよ」と、真理子の声。

彼女は同期入社とはいえ、大学を一留した私より一学年下だ。しかも早生まれだから二歳下となる。二歳下に言われてしまった。今に始まったことではないが。

「そうだな……じゃあ予定変更。仙台若林《わかばやし》ジャンクションで仙台南部道路に入ってくれないか」

「それでいいのね。了解」

間もなく真理子は真西へ向かう路線へとハンドルを切った。片側一車線の狭い道だが整備されている。風景はひたすら平らだ。行く手の空の下の方には微かに夕陽の残光が見えている。

「この後、田舎道をグルグル回ることになると思う。近くなったら細かく指示するよ」

「わかった。それにしても寂しい道ね」と、真理子は言った。

本当だった。暗く寂しい風景を眺めながら次第に不安になる。果たしてこの選択は合っていたのだろうか。今は独りでないことに感謝した。

川を二回渡ると、仙台南インターで東北縦貫自動車道に入った。両脇をお馴染みの緑の斜面に囲まれた道を北へ進む。

「よし、次のインターで降りよう」

「とうとう一般道ね。了解」

土生井たちに報告をしておこうと思ってＬＩＮＥに打ち込んでいると、電話が着信した。

打ち込みを中断してすぐに出る。「渡部です」

「曲野です。土生井さんと代わりますので、お待ちください」

　何かわかったのだろうか。しばらく待つと咳払いが聞こえてきた。

「お待たせ。実は廊下まで来るのが大変でしてね」土生井は息を整えてから続けた。

「うっかり寝てしまってすいません。——小野寺の居場所がわかった、と思います」

「本当ですか！」私は、この近くであってくれと祈った。

「あれから晴子さんと手分けしてグーグルマップの航空写真やらストリートビューで蒲沢と名の付く場所をしらみつぶしに確認してみたんですが、いずれもそれらしい様子はなかったんです」

　土生井たちも地道な作業をしていたらしい。それによれば、私の選択は間違っていたことになる。

「やはり内陸部ではなかったんですね……」と、焦りを隠しながら私は言った。

「そう。また石ノ森章太郎の話になるんですが——以前の彼のペンネームは〝石森〟でしたが、由来となった地名は同じ字で〝いしのもり〟と読むんです。だから、ちゃんと読んでもらおうと、後に〝ノ〟を追加して〝石ノ森〟にした。この話をヒントにして逆に考え、蒲沢の方に〝ノ〟を足して〝蒲ノ沢〟で検索してみたら、これがビンゴ！　南三陸町《みなみさんりくちょう》に〝志津川蒲《しづがわかば》の沢《さわ》〟という地名が出てきたんです。まさに海辺の町でした。ストリートビューで見ると、整地中の土地が広がっていました。少し前の写真だから津波後間もないため建物が無いんでしょう。で、過去のストリートビューに切り替えたら、児童養護施設と思しき古そうな建物がしっかり立っていましたよ。たぶんそこで間違いないでしょう。地理的に当初の予定より手前です。よかった」

私は溜息をついた。「いや、お見事です」

「では、後ほど正確な所番地を送りますんで、そこを目指してください」

「ええ、こちらも急ぎます」

「先生、くれぐれも気を付けて。命だけは大切に！」土生井が言うと皮肉だった。

「そちらもお大事に」

私は通話を切った。

しくじった。やはり私のそそっかしさは死ななきゃ治らない。

「もうすぐ出口よ」と、真理子。

私は慌てて言った。「いや、降りないでくれ」

「進展があったようね」

「ああ。ちょっと待ってくれ」

私はＬＩＮＥを開き、晴子が代理で書き込んだと思しき〝志津川蒲の沢〟の所番地を確認した。グーグルマップのルート案内に現在地と共に打ち込んだ。仙台市の北側をぐるりと迂回する形になった。所要時間は一時間二九分と出た。

「申し訳ない。目的地が変更になった」

「仰せのままに」真理子がおどける。

「この後、仙台北部道路に入ってくれ。東へ戻る。それから予定だった三陸道に入って南三陸町へ向かう。最終目的地はその東側だ。近くなったらまた指示する」

「ちょっとロスがあったようね」

「……実はそうなんだ。正直、焦ってる」私は白状した。

「わかったわ。つかまって！」そう言って、真理子は右手を伸ばし、センターコンソールにあるスイッチの一つを操作した。

するとメインコンソールのデザインが変化し、〝ＳＰＯＲＴＳ〟と表示された。どうやらモードが切り替わったらしい。まるでＳＦ映画の宇宙船のようだ。そしてアヴェンタドールは急加速した。スピードメーターを覗き込むと、時速一五〇キロメートルになっている。

「ちょっと、出し過ぎでは？」

「だって、急ぐんでしょ」

「それはそうだが……」

私はびくつきながらシートにしがみついていた。何度も身体を捻っては後方を確認した。

「心配ならボディを黒に変えるわ」

「もうそろそろ暗いし、あまり関係ないんじゃないか」

「じゃあ変えない」


仙台北部道路に入るとまた片側一車線になり、なかなか速度が出せずに焦れる時間を過ごした。ようやく利府《りふ》ジャンクションで三陸道に入ると、真理子はフラストレーションを爆発させるように一気に加速した。

しかし私は冷静に言った。「東北道の時よりスピードが出ていないか？」

「当然でしょ」

「嫌な予感が……」

「うるさい」

そう話した直後、後方の薄闇を切り裂いて赤色灯の点滅とサイレンの音が急速に近付いて来るのがわかった。明らかに高速機動隊のパトカーに追われている。向こうも相当なスピードだ。

「ほら、言わんこっちゃない。スピードを落とそう」

「今さら遅いわよ。だって、赤ランプ点けてるんでしょ」

私は諦めて言った。「これは完全に捕まったな。けっこうな速度超過だぜ。神妙にして早いとこキップを切ってもらおう」

「何言ってんの！　今は一分一秒を争うんじゃなかったの？」

「でも相手はお上《かみ》だぜ。逆らうのは得策じゃない」

「ンもう、男のくせにガタガタうるさいわね！」と言って、真理子は再びセンターコンソールのスイッチを操作した。

メインコンソールに今度は〝ＣＯＲＳＡ〟と表示されたが、私にはその意味がわからなかった。あまり考えたくはなかったが〝ハイパードライブ〟みたいなものだろうか。

真理子は顔からサングラスをむしり取り、両足のハイヒールを脱ぎ捨て、裸足《はだし》でアクセルを踏み込んだ。エンジン音にドコドコドコ！という破滅的な音が混じり始め、アヴェンタドールはさらに加速した。私の身体はシートの背に糊付《のりづ》けされたようになった。

「通常の三倍のスピードで行くわよ！」

待てよ。今の区間の制限速度は時速八〇キロメートルだったはず。その三倍ということは時速二四〇キロメートルになる。新幹線並みだ。本当だろうか。怖ろしくてメーターを見る気がしない。後ろを振り向くと、赤色灯が見る見る遠ざかっていくのがわかった。

私は深く嘆息するしかなかった。「これは免停、いや一発免取りものだぜ……」

「そんなもん、取り直せばいいのよ」

「それどころかお縄だ……」

「箔《はく》が付いていいじゃない」

私は肩を竦《すく》め、真理子の方を盗み見た。眸《ひとみ》は爛々《らんらん》と輝き、頬は紅潮し、突き出た胸がゆっくりと上下していた。私は不覚にも見惚れてしまった。

25　蒲の沢

　時刻は八時を過ぎていた。空には下弦の月が出ている。私は細かい道順を真理子に伝え始めた。

　私たちは三陸自動車道を南三陸海岸インターで降りた。二つ前の三滝堂《みたきどう》インターからは、連絡を受けて待ち構えていたと思しき高速パトカーに追われたが、それも真理子はたやすくぶっち切ってしまった。今、十数分遅れで同じ出口を出てきたパトカーが、赤色灯を回転させながら山の中を彷徨《さまよ》っているのが遠目に見えている。私たちも犯罪現場へ向かっているはずだから、ちゃんとついて来てくれたらそれはそれで都合がいい。

　新しいが広くはない連絡道を出た後は、会社や工場、スーパーや住宅が疎らに建つ埃《ほこり》っぽい舗装道路をひたすら南下する。もし日中なら、色彩の少ないこの土地を真っ赤なアヴェンタドールが走り抜ける様は異様だったろう。

　左方向、車一台がやっと通れる幅の道に入って行く。やがて街灯もほとんど無い寂しい山道を上る。この先に海があるとはとても思えなかった。

　峠を越えると急に視界が開けてきた。それでも農地と農家と思しき家屋しか見当たらない。道路の状態も悪い。ガリガリと底を擦る音がした。

「車、大丈夫かい」

「気にしないで」

「申し訳ない」

とうとう海に出た。月明りが遠くの波頭を微かに照らしている。目の前には津波の爪痕がまだはっきりわかる荒地が広がっている。しかし建物の類は一切見当たらない。〈第一暁海苑〉はいったいどこだ。

あの建築模型は五階建てだった。ここまで来て見えないはずがない。嫌な予感がした。もしかすると完全に見当が外れたのだろうか。土生井の推理は間違っていたのだろうか。

「ちょっと停めてくれないか」と、私は言った。

真理子が車を停止させ、エンジンを切った。辺りは薄闇と静寂に包まれた。私たちは耳をすませたが、虫の声以外は物音一つしない。あとは潮騒《しおさい》の音が時折海風に乗って微かに聞こえてくるだけだった。

「本当にここなの……?」真理子が不意に不安げな声をあげた。

私も心細くなる。土生井に連絡しようとスマホを取り上げたが、ここまで来てまだ病人を頼るのは情けないと思い、ポケットにしまった。

私は毅然《きぜん》と言った。「間違いないはずだ」

「それにしても静か……ここで合っているのなら、もう何もかも終わっちゃったのかしら」

「不吉なことを言うな。もう少し行ってみよう」

点火一発。耀光《ようこう》が前方を照らす。真理子はフォンフォンフォンと威嚇するように空ぶかしさせてから、アヴェンタドールをゆっくり発進させた。

古い舗装道路に入る。依然、車の底がガリガリと盛大に音を立てている。車が地面を削っているのか、地面が車を削っているのか。

舗装道路は途中で切れ、その先に土が剝き出しの平地が広がっていた。真理子は車をゆるゆると走らせる。ライトに照らされた地面には、古いコンクリートの基礎の痕跡が残っていた。以前ここに建物があったのは間違いない。

広場の左手奥をよく見ると、大きな物が佇んでいるのに気付いた。首の長い恐竜のように見えた。真理子がヘッドライトをハイビームにして当てると、黄色い塗装が反射した。ショベルカーだった。

「まだ行ってみる？」

「ああ頼む」

車はコンクリートの基礎を迂回して、広場の真ん中近くまで進んだ。周囲にはキャタピラの轍《わだち》の跡がたくさん残っていた。

「降りてみる」

車が停まり、私はシザードアを開けてシートから滑り降りた。潮の香りが鼻孔に押し寄せた。強張った身体を伸ばす。広場の中央に走り出る。海の方を眺めると、月が海面に映り込んでぼんやり光っていた。むしろ陸地の方が暗い。

広場の先の暗闇が真一文字に途切れていて、海の明るさとくっきりコントラストを作っていた。つまり、そこには崖があるのだ。

私は辺りを歩き回り、足の下の地面が明らかにふわふわしているのに気付いた。縦長のちょうどバスくらいの大きさ分の地面が軟らかかった。

やはりやられた！

〈第一暁海苑〉は無いが、この場所で正しかった。模型はあったが建設はまだ行われていなかったのだ。そしてことはすべて終わっていた。この土中にバスが一台埋められてしまっている。とにかくここまで到達するのに手間暇が掛かり過ぎた。子供たちは、英令奈はもう……。

待てよ。いつ埋められたかはわからないが、もしも窓を閉めたままならバスの中にはまだ多少の空気が残っている可能性がある。急げば間に合うかも知れない。

私は跪《ひざまず》き、猛然と土を掻き出し始めた。とにかく一カ所でも穴を穿ち、空気の供給を再開させるのだ。窓が開放されているという最悪の可能性は考えないようにした。

それにしても、人間の手ではなかなか深くは掘れない。今更ながら厚木にショベルを置いてきたことが悔やまれた。道具が欲しい。真理子にも手伝ってもらうか。

「車に何か道具を載せていないか！」私は真理子がいるはずのアヴェンタドールに向かって大声を上げた。

だが車からは何の反応も無い。不審に思っていると、反対の方向から別のライトが浴びせかけられた。

はっとして振り向く。野太いエンジン音がして、二つの光点が迫って来た。ショベルカーだ。小野寺なのか？

「そこをどいて！」ショベルカーの運転席から女が叫んだ。真理子だった。首長竜のようなショベルを地面に突き立て、土を掘り起こし始めた。

私は横っ跳びに避けて運転席に言った。「君は……そんなものも運転できたのか」

「あたしは紙屋の娘よ」月明かりの下、真理子がニヤリと笑うのが見えた。「子供の頃からフォークリフトで巻取紙のロールや枚葉紙《まいようし》のパレットを何百回、何千回と運んだわ。この子だって操縦法は似たようなものよ」

「そうなのか？……でも気を付けてくれよ。下にいるのは人なんだ」

「任せて。売り物の紙にこれっぽっちも傷をつけないように修業を積んだんだから。

完璧な〝ソフトタッチ〟よ！」

真理子は太ももの両脇にある二本のレバーを小刻みに動かし、器用にショベルを操作している。土を掘っては運転席ごとアームを回転させ、傍らに土を振り落とす。その作業を淡々と繰り返していた。地面の穴が次第に深くなっていく。

紙屋にも帝王学のようなものがあるのだろうか。私は魔術師でも見るような目で真理子の作業を見守った。私にはそれしかすることが無かった。実際のところ、東京を出てからこっち、ずっと真理子に頼りっぱなしだった。私は何の役にも立っていない。

「お前ら、ここで何をやってる」いきなり背後で男の鋭い声がした。

振り向くと、近くにいつの間にか黒っぽい小ぶりの車が停まっていた。ショベルカーの駆動音で気付かなかった。

突然、リトラクタブル・ヘッドライトが跳ね上がってこちらを照らした。見覚えのある初代ユーノス・ロードスターだ。ドアが開いて男が出て来た。逆光でシルエットしか見えないが、わかっていた。

「小野寺か！」私は精一杯の凄みをきかせて言った。「それとも蒲沢なのか！」

男は歩き出し、アヴェンタドールのライトの前に進み出た。黒いロングTシャツに黒いジーンズ姿で、光の前に出てもそのままシルエットのように見えた。長身痩軀《そうく》、髪が長くて顔色が悪い。よく言えば優男、悪く言えば爬虫類《はちゆうるい》的な面貌《めんぼう》だった。

「不法侵入だ。警察を呼ぶぞ」と、恐らく小野寺であり蒲沢である男は言った。

「本当に呼べるのか？ そっちだって都合が悪いんじゃないのか」私は負けずに言い返した。

その間、真理子は構わずショベルで掘り続けている。

「掘るのをやめろ、器物損壊にあたるぞ」

その時、ロードスターからもう一人の人影が現れた。小柄だ。ふらふらして足元がおぼつかない。真理子もそれに気が付いたのか、作業を止めた。人影がライトの前に来た。ピンクの長袖Tシャツに白のジーンズ姿だ。私は手をかざして光をよけ、顔を見た。

英令奈だった。

晴子からもらった画像の面影が確かにある。これはどういうことだろう。一緒にバスには乗っていなかったのだろうか。

私は叫んだ。「英令奈さんか！ お姉さんが捜しているぞ！」

「あなた、誰？」か細い声で英令奈が訊く。

「私はお姉さんの友達だ」

英令奈の表情が和らいだ。「じゃあ、わたしは全部大丈夫ってお姉ちゃんに言っといて。父さんに絶対に見つからない〝秘密の場所〟まで逃げるからって」

「全部大丈夫って？　秘密の場所って何のことなんだ」

「ね、蒲沢さん」と言って、英令奈は小野寺に歩み寄った。

「それは蒲沢じゃない！」私は叫んだ。

「何言ってるの」

「英令奈……もう起きてしまったのか」と、小野寺は言った。

「みんなは？」

「先に行ってるって」

「行ってるって、秘密の場所？」

「もっと遠くの方へね」

そうだった。このままでは子供たちは本当に遠くへ行ってしまう。英令奈が助かったといって、これで万事解決というわけにはいかない。真理子もそう思ったのか、構わず作業を再開した。直後にガン！と音がした。ショベルの先が鉄板のような物に当たったらしい。

私は穴に駆け寄って覗き込んだ。真理子がショベルカーを動かし、ライトを当ててくれた。穴の直径と深さは共に一メートル半ほどになっていた。底の方に白い塗装が見えた。やはりバスが埋められていたのだ。

「何か出て来たぞ。これはバスじゃないのか」

「やめろと言っているだろう」小野寺は声を荒《あら》らげた。

英令奈も駆け寄って穴を覗き込んだ。「これ、みんなが乗ってたバス？　どういうこと？」

「見てしまったか」と、小野寺は淡々と言った。「こんなことなら一緒に埋めればよかったんだ」

「蒲沢さん……何言ってるの？」英令奈はようやく異変を感じ、小野寺からそろりそろりと後退《あとずさ》った。

手を突き出し、追い駆けようとする小野寺。

「小野寺！」私は叫んだ。「〝人柱〟のつもりだろうが、こんな所に人を埋めても何の意味も無いぞ！」

「人柱……」と、英令奈が呟く。

「そうだ、英令奈さん。彼は異常だ」私は真理子が作業を進めるのを横目で見ながら言った。「人を生き埋めにして、津波から〈暁海苑〉を守ろうとしているんだ」

英令奈が振り向く。「蒲沢さん……本気なの？」

小野寺は黙っていた。無表情だった。

「人柱なんてくだらない迷信だ。目を覚ませ！」と、私は言い募った。

「そんなことはない、俺は知っているんだ」

「あんたが埋めた死体のお陰で小鮎川の黄橋が流れなかったと言いたいのか。偶然の一致をそう思い込んでいるだけだ」私は小野寺のもう一つの人格に訴えることにした。「そうだろ、蒲沢君！　あんたはわかっているはずだ。だから、小野寺の計画をジオラマで告発しようとしたんだろう？　黄橋も、船も、飛行機も、みんなそのためだったんだろう？　英令奈さんを埋めなかったのは、蒲沢君、あんたが助けたかったからだろう？」

英令奈が立ち止まって言う。「蒲沢さん、そうだったの？」

「どうなんだ。英令奈さんには本当のことを言ったらどうだ」そう言いながら、私は少しずつ距離を詰めた。

不意に小野寺が頭を抱えながら膝から頽《くずお》れた。「英令奈には……ずっと一緒にいて欲しいんだ。俺たちは二人とも……くだらない父親に泣かされてきた。似た者同士だ。戦友みたいなもんなんだよ……」

小野寺の声が優しげなそれに変わった。人格が入れ替わったのだ。チャンスだった。私は葉田の呼び方で続けた。「蒲沢君、警察に行こうよ。あんたは何もやっていないから大丈夫だ。おれは知っているよ」

「うん……わかったよ……」蒲沢に変わった小野寺が素直に言った。「英令奈……ごめん」

「ああ、いつもの蒲沢さんだ！」英令奈が小野寺に駆け寄って肩を貸そうとした。

するとと小野寺はバネ仕掛けのように立ち上がり、英令奈の細い首に左腕を巻き付けた。右手には長細い物を握っている。その先端がライトの光を浴びて鈍く光った。

彫刻刀だった。しかもかなり大型だ。

「今すぐ重機を止めろ。そうしないと英令奈は死ぬ」元の小野寺の声に戻っていた。

とんだ猿芝居に私たちは騙されたのだ。

「蒲沢さん、どうして……」

英令奈の白い首筋に、彫刻刀の刃が押し当てられた。恐らく平塚で探偵を殺した時と同じ凶器だろう。頸動脈《けいどうみゃく》を切られたらひとたまりもない。

「早く止めろ」再び小野寺が鋭く言った。

真理子はショベルカーを止めた。しかし穴の掘削はまだ充分ではない。バスに新鮮な空気を入れるところまで行っていないはずだった。

「蒲沢さん……こういうことやめようよ」と、英令奈。

「うるさい」小野寺が彫刻刀を持つ手に力を入れ、英令奈の首筋から一筋の鮮血が流れ出た。

まずい。

さっきまで私たちを追跡していたパトカーは何をしているのだ。肝心な時にはちっとも姿を見せないではないか。

私は話し続けた。「落ち着け、小野寺。あんたはまだ悪党をやっつけただけなんだ。今ならまだ何とかなる。考え直せ！」

「俺は絶対にやり遂げなければならないことがあるんだ。邪魔をするな。――お前たちにはもう一度その車に乗って、あっちへ向かって走ってもらう」小野寺が指差した先は崖だった。

もはや理屈が通用しないようだ。私は一計を案じた。賭《か》けだった。ポケットにゆっくりと右手を伸ばし、五條製紙の〈キリフダグロスブルーセンター〉のトランプを取り出した。

箱からカードを引き抜いて私は言った。「まあそんなに急ぐなよ。トランプ手品でも見るかい？」

私は空中でリフル・シャッフルを始めた。

「ふざけるな」

「キリフダは何かな～」私は真理子の方を横目で見ながらカスケードを続けた。「キリフダは……」

滝のようにカードを落としてはまとめる動作を繰り返す。シャーッという音が宵闇に響く。潮騒の音とシンクロしているようだった。

「バカにするな」小野寺がまた声を上げる。

「じゃあ、おれが数字を当てるよ。好きな所で『ストップ』と言ってくれ」そう言いながら、私は再びカスケードをする。

「やめろ」

「今、『ストップ』って言ったね」次の瞬間、私はカードをバラバラッと盛大に地面にバラ撒いた。「おおっと!」

カードはヘッドライトの光を浴びてギラギラと夜の蝶のように舞った。

小野寺はしかし、少しもたじろいだ様子はなかった。英令奈の首筋に刃先をめり込ませながら、瞬きもせずにこちらを凝視している。こうなれば本当に最後の切り札を出すしかない。

相手との距離は約一〇メートル。気合いを入れる。私は両手に一枚ずつ残したカードを、手首のスナップを充分に利かせ、小野寺の顔面めがけ、手裏剣《しゅりけん》のように投げ付けた。

「キリフダはコレだァァ!」

空を切る鋭い音がして、トランプが回転しながら飛び、小野寺の顔に向かって行った。その見開いた両目の辺りにヒット! 予想以上にうまくいった。

「うっ」小野寺は英令奈を摑んでいた腕を解き、彫刻刀を取り落とし、両手を顔にやった。「目がぁ！」

「英令奈さん、伏せろ！」私は叫んだ。

　彼女が弾かれたように前方に跳んで倒れ込んだ直後、ガーッと駆動音がしてショベルカーのアームが横ざまに振り払われた。ショベルの側面で小野寺の細い身体が撥ね飛ばされた。

　真理子が私の考えを読み、気転を利かせたのだ。相当な衝撃だったのだろう、小野寺は一撃で意識を失った。

「マリ、ナイスバッティング！」私は親指を立てた。昔の呼び方が口をついて出た。

「そっちこそ、ナイスピッチング！」そう返して真理子はまた黙々と掘削作業に取り掛かった。

　私は小野寺に駆け寄り、状態を見た。側頭部の擦り傷から出血してはいたが、大したことはないように思えた。真理子が例の〝ソフトタッチ〟でうまく急所を外したらしい。目の方も、使い古したトランプだから角がヘタっていて大したダメージはないはずだった。

　小野寺を横臥させると、美容師の杏璃からもらったサイフのチェーンを外してそれで後ろ手に拘束した。細長い指がいかにも器用そうだった。この手は人も殺し、作品もまた生み出したのだ。

次いで小野寺のズボンのベルトを引き抜いて脚の方に回ると、両足首を縛った。

私は英令奈に声をかけた。「大丈夫だったかい」

「はい……」英令奈がペコリと頭を下げた。その仕草が晴子に似ていた。

「よかった」

「でも……どうして」

「詳しい話は後にしよう。とにかくみんなを助けなければ」

真理子はバスの片方の側面の土を重点的に掻き出していた。やがて人間一人が入って横移動できるほどの細長い空間ができた。

私は毬《まり》ほどの大きさの石を拾って片手に掴み、飛び降りた。窓からスマホのライトを照らし、中を覗いた。

いた！

子供たちが座席に凭《もた》れてぐったりしていた。見ただけでは眠っているのか死んでいるのかはわからなかった。

私は石で次々と窓ガラスを割った。これでひとまず空気は確保できたはずだ。

そしてスマホを取り出し、警察と救急車を呼んだ。

次いで私は英令奈をアヴェンタドールの助手席に座らせてから、晴子に電話を掛けた。

「曲野です……」不安そうな声が出た。

「見つかりました、英令奈さんは無事です！」私は早口になるのを抑えつつ簡潔に言った。

「本当ですか！　ああ……よかった！」晴子の弾む声が聞こえた。「――それで、他の子供たちは」

「たぶん大丈夫だと思います」

「そうですか。ありがとうございました。渡部さんのお陰です！」

私は昭和の作法で頭を掻いた。「いやあ、みんなの力です」

「土生井さんはまた休んでいますが、目覚めたらすぐに伝えます」

私は電話を英令奈と代わり、晴子にこれまでの経緯を伝えてもらった。初対面の私よりも当然説得力があるだろう。やがて英令奈がすすり泣きを始めた。

真理子は月光をバックに、黙々とバスの周囲の土を取り除いていた。

間もなくサイレンの音が聞こえ、ミニパトがやって来た。状況を確認した二人の警官は、その深刻さを知ってすぐに応援を呼んだ。次いで救急車が一台到着したが、こちらも新たにレスキュー隊を要請することになった。私は未だ昏倒《こんとう》している小野寺の扱いについて、救急隊員に念入りに説明をしておいた。

石橋刑事が再び私のスマホに電話を掛けてきたのは、プレハブ造りの南三陸署に移動して二周目の事情聴取に苦戦している時だった。私は、神奈川県警からだと言ってなんとか中断させてもらい、電話に出た。

「あんたの言ったことは本当だったよ」石橋はすまなそうに言った。

「やはり。こちらも一件落着です」

「すると……見つかったと言うのか！」

「ええ、ついさっき。実際にバスが埋められていましたよ。もう救出済みです。たぶんみんな無事かと」

「む、そうだったか……いや、助かった。誠にもって申し訳ない」石橋は嘆息した。

「正直言って肝を冷やしたよ」

私は石橋に経過をざっと説明した。当然ながら、事情聴取よりも話が通じ易かった。そして短い労いの言葉の後、石橋は自分の話を始めた。

「あの漁船の模型なんだが、髪の毛のＤＮＡ型鑑定の結果がさっきやっと出たのさ。すると、捜索願いが出ている何人かの行方不明者の物と一致したんだ。毛根が付いていなかったので時間がかかったよ」

「やはりそうでしたか」

「どうやら施設にいた子供たちや、さらには職員も自発的もしくは受動的な家出人だったようだ。小野寺がスカウトして集めたんだろう」

なるほど。〝スカウト〟の言葉に、私は思わず釣りを連想した。小野寺、つまり蒲沢が東京都内を歩き回っていたのは、そういう流れの中でのことだったのだ。ことによると小野寺は最初は真っ当に児童養護施設として共同生活を営もうとしていたのかも知れない。だが運命のいたずらか、『612』の黄橋の件以降は全員が人柱要員になってしまった……。

「それで、英令奈さんのDNAも出てきましたか」

「出た。それで俺は慌てて〈第二暁海苑〉に戻ったのさ。ゴミ集積所に行ったらまだ回収されていなかった。運よく今日は回収日じゃなかったんだ。それで手掛かりになりそうな品はすべて引き上げた。もちろん建築模型も持ち帰ってよく調べた。するとタイトルの〝暁海苑〟の部分に修正シールが貼られているのに気付いたんだ。剝がしてみると、暁に美しい普通の園で〝暁美園〟になっていたよ」石橋は珍しく饒舌《じょうぜつ》に語った。

「その暁美園ですか。本来、そっちが正式名ということですかね」

最初に検索した時に第一の方の〈暁海苑〉がヒットしなかったわけがわかった。小野寺が平塚に第二の施設を造った時に字を変えたのだ。やはり父親の造った物は気に入らないということか。それにしては変え方が微妙なのが却《かえ》って病的に思える。

「そういうことだろう。それで庭の部分を調べると、確かに長方形の穴があって小さな人形が並んでいたな」

「それが現実になりました」私は力を込めて言った。

「そのようだな」石橋は無念そうに言ってから続けた。「ところがだ。それだけじゃなかったのさ。さらに妙な物が見つかってね」

ここで私は事情聴取の警官に、もう少し待ってくれと合図した。警官は欠伸《あくび》で応えた。

「まだ何かあったんですか」

「そうなんだ。長方形の穴の下にまだ層があってね。台座部分をバリッと剝がしてみたら、庭の部分全体に無数の人形が乱雑に敷き詰められていた」

「それはバスの穴にあったのと同じ人形ですか」

「そう。それが全部接着されていて、まるで〝たたみいわし〟のようだったよ。知ってるか、アレ」

「酒のつまみにするアレですか」

たたみいわしは、茹《ゆ》でたシラスをまとめて干して板状にした加工食品だ。私は場違いな喩えに顔をしかめた。

「そう。軽く炙《あぶ》って醤油を少し垂らすと旨い」そこで石橋は咳払いをした。「それはともかく、嫌な予感がしないか」

「すると庭の下にはさらに……」

　バスの穴と同じ人形ということは、それは実際の人体を表しているということだ。そう言えば、土生井がいつかツイッターでプライザー社の100分の1スケール・フィギュアが品薄になっているという話題について口にしていたことがあった。あれは蒲沢が買い占めていたからではないのか。そして建築模型に使用した……。

　これは大変なことになりそうだ。

「調べてみる必要があるな」石橋は低い声で言った。

「そうですね。怖いですが」

「南三陸署には俺の方から改めて諸々の事情を話すよ。番号はわかる」

「お願いします」

　私は通話を切り、事情聴取を再開してもらった。

　英令奈と真理子も個別に事情聴取を受けた。思ったより時間は取られず、ほぼ一時間後には私たちは同じ会議室に集められた。真理子は英令奈の相手をそつなくこなしていた。

　しばらく待っていると、冷め切っていないカツ丼とホットコーヒーが振る舞われた。

こういう物は後で代金を請求されるとも聞いたことがあるが、この場合は違っていた。もしかすると石橋が連絡をつけてくれたお陰かも知れなかった。

26　エピローグ

後で聞いた話では、警察が半信半疑で志津川蒲の沢の〈暁美園〉跡地の庭全体を掘り返してみたところ、果たして大量の人骨が出てきたという。それらはどれも古い物で、五十年以上前の物もあったといわれる。つまり、小野寺の父親の代からの話である。実際のところは捜査の進展を待つほかないが、状況から推察するに、小野寺の父親こそ本物の異常者で、長年にわたって児童養護施設の子供たちを快楽のために殺害しては、敷地内に遺棄していたらしい。

小野寺は父親の十字架をも同時に背負っていたのだ。彼の良心の表れである蒲沢は、最終的にはそれを告発しようと考えていたのではないか。だからあの建築模型に細工をしておいた。そしてそれはついに実現したのだ。全てが白日の下に曝《さら》された。

建築模型まで作られた〝新第一暁海苑〟の建設は、実のところ計画が頓挫したままだったようだ。資金の工面ができなかったらしい。結局は小野寺の妄想の産物でしかなかったのだ。

バスの中にいた子供たちは全員無事で、今回の件で懲りたのか、素直にそれぞれの家族の元へ帰って行った。子供たちはしかし、小野寺のことを良い苑長だったと口を揃えて話していたという。つまり小野寺と一口に言っても、良い小野寺と悪い小野寺がいたのだ。珍しく私の想像が当たっていた。実際に精神鑑定の結果、小野寺の多重人格は、蒲沢を名乗る者以外にも最低三人は確認できたという。現在は精神科の病院で治療を受けているらしい。

その後の私たちはと言うと、まず、英令奈は蒲沢＝小野寺の洗脳状態が完全に解け、晴子の元へ戻った。〝蒲沢新次〟という名は造形をする時のペンネームでもあり、英令奈もそれを知っていて呼び続けていたらしい。下の名前の〝新次〟が、〝新しい次〟を表していたとは哀れな話だった。

また、英令奈は父親の死を知って、恐怖の対象が永久に消滅したことを理解し、急速に心の安定を取り戻していったという。

晴子は約束通り私への成功報酬を弾んでくれた。その半分を土生井に渡すと、彼はそっくりそのまま入院時の世話代として晴子に払ってしまったらしい。

晴子があっさり受け取ったと聞いた時は驚いたが、もっと驚いたことは、二人の収入を合算することになったという事実だ。要するに、晴子は土生井の籍に入ってしまったらしい。土生井の一カ月半の入院の間、晴子は時間を作っては頻繁に病院を訪れたという。もちろん妹の命の恩人の一人であるからだが、どうやら趣味嗜好《しこう》が似通っていて思いがけず意気投合したということもあるらしい。かくして趣味人カップルの一丁上がりだ。年齢は離れているが、今どきは珍しくもない。

晴子のお陰もありほぼ体調が回復した土生井は、退院を許され高尾のゴミ屋敷へ戻っていった。以降、定期的に訪問してくる晴子によってアルコールを監視され、タバコの本数を制限され、それに比例するようにガラクタの山も少しずつ低くなっていった。

自称一番弟子の野上にも土生井の慶事を伝えると、例によって漢字だらけの祝いメールが届いた。

そして、私は相も変わらず個人の紙商を青息吐息で続けている。人命救助で表彰され、一時的に有名人にはなったが、といって紙の売れ行きが劇的に伸びるということはなかった。それはそれ、これはこれだ。

一つ変わったことがあるとすれば、私の通勤パターンだろう。車で事務所に通うことになったのだ。

今も内堀《うちぼり》通りを北西方向へ運転中だが、先程から欠伸が止まらない。私はウィンドウを開け、晩秋の朝の冷気を顔に浴びた。同時にガフォンガフォンという甲高い独特な排気音が直接耳に響いてくる。

「その欠伸、何度目？」と、助手席から真理子の声が飛ぶ。

私は言った。「仕方がないじゃないか、朝が早いんだ。三鷹からいったん君の家まで行き、市谷へ寄ってから西新宿へ出勤しなければならない」

「でも交通費は節約できているでしょ。車庫代もガソリン代も全部あたしが出しているんだから」

確かにそうだが、私は言い返した。「専属運転手の賃金としては安過ぎる」

「でも、アヴェンタドールを運転してみたいと言ったのは渡部君じゃない」

「しかしこんなに毎日とはね」

あの東北行きの際、真理子は三陸道での速度違反をオービスに撮影されており、案の定、一発で免許取り消しになったのである。真理子も私同様に表彰されたのだが、それはそれ、これはこれだった。不本意ながら責任の一端は私にもあるということで、次に真理子が免許を取得するまで、アヴェンタドールの運転手を任されてしまったのだ。

「それにしても、スピード遅くない？」真理子が不満そうに言った。

「安全第一だ」

真理子がセンターコンソールの赤い蓋を勝手に開けて中のスイッチを押した。ドライビングモードが〝ＳＰＯＲＴＳ〟に切り替わった。

「飛ばしてよ！」

本書は、二〇二〇年一月に小社より単行本として刊行した『紙鑑定士の事件ファイル　模型の家の殺人』を加筆修正し、文庫化したものです。

この物語はフィクションです。作中に同一の名称があった場合でも、実在する人物・団体等とは一切関係ありません。

〈解説〉
出だしから一目惚れさせる、新しい探偵像

香山二三郎（コラムニスト）

一目惚れは男女の出会いに限ったことではない。

小説新人賞の選考においてもあり得ることだ。第一回から浅倉卓弥《あさくらたくや》『四日間の奇蹟』、東《ひがし》山彰良《やまあきら》『逃亡作法　TURD ON THE RUN』という大型新人を生み出してきた宝島社の『このミステリーがすごい！』大賞。筆者がその選考に携わって早二〇年近くがたつが、この賞でも、一ページ目からぐいぐい引き込まれた作品は少なくない。

本書、歌田年の『紙鑑定士の事件ファイル　模型の家の殺人』（原題『模型の家、紙の城』）もそうした一冊といえよう。

出だしは猛暑の七月、神田神保町で一仕事終えた主人公が西新宿の事務所に帰るところから始まる。一息ついていたところへ珍客登場。一九五〇年代のような恰好をした二〇代のその娘は、浮気が疑われる彼氏のことを調べて欲しいというのだ。どうやら近所にある「渡辺《わたなべ》探偵事務所」の「何でも解決してくれる神探偵」と間違えたらしい。主人公の名前は渡部圭《わたべけい》、職業は「持ち込まれた紙のサンプルを調べて、メーカー、銘柄、紙の密度である米坪《べいつぼ》を推定し、紙厚を鑑定」する紙鑑定士であった。

ハードボイルド・ファンならこのシーンでピンとこよう。そう、渡辺探偵事務所の神探偵とは、直木賞作家・原尞《はらりよう》のシリーズ探偵・沢崎《さわざき》のことらしいのだ。人違いもいいところだが、渡部は報酬に目がくらんで、米良《めら》杏璃《あんり》と名乗ったその娘の依頼――彼氏が作ったという戦車のプラモデル（正確にはジオラマ）の鑑定を引き受けることに。

この出だしに惚れたのは、まずはその語り口の巧さにある。渡部と杏璃のやり取りから、彼のキャラクターはもとより、探偵としての新たな仕事を得ることまで、とてもわかりやすく、しかもユーモアたっぷりに描かれている。これは素人の筆ではないなと思わされたものだが、案の定、作者は筆者もお世話になっている出版社で長年編集者を務めた元プロなのであった。

もっとも、ただ巧いというだけでは、大賞を射止めることが出来たかどうかわからない。本作の強みは、第一に紙鑑定士という特殊な技能を生かしたその独自の探偵ぶりにある。紙鑑定士の仕事内容については引用した通りで、渡部は随所で身近にある紙製品についてその由来をたちどころに明かして見せる。その洞察力はまさにシャーロック・ホームズ張りといってても過言ではあるまい。その鑑定力をジオラマにも生かせぬわけがなく、彼は人づてにプラモデル作りのプロモデラーの土生井昇《はぶいのぼる》を紹介してもらい、土生井の協力で戦車の鑑定を成功させる。土生井という安楽椅子探偵の助っ人を得ることによって、渡部も有能な捜査探偵ぶりを発揮することになるのだ。

そしてこの土生井という助っ人がまたいい。大手模型会社に盾突いて干され、今も八王子市の高尾にあるゴミ屋敷然とした自宅に逼塞（ひっそく）しているが、模型のことはもとより、博覧強記的な知識を持っている。その割には、スマホにも馴れておらず、SNSやグーグルのストリートビュー、LINEの使い方を教わる世間知らずな一面もあり、これまた一目会ったそのときから目が離せない存在というべきか。ホームズ探偵にはワトソン博士という相棒がいたが、どちらがホームズでどちらがワトソンかはちょっとおくとしても、今後渡部にとってよき相棒になっていって欲しいキャラであるのは間違いない。

あるいは読者の中には、紙探偵より模型探偵の方が主役なのではと疑問を呈する向きもあるかも。その点について、著者いわく、《どんな紙でも見分けることができる紙鑑定士と、模型のことなら何でもござれの伝説のモデラーがタッグを組んで大量殺人計画の解明に挑むミステリーが、拙著「このミス大賞」受賞作『紙鑑定士の事件ファイル　模型の家の殺人』だ。題名からわかるとおり、モチーフは「紙」と「模型」の二つで、内容比率で言えば前者が三割、後者が七割となっている。ところが単行本化に際して改題され、「紙」が前面に出る恰好となった。これは、紙業界というものが目新しく、「紙鑑定士」という職業（作者の造語だが）がキャッチーだから、きっと注目されるだろうという、版元のマーケティング戦略によるところが大きい。（中略）しかし読者の反応の中で、題名から「紙」メインのミステリーを期待していたのに実際はそれほどではなく、模型の話ばかりではないかという不満の声が目についた。そういう方には只々頭を下げるしかないが、ついでに模型の世界も知ってもらえたのではないか。作者としては「しめしめ」だ》（エッセイ「紙と模型」別冊文藝春秋／電子版31号）との由。

実は著者は、小説家、編集者であるとともに造形家でもある。その経歴はというと、《紙四年に対して模型二五年。学生時代を入れたら後者はもっと長い。小説内容の比率の差はそのためだった》（同エッセイ）。してみると、土生井のキャラには多分に著者のそれが反映されているのかもしれない。いや、渡部のキャラにしてもその点は同様なのかもしれないが、著者と会った印象からすると温厚そうな中年紳士といった感じで、とてもマニアックなお方には見えませんでした。


いやそれにしても、渡部＆土生井のコンビ探偵ぶりは素晴らしい。物語は、米良杏璃の彼氏のジオラマ鑑定から、杏璃の知り合い、曲野晴子《まがのはるこ》の抱えたトラブルシュートへと一転する。彼女の大学生の妹・英令奈《えれな》が三ヵ月前から行方不明だというのだ。手がかりは妹の部屋に置かれていた昭和の時代を思わせるモダンな家のジオラマのみ。またしてもジオラマ鑑定となる次第だが、今度は杏璃のケースほど簡単ではない。渡部は再度土生井の協力を得てジオラマ解析に挑む。その家のジオラマは内部の間取りまで出来ていて、部屋の中には小さなフィギュアも立っていたが、その手にはライフル銃が。床には無数の銃器も置かれており、何やら物騒な気配が立ち込めていた。

渡部と土生井は一枚の木の葉っぱからジオラマのモデルである家のありかを突き止め、さらなる事件の手がかりを得ていくのだが、その手法がすこぶる現代的。鋭い推理に科学捜査をプラスして、手がかりが指し示している場所を探索していく過程から目が離せなくなること請け合いだ。そうこうしているうちに、土生井の身に異変が生じる演出もあるとなればなおさらである。

　かくして後半は警察捜査も絡んできて、シリアス度が増すとともに、アクション度もがぜん高まることに。

　真相に迫るハードボイルド探偵が中盤何者かに襲われ、頭を殴られて失神するというのがこの手の話のパターンだが、著者はそんな野暮な手は使わない。その代わりに警察からねちねちと取り調べを受ける羽目になるのだが、渡部はくじけない。終盤はタイムリミット・サスペンスの様相を呈していくが、そこでは新たな助っ人も登場。紙鑑定、模型鑑定を主とした前半の展開からは思いもよらなかったカーチェイスまで登場する。新助っ人、恐るべし。その彼女と渡部の関係から、筆者はレイモンド・チャンドラーの探偵フィリップ・マーロウと『長いお別れ』で登場する富豪の娘リンダ・ローリングのそれを思い浮かべた。土生井と晴子の関係にはびっくりだが、果たしてこちらの二人はどうなるのやら。

　また終盤の展開では、本格ミステリーも真っ青のヒネリ技も披露される。ジオラマ解析という趣向から「箱庭療法」を連想、また曲野家の惨状などからサイコロジカルな仕掛けもありかなとは思っていたが、予想を超えた大技が繰り出される。大技といえば、レトロな家のジオラマから大量殺人計画へと話を膨らませていく展開それ自体、大技といえよう。いささか強引な運びかもしれないが、渡部たちの謎解きに乗せられ一気呵成《いっきかせい》に読まされてしまうこと必定。「紙にまつわる蘊蓄《うんちく》と模型にまつわる蘊蓄が披露され、ダブルで面白い」（大森望《おおもりのぞみ》）

だけでなく、「それらの知識や情報が、しっかり事件や捜査と絡んでいるため、飽きることなく最後まで読ませる」（吉野仁）と他の選考委員から絶賛されたのもむべなるかな。

ちなみに、本作の単行本は「読者参加型ミステリー」と銘打ち、造本も凝っていた。本文には四種類の用紙が使用され、表紙をめくると作中警察署に届いた「証拠品の手紙」が付いているという工夫がなされていたのだ。従来の受賞作には見られなかった遊び心に富んだ趣向であるが、残念ながら増刷時の都合等により文庫版には生かすことが出来なかった。単行本と文庫本の二冊持ちをお奨めしたいゆえんである。

最後に著者のプロフィールを。歌田年は一九六三年、東京都八王子市生まれ。明治大学文学部文学科を卒業後、出版社勤務を経て、フリーの編集者、造形家となる。二〇一九年、本作で第一八回『このミステリーがすごい！』大賞を受賞、小説家デビューを果たす。ハードボイルド系、期待の即戦力新人である。

二〇二一年一月

宝島社文庫

紙鑑定士の事件ファイル
模型の家の殺人

（かみかんていしのじけんふぁいる　もけいのいえのさつじん）

2021年2月18日　第1刷発行

著　者　歌田 年
発行人　蓮見清一
発行所　株式会社 宝島社
〒102-8388　東京都千代田区一番町25番地
電話：営業 03(3234)4621／編集 03(3239)0599
https://tkj.jp
印刷・製本　中央精版印刷株式会社

Printed in Japan
First published 2020 by Takarajimasha, Inc.
ISBN 978-4-299-01376-7